Schneewittchen – Phönixkriegerin

Sandra Bäumler

AF284206

Schneewittchen
Phönixkriegerin

Sandra Bäumler

Impressum

Copyright 2022 © Sandra Bäumler
Bergstraße 3, 90530 Wendelstein
Website: www.sandrabaeumler.de
Mail: sandrabaeumler@gmx.de

Korrektorat: Anke Höhl-Kayser
Cover: Alexander Kopainski
Textsatz: Daniela Rohr / www.skriptur-design.de
Bildquellen: www.shutterstock.de

© 2022
Herstellung und Verlag: BoD – Books on Demand, Norderstedt.
ISBN: 9783755784609

2. Auflage 2022

Bibliografische Information der Deutschen Nationalbibliothek:
Die Deutsche Nationalbibliothek verzeichnet diese Publikation
in der Deutschen Nationalbibliografie; detaillierte bibliografische
Daten sind im Internet über http://dnb.dnb.de abrufbar.

Prolog

Manchmal träume ich, ich würde durch tiefe Wälder galoppieren, frei und ungezügelt. Nichts und niemand vermag, mich aufzuhalten. Doch dann öffne ich die Augen und finde mich in der schäbigen Unterkunft wieder, in der ich mit den anderen Verlassenen hause.

In diesen Momenten frage ich mich, ob der ewige Schlaf nicht besser wäre …

Kapitel 1

»Máire, wach auf.« Declan rüttelte an meinem Arm. »Máire«, wiederholte er den Namen, der inzwischen meiner geworden war. Keine Ahnung, wie ich wirklich hieß. Diesen hatten mir die anderen sieben Verlassenen gegeben, die mich vor ein paar Jahren aus dem großen Strom namens Fal fischten, der parallel zum Eras-Gebirge verlief. Ihr Dorf war von wilden Bestien überfallen worden. Um sie zu retten, hatten ihre Eltern sie in das einzige Boot gesetzt, über das das Dorf verfügte. Dabei waren sie ein großes Risiko eingegangen, weil der kleine Flusslauf sehr unberechenbar war und das Boot leicht hätte kentern können. Aber es war auch der einzige Weg gewesen, um die Bestien abzuschütteln, denn im Wasser konnten sie einer Spur nicht folgen. Ihre Eltern befahlen ihnen, nach Tremain zu gehen, sie würden bald nachkommen. Bis heute hatten die Verlorenen nichts von ihnen gehört, und ich wagte es zu bezweifeln, dass sich dies jemals ändern würde. Die Bestien verschonten niemals ein Leben.

Nachdem die Kinder tagelang von einem Fluss in den nächstgrößeren getrieben waren, erreichten sie den Fal und fanden mich. Sie gaben mir einen neuen Namen, weil meine Erinnerungen nur bis zum Augenblick des Erwachens zurückreichten und ich daher keine Ahnung hatte, wie mein richtiger lautete. Máire bedeutete *Rebellin*, und vielleicht passte das zu mir? Ich wollte für uns ein besseres Leben; dass die Menschen aus Tremain uns respektierten und nicht wie den Dreck behandelten, der die matschigen Straßen bedeckte. Aber Diebesgesindel bekam keinen Respekt, nur Schläge, oder schlimmer noch: Ihm wurden die Hand abgehackt.

»Jetzt wach schon auf. Die ersten Sonnenstrahlen kitzeln bereits die Dächer. Es wird ein schöner Frühlingstag werden.« Declan wurde energischer, unter mir knisterte das Stroh. Ich kam mir wie ein Schiff im Sturm vor.

»Lass es sein, mir wird ja schon schlecht. Bitte, nur noch ein paar Augenblicke«, murmelte ich verschlafen.

»Nein, der Markt beginnt, das ist die beste Zeit für Diebe. Die Stände sind zum Bersten gefüllt mit Waren und die Menschen noch müde und somit unaufmerksam.« Declan hörte einfach nicht mit dem Rütteln auf.

»Bin ja schon wach.« Ich schlug die löchrige Decke zurück und setzte mich schwerfällig auf. Alle anderen Betten waren leer. Genaugenommen waren es keine Betten, sondern strohgefüllte Säcke auf dreckigen Dielen, und ich konnte mich nicht erinnern, ob ich jemals in einem richtigen Bett geschlafen hatte.

»Wo ist der Rest?«, fragte ich und strich über mein Haar. Vielleicht sollte ich es neu flechten? Ach, der Zopf tat's noch.

»Sie sind schon unterwegs«, antwortete Declan. Das Gute war: Ich brauchte mich nicht lange anzuziehen, denn wir schliefen grundsätzlich in unserer Kleidung, falls wir schnell flüchten mussten. Es war schon des Öfteren vorgekommen, dass Leute, die uns Unterschlupf gewährten, die Belohnung für die Ergreifung von Dieben lukrativer fanden als den Anteil an der Beute. Wie dem auch sei – wir mussten erst Beute machen, um die Wirtin bezahlen zu können, und was sie für diesen schäbigen Dachboden verlangte, war unverschämt. Das hieß leider: aufstehen und Münzen für unser sagenhaftes Domizil heranschaffen. Daher ergriff ich meine Stiefel. Aber was beschwerte ich mich. Es gab die Strohsäcke und dazu sogar eine Kerze. Die wir sparsam gebrauchen mussten. Wir entzündeten sie meist nur, wenn ich mit Keena, unserer Jüngsten, zum Einschlafen in dem einzigen Buch las, das wir besaßen. Zur Verwunderung aller hatte ich ziemlich schnell nach meiner Rettung festgestellt, dass ich lesen konnte. Daher vermutete Hal, der Älteste unter uns und damit unser Anführer, ich könnte die Gesellschafterin einer Maid aus adligem Hause gewesen und als ich nicht mehr gebraucht wurde, weil man meine Herrin vermählt hatte, einfach entsorgt worden sein. Nach seiner Meinung hatte sie mich bewusstlos geschlagen und in einen Fluss geworfen, der in den Fal mündete. Die Wunde, die ich bei meinem Auffinden am Hinterkopf hatte, sprach für diese Theorie. Wenn dem wirklich so war, konnte trotzdem keiner sagen, wo genau dies geschehen sein mochte. Es mündeten so viele kleine Flüsse in den Fal, fast wie die Adern eines Blattes in den Stängel. Das war auch der Grund, dass ich nicht wusste, wie viele Winter ich schon gesehen hatte. Hal schätzte damals sechzehn, und rechnete man die vier hier in Tremain dazu, müssten es wohl zwanzig sein. Aber wer zählte das schon so genau? Ein Winter war wie der andere und man konnte froh sein, dass man ihn überlebt hatte. Denn so nah am Eras-Gebirge, das das gesamte Nordreich vom Süden trennte, waren die Winter bissig. Doch die Stadt bot bessere Überlebenschancen als die bestienverseuchten Wälder.

Tremain war inzwischen zu einer der größten Städte des südlichen Reiches angewachsen, nicht nur vom Fluss Fal umschlossen, sondern auch von einer dicken Steinmauer, die erst vor wenigen Jahren nach Vorbild der großen Städte des Nordens komplett fertiggestellt worden war. Das machte Tremain, die einst nur vom Fluss geschützt wurde, besonders, denn die meisten Siedlungen hier im Süden waren aus Holz und Lehm erbaut, die höchstens ein Palisadenwall umgab. Die leicht geneigten Dächer aus äußerst tragfähigem Flussschilf waren wesentlich robuster als die aus Stroh. Doch man munkelte, dass die Dächer im Norden Stein bedeckte. Alles in allem bot die Stadt Sicherheit und quoll daher von Menschen über, denn viele flüchteten sich hinter ihre Mauern. Jeder Winkel wurde ausgenutzt. Es gab Zeiten, da hatte man das Gefühl, es würde täglich ein neues Haus in die Höhe wachsen, schneller als Pilze im Wald. Weiter südlich existierten meist nur kleine Dörfer, ab und zu eine Festung, und Wälder voller Bestien. Aber das lag jenseits dieser Mauer.

»Komm jetzt.« Declan stand schon an der Luke, durch die frische Luft in den Raum gelangte, und auch Licht. Der Wind spielte mit seinem dunklen Schopf. Wir durften das Haus nur auf diesem Weg verlassen, denn die Wirtin wollte nicht, dass uns ihre anderen Gäste zu Gesicht bekamen. Ich stieg auf den schmalen Holzbalken vor der Luke, spähte auf die vier Stockwerke tieferliegende Straße. Keiner der Passanten bemerkte uns. Der immerwährende Gestank des Geberviertels wehte zu uns herauf. Daher lebten hier nur die Ärmsten der Armen – keiner, der nur etwas Geld hatte, ertrug den bestialischen Gestank. Ich verzog das Gesicht. Doch lieber auf einem schäbigen, stinkenden Dachboden leben, als in den Straßen betteln zu müssen. Es hatte zum Glück schon lange nicht mehr geregnet, wodurch der Matsch zum größten Teil erstarrt war. Tiefe Fahrrillen zeugten davon, dass es hier ganz anders zugehen konnte.

»Komm jetzt«, drängelte Declan. Er lief über das Dach, das Schilf raschelte unter seinen Schuhen. Leichtfüßig sprang er auf den gegenüberliegenden Holzerker, hangelte sich behände am Gebälk hinunter und stand nur wenig später in der kleinen Gasse. Ich tastete nach meinem Dolch am Gürtel und stellte beruhigt fest, dass er da war. Anschließend trat ich ebenfalls den Weg nach unten an. Auf den Dächern der Stadt fühlten wir uns zuhause, sie waren häufig unsere einzige Fluchtmöglichkeit. Declan und ich folgten der schmalen Gasse, die in eine größere Straße mündete. An der

Ecke saß Arto, wie jeden Tag. Einst war er ein Krieger gewesen, doch in einer Schlacht hatte er ein Bein verloren. Jetzt musste er für seinen Lebensunterhalt betteln. Ich blieb vor ihm stehen.

»Na, wie geht es dir heute?«, fragte ich ihn.

»Nicht besser als gestern, und morgen wird es mir nicht besser als heute gehen«, erwiderte er. Ich ging in die Hocke und blickte in seine Augen, die fast das gleiche dunkle Blau besaßen wie meine.

»Du wirkst etwas kränklich. Ich werde dir Brot besorgen.« Sanft fuhr ich über sein schmutziges Gesicht, spürte seine lange Narbe unter meinen Fingern.

»Sieh weg, du bist viel zu schön, um dir solche Hässlichkeit anzuschauen«, sagte er rau. Er wollte sich abwenden, doch ich hielt ihn mit sanfter Gewalt auf.

»Ich sehe hier keine Hässlichkeit. Nur einen Mann, der für sein Land gekämpft hat. Es ist eine Schande, dass du an deinem Lebensabend hier sitzen und betteln musst. Wäre ich Herrscherin, würde ich dafür sorgen, dass tapfere Männer wie du ein Auskommen haben.«

»Du hast ein so gutes Herz, Máire.« Er umfasste meine Hand, zog sie von der Wange und hielt sie fest. »Ich wünschte mir für dich, du wärst eine Herrscherin.« Er gab mich frei.

»Komm jetzt.« Declan zog an meinem Ärmel.

»Geh nur, ich sitze hier und wache über die Gasse«, meinte Arto. Ich erhob mich. Während ich weiterlief, zog ich die Kapuze, die an meinem Wams befestigt war, tief ins Gesicht, damit mich die Leute nicht gleich als Frau erkannten. Denn wie die Jungs trugen auch wir Mädchen Hose, Hemd und Wams. In einem bodenlangen Kleid war nur schlecht über Dächer zu klettern. Zudem versteckte die Kapuze mein Gesicht. Meine auffällig bleiche Haut leuchtete fast wie der Mond am Nachthimmel aus der Menschenmenge heraus. Die meisten hier besaßen einen mehr oder weniger sonnengebräunten Teint. Aber ich konnte tun, was ich wollte, ich blieb so bleich, wie ich war. In adligen Kreisen würde man das als vornehm empfinden, doch auf der Straße war es eher lästig.

Wenigstens entsprach mein ebenholzschwarzes Haar den hier vorherrschenden dunklen Schöpfen. Denn das Wichtigste für einen Dieb war es, nicht hervorzustechen, in der Menge unterzugehen und keinerlei Wiedererkennungsmerkmale zu besitzen. Umso unauffälliger das Erscheinungsbild, desto besser. Hinter Declan wich ich den Fahrrinnen aus, die sich in den matschigen Boden gegraben hatten. Schweine suchten im Unrat, den die Leute einfach aus ihren Fenstern auf die Straße schütteten, nach Fressbaren. Im Schatten der Häuser huschten Ratten umher. Aus jeder Richtung drang Gestank zu mir.

Wir erreichten den Markt, auf dem es schon zu der frühen Stunde sehr geschäftig zuging. Ein Durcheinander an Karren und Ständen. Declan und ich trennten uns. Unzählige Mägde und Burschen besorgten die Zutaten für ein reichhaltiges Frühstück oder Mittagessen. Hier roch es wesentlich besser. Das Aroma von Gewürzen, frischen Broten und Seifen umgarnte meine Nase. Ich schlenderte zwischen den Wagen und Ständen umher, auf denen die Waren präsentiert wurden. Tatendrang rauschte durch meine Adern, wie er es immer tat, wenn ich auf Diebestour ging. Mein gesteigertes Interesse galt den Geldbörsen, die an Gürteln hingen oder in Körben lagen. Außerdem hielt ich nach meinen Kameraden Ausschau, die vermutlich bereits bei der Arbeit waren. Hal hatte ich schon entdeckt. Er lehnte neben der Schmiede an der Wand und beobachtete ebenfalls das Geschehen. Die dunklen Locken hingen tief in sein Gesicht, verbargen fast seine warmen braunen Augen. Unsere Blicke trafen sich. Er nickte mit dem Kopf in Richtung einer Magd, die aufgebracht mit dem Fischhändler diskutierte. Schon war ich bei der Maid, stieß wie zufällig gegen ihren Korb.

»Verzeihung, Herrin«, murmelte ich, und einen Wimpernschlag später gehörte die Börse, die im Korb wie auf einem Präsentierteller gewartet hatte, mir.

»Pass doch auf, Tollpatsch«, fuhr sie mich an. Ich trollte mich, übergab die Börse unter der Hand an Hal, als er mir entgegenkam. Dann verschwand er in der Menge.

»Den Preis bezahle ich nicht. Schau dir diesen Fisch an! So etwas kann ich meinem Herrn nicht servieren«, fuhr die Magd lautstark mit der Diskussion fort.

»Ich kann dir einen anderen anbieten«, versuchte der Händler, einzulenken. Dann waren die beiden außer Hörweite.

Ich kam an einem Brotstand vorbei. Der Bäcker schäkerte mit einer Kundin, schlichtete galant Brote in ihren Korb, blitzschnell griff ich mir zwei Laibe und drehte mich um. Zügig, aber keineswegs zu hastig, damit ich nicht verdächtig wirkte, entfernte ich mich von dem Stand und stopfte die kleinen Laibe in den Beutel an meinem Gürtel. Unterdessen sah ich Gael, die geschickt eine Dame um ihr Armband erleichterte. Sofort steuerte ich auf sie zu und Gael drückte mir das Armband unauffällig in die Hand, das ich wiederum an Hal weiterreichte.

»Du kleine Diebin. Ich sorge dafür, dass man dir die Hände abhackt«, brüllte ein Mann. Mein Herz setzte einen Schlag aus. Er hielt Keena fest.

»Nein Herr, ich wollte das Buch nur ansehen. Bitte lasst mich gehen«, flehte sie und versuchte, sich ihm zu entwinden.

»Was will Gesindel wie du mit einem Buch? Du kannst ja nicht einmal lesen«, schrie der Mann, während er erbarmungslos ihren dünnen Arm umklammerte. »Gib mir das Buch zurück.«

Ich trat ganz dicht neben Keena, fischte mit einer fließenden Bewegung das handgroße Buch aus der Innentasche ihres Umhangs, wo sie gewöhnlicherweise ihr Diebesgut versteckte, und ließ es fallen.

»Meint Ihr das Buch hier, Herr?« Ich hob es vom Boden auf. »Es scheint runtergefallen zu sein.«

Um uns versammelten sich immer mehr Leute. Bald würden Soldaten auftauchen, trotzdem bemühte ich mich, ruhig zu bleiben.

»Das ist es«, bestätigte der Mann und gab Keena frei. Er nahm es entgegen.

»Das bezahlst du, du Kröte. Ich kann es so nicht mehr verkaufen«, zischte er, zog einen Lappen von seinem Gürtel und wischte das Buch ab.

»Ich habe aber kein Geld.« Dicke Tränen liefen über Keenas Wange und sie zitterte wie ein Rehkitz. Am liebsten hätte ich dem grobschlächtigen Kerl eine verpasst.

»Dann übergebe ich dich an die Soldaten«, erwiderte der Händler ohne Mitleid.

»Mein Herr, das Buch besitzt ja nun mal keinen Wert mehr. Ich würde Euch einen Laib Brot dafür geben«, schlug ich vor.

»Es ist wesentlich mehr wert.« Er funkelte mich an.

»Wie es aussieht, ist es jetzt gar nichts mehr wert, auch die Soldaten können kein Geld aus der Kleinen herauspressen, um den Schaden zu ersetzen, und ein Laib Brot ist mehr als nichts.« Ich ballte die Fäuste, hob ihm mein Kinn entgegen und wich seinem wütenden Blick nicht aus.

»Zeig mir das Brot«, sagte er, und ich zog einen Laib aus dem Beutel.

»Es ist noch warm. Riecht daran, wie es duftet. Der Bäcker verwendet nur die frischesten Kräuter.« Ich hielt es ihm entgegen, er nahm es und drückte mir das Buch in die Hand. »Viel Spaß damit. Es sind ein paar Bilder drin, dann habt ihr wenigstens etwas davon. Denn essen kann man das nicht«, meinte er hämisch.

»Komm«, sagte ich zu Keena und nahm ihre Hand. Soldaten bahnten sich gerade den Weg durch die Menschenmenge. Schnellen Schrittes bogen wir in die nächste Seitengasse ab. Ich drückte mich mit wummerndem Herzen an die Wand, spähte um die Ecke, schob dabei das Buch unter mein Wams. Die Soldaten erreichten den Buchhändler. Vielleicht, wenn wir etwas warteten, würden sie wieder verschwinden und wir konnten noch ein paar Geldbörsen abstauben.

»Ich danke dir«, wisperte Keena. Noch immer schluchzte sie leise und ich sah zu ihr. Sanft strich ich durch ihr Haar, schenkte ihr ein Lächeln.

»Das war echt knapp«, erwiderte ich. Hinter mir ging eine Tür auf.

»Na, Máire, wieder mal in Schwierigkeiten?« Diese Stimme kannte ich.

»Briana, was tust du schon so früh hier?« Ich sah erstaunt zu ihr. Das rote Haar war zerzaust, ihr langer Rock saß auch nicht richtig und sie wirkte übermüdet.

»Ist eine lange Nacht gewesen. Jetzt muss ich erst mal schlafen.« Sie schnürte gerade ihr Mieder, hielt dabei inne und blickte zu mir. »Ich kann es nicht oft genug sagen. Mit deinem Aussehen könntest du viel Geld verdienen und die Soldaten würden dich in Ruhe lassen. Sie gehören zu den besten Kunden. Der Soldtag ist einer der lukrativsten in meinem Gewerbe.«

»Ich hatte schon oft das zweifelhafte Vergnügen, dich und die anderen bei ihrer Arbeit in dunklen Gassen zu erwischen, wenn ich nach einem Versteck gesucht habe. Und nicht zu vergessen dieser Kerl, der dich wirklich schlimm zugerichtet hat, bis ich ihn mit meinem Messer kitzelte. Ich glaube, ich bleibe lieber beim Stehlen.« Ich spähte um die Ecke. Eine Frau schrie, dass man ihre Geldbörse gestohlen habe. Das alarmierte die Soldaten, deren Blicke suchend über den Platz glitten. Hastig wich ich zurück.

»Du weißt, ich unterhalte mich immer gerne mit dir, Briana, aber wir müssen uns nun verabschieden.« Damit half ich Keena eilig dabei, die Fachwerkfassade zu erklimmen, anschließend kletterte ich selbst hinter ihr aufs Dach, und wir nahmen die Beine in die Hand.

Kapitel 2

Gegen Nachmittag erreichten wir endlich unsere Unterkunft. Nachdem es auf dem Markt zu heiß geworden war, hatten Keena und ich andere Jagdgründe aufgesucht, aber die Ausbeute war mager geblieben.

»Geh schon nach Hause, ich hab noch etwas zu erledigen«, trug ich ihr auf. Sie nickte und lief weiter, während ich das Dach hinunterrutschte, meinen Fall in die Tiefe stoppte, indem ich mich an einem Balken festhielt, dann zu einem Erker sprang und diesen hinunterkletterte, bis mich nur noch ein Stockwerk vom lehmigen Boden trennte. Geschmeidig kam ich auf den Füßen auf.

»He, Alter. Was hast du heute schon eingenommen?« Ein junger Kerl wollte Arto die Holzschale wegnehmen, in der er die milden Gaben sammelte. Neben dem Pöbler stand ein zweiter Tunichtgut mit verschränkten Armen.

»Haut ab«, schrie Arto und drückte das Gefäß an seinen Leib.

»Na, ihr Idioten, legt euch mit einem Gegner an, der euch gewachsen ist.« Ich stellte mich zwischen Arto und die beiden Mistkerle, die gut einen halben Kopf größer als ich waren.

»Und du Bürschchen bist uns gewachsen?«, fragte einer der Bastarde spöttisch.

»Mehr als ein Mann, den die Schlacht ein Bein gekostet hat«, erwiderte ich mit fester Stimme und verschränkte die Arme. Ein bisschen flatterten mir schon die Knie, aber das sollten diese Holzköpfe nicht merken.

»Dann wollen wir dir mal dein vorlautes Maul stopfen«, meinte mein Gegenüber mit breitem Grinsen und kam einen Schritt näher. Angriff war die beste Verteidigung. Ich rammte ihm mein Knie in seine Männlichkeit. Jaulend sackte er zusammen. Der andere holte aus, ich duckte mich weg und seine Faust donnerte gegen die Nase seines Freundes.

»Sag mal, bist du noch bei Sinnen?« Der hielt sich den lädierten Riechkolben, Blut sickerte zwischen seinen Fingern hervor. Wahrscheinlich war die Nase gebrochen.

»Verzeih mir, das war keine Absicht«, entschuldigte sich der andere. Ich nutzte die Ablenkung und stieg ihm mit Wucht auf den Fuß.

»Verfluchter Bastard«, schimpfte er und hüpfte auf einem Bein herum. »Ich werde dir den Hals brechen.«

»Was ist hier los?« Egan trat neben mich und baute sich vor den Angreifern auf. Er war zwar erst achtzehn Winter alt, doch von seiner Statur her sah er wesentlich älter aus, wie sein Zwillingsbruder Faol, der sich zu uns gesellte. Auch die beiden waren einen halben Kopf größer als ich. Ehrlich, ich es hasste, so klein zu sein.

»Hab alles im Griff«, zischte ich.

»Nichts anderes haben wir erwartet, Máire.«

»Máire?«, nuschelte der Angreifer mit der gebrochenen Nase durch die Hände. »Ein Mädchen?«

»Das ist unsere Máire.« Egan klopfte mir auf die Schulter.

»Und wenn schon eines unserer Mädchen euch so zurichten kann, was denkt ihr, können wir euch dann antun. Also seht zu, dass ihr Land gewinnt.« Faol machte einen Schritt auf die Männer zu. Die nahmen die Beine in die Hand.

»Ich hätte das schon hinbekommen«, brummelte ich und drehte mich zu Arto um.

»Das glauben wir unbestritten. Wir wollten ja nur beide Kerle vor größerem Schaden bewahren.« Fgan lachte und ich holte das Brot aus meinem Beutel.

»Ich kann dir leider nur ein Stück abgeben, denn ich konnte heute nur eines erbeuten.« Ich ging vor Arto in die Hocke, brach etwas von dem Laib ab und reichte ihm das Stück.

»Ich danke dir.« Er lächelte. »Für alles.«

»Schon gut, wir sorgen für die Unseren. Es tut ja sonst keiner«, antwortete ich und erhob mich. Die Zwillinge erklommen bereits das Dach, ich folgte ihnen hinauf. Als wir die Luke zum Dachboden erreichten, konnte ich schon Hals Gebrüll hören.

»Wegen eines dummen Buches?«, schrie er.

»Aber Hal …« Keena weinte.

»Kein Aber. Das war dumm …«

»Jetzt reicht es.« Ich schritt ein und zog Keena zu mir, die wie ein neugeborenes Häschen zitterte.

»Natürlich, du musst wieder ihre Partei ergreifen. Warum wundert mich das nicht?« Hal funkelte mich an.

»Es ist alles gut gegangen. Das nächste Mal wird Keena vorsichtiger sein. Oder, Kleines?« Sanft strich ich über ihr Gesicht. Sie nickte. »Setz dich auf deinen Strohsack«, wies ich sie an, und sie löste sich von mir. Das Stroh raschelte, als sie Platz nahm. Währenddessen trat ich zu Hal.

»Sei nicht mehr böse«, sagte ich mit sanfter Stimme, und sein Blick wurde weich, die Arme sanken nach unten.

»Na gut, reden wir nicht mehr darüber«, brummte er. »Doch eines möchte ich noch sagen. Alle hier liegen mir sehr am Herzen. Ich hätte es nicht ertragen können, wenn sie Keena geschnappt hätten. Sie ist noch so jung, gerade einmal zwölf Winter.«

»Ich weiß, und das zeichnet einen guten Anführer aus«, erwiderte ich.

»Dann will ich mal der Alten ihren Anteil bringen.« Hal grinste, und wieder einmal fiel mir auf, wie verflucht attraktiv er war. Doch ich konnte nicht mehr als einen Bruder in ihm sehen. Er schritt von einem zum anderen und ließ sich die Beute aushändigen, dann verließ er den Raum durch die Tür.

»Ich hab da was für dich«, sagte ich zu Keena und setzte mich neben sie. Das Stroh knisterte.

»Wir wissen doch eigentlich gar nicht, wie alt du bist, Máire. Vielleicht bist du ja älter als Hal, dann wärst du unsere Anführerin«, bemerkte Gael und löste ihren Zopf.

»Hör damit auf, herum zu sticheln«, mischte sich Irven ein, der es nicht leiden konnte, wenn Unfrieden in unserer Familie herrschte. Denn das waren wir: eine Familie.

»Es ist gut so, wie es ist«, antwortete ich und zog das Buch unter meinem Wams hervor, woraufhin Keena in die Hände klatschte.

»Wegen dem Ding hättest du dir beinahe die Hand abhacken lassen?« Egan nahm es mir ab und beäugte es.

»Gib es zurück«, sagte Keena energisch.

»Her damit«, pflichtete ich bei.

»Ist ja schon gut.« Er reichte Keena das Büchlein.

»Warum wolltest du es unbedingt haben?«, fragte ich und strich über ihren Rücken.

»Deshalb.« Sie blätterte darin herum und fand das Gesuchte. Es war die Zeichnung eines Phönix. »Ich finde ihn wunderschön.«

Ich nahm ihr das Buch ab. Plötzlich war es, als würde sich für einen winzigen Augenblick der Schleier lüften, der meine Erinnerungen einhüllte. Ich sah mich durch einen wunderschönen Garten laufen. Als ich an mir herabblickte, stellte ich fest, dass ich Jungengewänder trug. Aber sie unterschieden sich sehr von meiner üblichen Kleidung. Sie waren bei Weitem nicht so schäbig. Ein Amulett, das einen Phönix mit ausgebreiteten Schwingen darstellte, baumelte um meinen Hals. Schnell krabbelte ich in einen Busch, in dem ich Schutz fand. Mein Herz klopfte wie wild in der Brust.

»Hier bin ich sicher«, flüsterte ich und nahm das Amulett. »Schutzgeist, hilf mir, dass sie uns nicht findet. Das tut sie sonst immer.« Ein Kichern entkam mir, schnell hielt ich mir die Hand vor den Mund. Ein wunderbares Gefühl der Unbeschwertheit umfing mich.

»Kind«, rief eine Frau. Ich spähte durch die Zweige. Sie war wunderschön. Ihre Augen erinnerten an den Himmel an einem eisigen Wintertag. Das Haar war heller als Flachs. Sie war nur noch wenige Schritte von dem Busch entfernt, in dem ich saß. Ich biss mir auf die Lippen, machte keinen Mucks. »Du sollst nicht in Jungenkleidung herumlaufen ...« Dann war alles vorbei. Verzweifelt versuchte ich, die Erinnerung festzuhalten, wollte, dass sie weiterging, aber sie war weg. War dies meine Mutter gewesen? Aber sie sah mir gar nicht ähnlich. Wer war sie dann? Sie musste für mich wichtig sein. Wenn ich nur gewusst hätte, wo der Garten lag. Auf keinen Fall in dieser Stadt, so viel stand fest.

»Was ist mit dir? Du bist noch blasser als sonst.« Gael kniete vor mir, strich über mein Gesicht.

»Keine Ahnung, was da eben passiert ist«, erwiderte ich. Ich vermochte nicht zu sagen, ob dies eine wahrhaftige Erinnerung oder nur das Echo eines Traums gewesen war, weil ich mir es so sehr wünschte, mehr über meine Vergangenheit zu erfahren. Daher zog ich es vor, gar nicht darüber zu reden.

»Die Alte hat mir fast alles abgenommen und uns Reste gegeben, die sogar für die Schweine zu schlecht waren.« Hal betrat den Raum und brachte fleckige Äpfel und etwas, das in ein schmutziges Tuch gewickelt war. Er kniete sich in die Mitte auf den Dielenboden, legte die Äpfel und das Päckchen vor sich und schlug das Tuch zurück.

»Was soll das sein? Käse?«, fragte Gael und musterte die weiße Masse.

»Es stinkt zumindest so. Der Geruch ist schlimmer als der der Gerbereien«, meinte Faol und rümpfte die Nase.

»Das esse ich auf keinen Fall«, meldete sich Egan.

»Was anderes haben wir nicht, um die Bäuche zu füllen.« Hal blickte von einem zum anderen.

»Nein, Moment.« Ich kramte das Brot aus dem Beutel am Gürtel. Davon riss ich ein Stück ab und gab es Keena, dann reichte ich den Laib an Egan weiter, der mir am nächsten stand. Es klopfte an der Tür.

»Ja«, rief Hal. Vorsichtig wurde die Tür geöffnet, Kattie, eine der Mägde des Hauses, trat ein. Sie brachte einen Beutel und einen Krug mit. Obwohl sie sehr zierlich war, zählte sie so viele Winter wie Hal.

»Esst den Käse nicht. Er ist mit Sicherheit nicht mehr gut. Ich habe das für euch.« Als sie Hal den Stoffbeutel und dann den Krug reichte, wurden ihre Wangen ganz rot. Das rothaarige Mädchen hatte eine Schwäche für unseren gutaussehenden Anführer. Alle merkten das, nur eben Hal nicht.

»Weiß sie davon?«, fragte er.

»Nein, ich hab's vom Schweinefutter abgezweigt. Es ist alles noch gut, und im Krug ist Apfelwein.«

»Wenn sie das rausfindet, wird sie dich schlagen«, sagte Hal.

»Keine Sorge, sie wird es nicht bemerken.« Kattie lächelte.

»Dann danke ich dir.« Hal verzog keine Miene.

»Das nehme ich mal mit.« Damit schnappte sich Kattie das Tuch mit dem grausigen Käse und eilte davon. Als sie gegangen war, öffnete Hal den Beutel und wir staunten. Es gab Früchte, Brot und sogar etwas Wurst.

»Heute müssen wir nicht hungrig ins Bett gehen. Langt zu.« Er stand auf und trat zur Seite, während sich die anderen wie hungrige Wölfe auf das Essen stürzten. Den Wein tranken sie direkt aus dem Krug. Ich schnitt mit meinem Messer ein Stück Wurst ab, das ich Keena gab, dann trat ich zu Hal ans Fenster. Die Sonne wanderte gemächlich in Richtung Dächer.

»Du solltest auch etwas essen«, meinte ich und verstaute den Dolch in der Scheide am Gürtel.

»Du isst selbst nichts«, erwiderte er.

»Vielleicht willst du das nicht bemerken oder du bist wirklich ahnungslos, aber Kattie hat ein Auge auf dich geworfen«, sagte ich. Hal blickte zur Tür, dann wieder zu mir zurück.

»In meinem Leben habe ich keinen Platz für so was«, erwiderte er pragmatisch.

»Kann man das wirklich mit dem Kopf entscheiden, wenn es eine Herzensangelegenheit ist?« Ich legte meine Hand auf seine Brust, spürte den Schlag seines Herzens.

»Sie ist keine von uns. Wie könnte ich ihr dieses Leben zumuten?« Hal streckte die Hand aus und strich eine lange Strähne, die sich aus meinem Zopf gelöst hatte, hinter mein Ohr. Es war eine kleine Geste, die so viel aussagte, dass es mich schlucken ließ. Ich liebte Hal wie einen Bruder und ich war bisher der Meinung gewesen, dass er mir gegenüber ebenso empfand, aber wie er mich gerade ansah, das war nicht der Blick, den ein Bruder seiner Schwester zuwerfen sollte.

»Máire, hilfst du mir mit dem neuen Buch?«, fragte Keena, und ich war froh.

»Natürlich« Ich durchquerte den Raum. Wir nahmen nebeneinander auf ihrem Strohsack Platz. Sie schlug das Buch auf.

»Was heißt das?« Sie deutete auf das Wort *Phönix* neben dem Bild.

»Versuch, es zu lesen«, forderte ich sie auf.

»P… p… h…«

»In diesem Fall liest man den ersten Buchstaben, auch wenn es ein P ist, wie ein F, das H wird nicht gesprochen, und der dritte Buchstabe ist ein ö«, erklärte ich. »Es ist ein schweres Wort, aber du schaffst es.« Aufmunternd nickte ich ihr zu.

»Fööönix«, las sie.

»Sehr schön.« Ich klatschte. Die anderen waren mit Essen fertig und sanken auf ihre Strohsäcke.

»So muss das Götterreich sein.« Faol rieb sich den Bauch.

»Jetzt du.« Keena gab mir das Buch, und ich stellte fest, dass die Geschichte zu dem Bild ein Märchen war.

»An einem schönen Sommertag wanderte ein reicher Mann einen Fluss entlang«, las ich und Keena schmiegte sich an mich. »In dem Fluss trieb ein Weidenkörbchen, worin ein Säugling lag …«

»Wir haben dich auch im Fluss gefunden«, unterbrach mich Keena.

»Lass sie weiterlesen«, sagte Gael. Sie lag auf ihrem Strohsack und starrte zum Gebälk.

»Ja, das stimmt. Das habt ihr.« Ich strich über Keenas dunkles Haar. Dann wandte ich mich wieder dem Buch zu. »Der Mann hatte ein gutes Herz und nahm das Kind mit nach Hause, um es großzuziehen. Die Jahre gingen ins Land, und der Junge wuchs heran. Dem Verwalter des Gutes war der Knabe schon immer ein Dorn im Auge gewesen, und als das Kind sechs Winter zählte, setzte der Mann es in ein Ruderboot und ließ es treiben …«

»Siehst du, das machen die reichen Leute, sie setzen Kinder auf Flüssen aus, wenn sie ihnen lästig sind«, sagte Declan. Ich musste zugeben, die Geschichte aus dem Märchen passte zu meinem Schicksal. Wieder sah ich mich in einem Garten Verstecken spielen. Wenn das nun kein Traum gewesen, sondern es mir wirklich widerfahren war? Wo, bei den Göttern, hätte das gewesen sein können?

»Bitte lies weiter«, riss Declan mich aus meinen Gedanken, und ich fuhr fort.

Kapitel 3

Ich lauschte dem gleichmäßigen Atmen der anderen. Sie schliefen tief und fest, während ich den Balken über mir betrachtete, auf den das fahle Mondlicht fiel. Ich kannte bereits jedes Astloch. Immer, wenn ich die Augen schloss, war ich wieder in dem Garten und sah diese wunderschöne Frau. Aber so sehr ich mir den Kopf darüber zerbrach, wo dieser Garten lag oder wer sie sein konnte, ich fand keine Antwort. Es war zum Verrücktwerden. Seufzend setzte ich mich auf. Der Mond brauchte noch eine Nacht, bis er voll war. Sein Licht würde ausreichen, dass ich meinen Weg nach unten fand. So leise ich konnte, stand ich auf, schlich zur Luke und schlüpfte hinaus. Nach wenigen Sprüngen stand ich schon in der Gasse. Auch zu dieser späten Stunde schlief die Stadt nicht, obwohl die Nächte um diese Jahreszeit noch etwas kühl waren. Zwar heizte die Sonne die Gassen auf, aber die Dunkelheit trieb die Wärme aus der Stadt. Die Kälte fuhr unter mein Wams und ich erschauerte, doch ich wollte nicht zu anderen zurück. Also lief ich einfach los, ohne Ziel ließ ich mich treiben. Händler wie Einheimische waren auf dem Weg zu den Schenken. Die, die bereits genug hatten, torkelten durch die Gasse. Zwei ziemlich betrunkene Männer waren gerade aus einer Spelunke gekommen. Fiedelklänge und Gesang, der nicht schön war, dafür aber laut, drangen zu mir. Nachdenklich betrachtete ich die Tür. Etwas Durst hatte ich schon, und vielleicht half Starkbier beim Einschlafen. Manchmal ließen die Betrunkenen ihre Krüge halbvoll zurück. Ich zog die Kapuze über den Kopf und trat in die Schenke ein. Eine Frau, die Brianas Zunft angehörte, tanzte auf dem Tisch, die Männer standen um sie herum und klatschten johlend im Takt. Andere von Brianas Gewerbe umgarnten willige Freier. Rauchschwaden hingen in der Luft wie Schleier. Ich suchte hinter einem Tragbalken etwas Deckung, ließ meinen Blick über die johlende Meute schweifen und hatte Glück.

»Komm schon, mein Freund, du hast genug«, schrie ein Mann so laut, dass man ihn wahrscheinlich noch am anderen Ende der Stadt vernahm. Ein wirkliches Phänomen – je betrunkener einer war, desto schlechter wurde offensichtlich sein Gehör. Der laute Kerl stand schwankend auf und half seinem Saufkumpan hoch. Ihre Krüge blieben auf dem Tisch zurück. Ich schlich an der Wand entlang, während die Männer wie zwei Ochsen mitten durch den Raum wankten und dabei jeden unsanft touchierten, der in ihrem Weg saß, was wiederum lautes Gezeter zur Folge hatte.

Der Schreihals gab der Schankmaid Münzen, die Zeche war damit bezahlt. Schnell nahm ich auf der Bank Platz, so hatte ich die Wand im Rücken. In jedem der zwei Krüge war noch ein Rest, und ich schüttete sie zusammen. Den leeren Krug schob ich nach vorne.

»Na, Kleiner, was willst du?«, fragte mich die Schankmaid.

»Hab noch was.« Ich hob den Krug hoch, worauf sie grinste. »Die Herren waren sehr großzügig, lass es dir schmecken.« Sie zwinkerte mir zu, nahm den leeren Krug und eilte davon. Ich trank einen kräftigen Schluck. Das Starkbier ging mir sofort in den Kopf. Damit musste ich aufpassen, sonst würde ich nicht mehr aufs Dach und in unsere Unterkunft kommen. Die Menschen feierten ausgelassen. Ich versuchte, mich möglichst ruhig zu verhalten und nicht aufzufallen. Vor allem wollte ich niemanden merken lassen, dass ich in Wirklichkeit eine Frau war. Lachend sank die tanzende Maid nach hinten, und einer der umstehenden Männer fing sie auf. Er hob sie herunter, setzte sich und zog sie auf seinen Schoß. Innig küssten die beiden sich, und ich musste sie einfach anstarren. Bisher hatte ich noch nie einen Mann geküsst. Wie das wohl war? Bestimmt glitschig. Mich schüttelte es. Darauf sollte ich trinken, um die Vorstellung herunterzuspülen. Doch die Dirnen küssten nicht nur, sondern trieben noch ganz andere Dinge mit ihren Freiern in den dunklen Gassen hinter den Schenken oder dem Markt. Briana meinte immer, dass es gar nicht so schlimm wäre, und wenn der Kerl hübsch sei, mache es manchmal sogar Spaß. Durch sie wusste ich mehr darüber, als mir lieb war. Wieder schüttelte es mich. Da riskierte ich es lieber, dass man mich als Diebin erwischte und mir die Hand abschlug.

Die Tür der Schenke wurde geöffnet und zwei Männer traten ein. Die Kerle, die von Kopf bis Fuß in Schwarz gehüllt waren, passten überhaupt nicht hierher. Sogar die Hände steckten in schwarzen Handschuhen. Nun gut, dunkle Farben waren nichts Außergewöhnliches für das normale Volk, aber die Aura war ebenso düster wie ihre Kleidung. Sie wählten den Tisch neben meinem, und mir sträubten sich die Nackenhärchen. Vielleicht handelte es sich bei den beiden um Attentäter aus dem Süden. Solcherlei Menschen sollte man nicht so viel Aufmerksamkeit schenken, die wurden schnell nervös und damit unberechenbar. Also versuchte ich, sie zu ignorieren, doch mein Blick wanderte immer wieder zu den beiden. Als der eine seinen Umhang ablegte, erstarrte ich. An einem dünnen Lederband trug er das Phönixamulett, das heute in meiner Erinnerung aufgetaucht war. Wie konnte das sein? Aufgeregt trank ich vom Bier. Mein Blick klebte förmlich an dem Amulett. Leider waren das Gejohle und die Musik ziemlich laut, oder es lag daran, dass die Männer so leise redeten. Auf jeden Fall vermochte ich zu meinem Verdruss nicht zu verstehen, was die beiden miteinander sprachen.

»Na, möchtest du vielleicht doch noch was?«, fragte mich die Schankmaid. Erst wollte ich verneinen, doch dann sah ich zu meinen düsteren Nachbarn.

»Sind die des Öfteren hier?«, erkundigte ich mich. Der Blick des Mädchens folgte meinem.

»Nein, heute das erste Mal«, berichtete die Maid. »Sie sind wohl auf der Durchreise, denn sie haben nach einem Zimmer gefragt. Doch wir haben hier keine Zimmer für Übernachtungsgäste, nur den Schankraum und Strohsäcke, daher schickte ich sie zum Haus von Iona, die Straße herunter, sie vermietet Zimmer.«

»Danke dir«, erwiderte ich. Irgendjemand rief nach ihr, und einen Wimpernschlag später war sie schon auf dem Weg. Nachdenklich lehnte ich mich zurück. Ich musste an das Amulett kommen, und es ihnen abzukaufen war keine Option, denn ich hatte nicht eine einzige Münze. Die Männer bestellten sich Wasser, von dem sie nur wenig tranken, und etwas Brot. Es dauerte eine Ewigkeit, bis sie aufbrachen. Doch dann erhoben sie sich und nahmen ihre Umhänge. Ich stand ebenfalls auf. Ohne mir Beachtung zu schenken, schritten sie zur Tür. Jedermann ging ihnen freiwillig aus dem Weg. Auch die anderen spürten offensichtlich ihre Düsternis. Auf der fackelbeleuchteten Straße torkelten Betrunkene herum. Einer erleichterte sich an der Wand. Ich verfolgte die beiden Männer, schloss auf, bis ich direkt hinter ihnen war.

»Ich bin froh, wenn ich aus dieser Drecksstadt heraus bin. Das hier war wieder eine verfluchte Sackgasse«, sagte der Rechte, während er sich den Umhang umlegte. Der mit dem Amulett trug seinen über dem Arm.

»Wie ich den Süden hasse. Ich verstehe einfach nicht, warum die Meisterin hier weiter verweilt.«

»Solange wir nicht finden, was sie sucht, wird die Meisterin uns zwingen, in den Südlanden zu bleiben. Es ist ein Jammer. Die rückständigen Bastarde denken doch wirklich, sie könnten unsereins per Gesetz verbieten. Zu gerne würde ich denen zeigen, was ich zu tun imstande bin, aber die Meisterin will, dass wir unauffällig vorgehen und unsere Fähigkeiten verbergen.« Der Mann mit dem Amulett machte einen abschätzigen Laut, als ein angeheiterter Färbergeselle in ihn rannte. Dass er Färber war, erkannte ich an den blauen Händen, und seinen Gesellenstatus an der Kleidung. Der Umhang des Kerls mit dem Amulett landete auf der Straße.

»Pass doch auf«, zischte der wie eine Schlange.

»Oh … dasssss tud mir abee sooooo …«, lallte der Geselle, hob ungelenk den Mantel auf und fuhr mit der Hand darüber, um den Dreck abzuwischen.

»Das ist ja widerlich. Er ist in einer Bierpfütze gelandet und stinkt wie ein Bierfass.« Sein Gegenüber entriss ihm das Kleidungsstück. Doch der Geselle hörte nicht auf, den Dreck vom Mantel zu putzen.

»Dasssss tud mir sooooo leid.«

Das war meine Chance. Ich zog das Messer, blitzschnell hatte ich das lederne Band durchschnitten. Es fiel nach unten und landete lautlos im von vielen verschütteten Bieren durchtränkten Matsch. Der Mann bemerkte den Verlust nicht mal.

»Geh mir aus dem Weg!« Er schob den Gesellen unwirsch zur Seite und stapfte weiter, warf sich energisch den Umhang um die Schultern; sein Kumpan folgte ihm. Hastig schob ich den Dolch in die Scheide und hob das Schmuckstück auf.

»Weher biesst duu dänn?«, fragte mich der Geselle. »Dasch haahat woooohl der Heeeerr verlor…« Er deutete auf das Amulett.

»Ich bring´s ihm«, antwortete ich schnell.

»Heeerr, Heeeerr«, rief der Geselle und drehte sich um. Was für ein Trottel. »Ihhihr habt wasch verloren.«

»Das Amulett«, brüllte der Kerl. Wie von Kreaturen der Unterwelt gehetzt rannte ich los, erklomm behände das nächste Fachwerkgebälk und erreichte das Dach. Im Schein des Mondlichts rannte ich über die Dächer, sprang von einem zum anderen, rutschte dann nach unten – das Schilf kratzte auf meiner Haut – hüpfte auf ein Vordach und hangelte mich an dem Erker herunter. Ich folgte der Gasse, sie führte zu Speichern, in denen Händler ihre Waren lagern konnten, ehe sie auf die Flussschiffe geladen wurden. Hier gab es immer wieder mal ein paar, die leer standen. Verstohlen blickte ich mich um. Niemand war zu sehen, ich zog die Tür auf und betrat einen dieser leeren Speicher. Er war unser Treffpunkt, wenn wir nicht mehr imstande waren, in die Unterkunft zurückzukehren. Hier konnte ich mir das Amulett erst mal in Ruhe ansehen, bevor ich zu den anderen zurückkehrte. Durch die Öffnungen, die zur Belüftung dienten, schien das Mondlicht. Ich hielt das Amulett in einen Strahl und wischte mit den Fingern den Matsch ab. Es war wirklich genau das aus dem Erinnerungsfetzen, den ich erlebt hatte, als mir Keena den Phönix im Buch gezeigt hatte. Noch immer konnte ich nicht begreifen, was das bedeuten mochte.

»Na, da ist ja das Bürschchen, das mich bestohlen hat.« Der der Besitzer des Amuletts trat ein und ich wich zurück. Verflucht, wie hatten sie mich nur finden können?

»Wie wird hier mit Diebesgesindel verfahren?«, fragte er.

»Es wird Dieben die Hand abgehackt«, antwortete der andere, der sich hinzugesellte.

»Dazu bräuchten wir Schwerter. Da habe ich doch was Besseres. Hier wird uns niemand sehen, und ich kann endlich mal wieder die Magie sprechen lassen.« In der Hand des einen wuchs eine blau schimmernde Kugel, die pulsierte.

Das waren zwei verdammte Magier. Ich hatte gehört, dass es Menschen mit solchen Fähigkeiten gab, aber niemals auch nur einen zu Gesicht bekommen, denn die Südlande waren nicht wirklich magiefreundlich. Der König hatte einen regelrechten Feldzug gegen Magie geführt und sie per Gesetz verboten. Sie galt seither in diesen Landen als ausgerottet. Aber es wurde immer wieder gemunkelt, dass sie im Verborgenen weiter existierte. Jetzt hatte ich den eindeutigen Beweis. Der Mann schleuderte die Kugel nach mir. Ich hechtete zur Seite, und sie schlug in den Tragbalken ein, vor dem ich eben noch gestanden hatte. Holzstücke wirbelten herum. Ich schützte mein Gesicht.

»Die kleine Made ist schnell.« Wieder wuchs eine Energiekugel in der Hand des Magiers.

»Ihr könnt das Amulett wiederhaben. So schön ist es gar nicht«, rief ich und warf es zu den Männern. Das Schmuckstück landete drei Schritte von ihnen entfernt auf den Boden. Das ließ sie etwas stutzen und verschaffte mir genug Zeit, um den Tragbalken hochzuklettern. Ich musste es nur über den Querbalken bis zu den Belüftungsluken schaffen.

»Du wirst hierbleiben«, rief der Magier wütend. Doch ich kletterte weiter, erreichte gerade das Dachgebälk, da traf eine Kugel den Querbalken und riss ein Stück heraus. Ich rutschte ab. Als ich mit dem Rücken voran am Boden aufschlug, wich mir sämtliche Luft aus den Lungen. Mir tat alles weh und ich konnte mich kaum bewegen.

»Sieh da, es ist ein Mädchen«, stellte der Magier fest und trat zu mir. »Eine diebische kleine Elster.« Er ging in die Hocke und blickte auf mich herab. Erneut wuchs eine Kugel in seiner Hand. »Irgendetwas an deiner Aura ist seltsam.« Er runzelte die Stirn. Während er mein Gesicht musterte, zog ich unauffällig den Dolch. Um keine Schmerzenslaute von mir zu geben, presste ich die Lippen aufeinander. So leicht gab ich mich nicht geschlagen.

»Bring es endlich zu Ende«, fuhr ihn sein Kumpan unwirsch an.

»Sie könnte es sein. Das Amulett hat uns offenbar zu ihr geführt. Wir müssen die Meisterin informieren, dass wir sie gefunden haben«, meinte der, der bei mir hockte und sah zu seinem Gefährten. Schnell rammte ich den Dolch in seine Wade, er schrie und ich rollte mich über den Boden.

»Verfluchtes Miststück, wir werden dich zur Meisterin bringen, weil sie es wünscht. Aber sie sagte nicht, in welchen Zustand wir dich übergeben sollen, nur *lebend*.« Die Magiekugel schlug neben mir ein und hinterließ einen kleinen Krater. Der Lehmboden spritzte in alle Richtungen. Ich zog die Beine an den Körper und schützte meinen Kopf mit den Armen. Wieder schwebte eine Kugel über der Hand des Magiers und er holte aus, als das Amulett, das hinter ihm auf dem Boden lag, zu leuchten begann. Das Licht wuchs in die Höhe, wurde zu einer Gestalt, die Gestalt zu einem Krieger.

»Verfluchtes Pack«, schrie er, und schon hatte der Krieger den sich in seiner unmittelbaren Reichweite befindlichen Magier um seinen Kopf erleichtert. Der Schädel kullerte über den Boden. Mein Angreifer sprang auf die Beine, feuerte Leuchtkugeln nach dem Krieger, die dieser mit seinem Schwert abwehrte. Dann ging der Krieger zum Gegenangriff über. Zuerst rammte er die Klinge tief in die Brust des Magiers. Während der zurücktaumelte, zog der Krieger mit einem Ruck das Schwert aus dessen Leib, um ihn anschließend ebenfalls zu köpfen. Nachdem die Männer ausgeschaltet waren, war ich an der Reihe. Mein Herz schlug bis zur Kehle und ich rutschte mit zusammengebissenen Zähnen rückwärts – mein Körper ein einziges schmerzhaftes Pulsieren – bis eine Wand mich aufhielt.

»Bitte verschont mich«, flehte ich und betrachtete sein Schwert. Von der Klinge, die im Mondlicht schimmerte, tropfte Blut. Auch wenn mein Messer nicht im Bein des Magiers gesteckt hätte, wäre ich damit kaum weitergekommen.

»Wie heißt du?«, fragte er. Er sah mir in die Augen und ich hatte das Gefühl, ihn zu kennen. Doch woher? Es war seltsam.

»Máire. Aber das ist nicht mein richtiger Name, denn ich wurde ohne Erinnerungen aus dem Fal gefischt.« Ich redete schneller, als ich denken konnte und mehr, als ich wollte. Endlich erlangte ich die Kontrolle über mein Mundwerk zurück, verstummte und presste die Lippen aufeinander. Der Mann verengte die Augen und musterte mich einen Moment.

»Du bist es«, sagte er dann.

»Wirst du mich jetzt auch töten?«, flüsterte ich heiser.

»Nein«, war seine Antwort. Er zeichnete mit der Hand einen Ring in die Luft, der plötzlich zu brennen begann.

»Komm«, meinte er und streckte mir seine Hand entgegen. Irgendetwas in mir wollte ihm vertrauen, doch mein Verstand riet mir, so schnell wie möglich das Weite zu suchen.

»Auf keinen Fall.« Ich drückte meine Hände an den Leib.

»Dafür habe ich keine Zeit.« Der Krieger schob das Schwert in die Scheide, hob mich hoch, warf mich wie einen Kornsack über seine breiten Schultern und sprang mit mir durch den Feuerring. Dann stellte er mich wieder auf die Beine. Ich drehte mich fassungslos im Kreis. Wir befanden uns inmitten eines Waldes, vom Speicher fehlte jede Spur.

Kapitel 4

Der Ring erlosch, und es war dunkel. Wenn der Mond nicht gewesen wäre, hätte ich kaum die Hand vor Augen gesehen.

»Wie ist das möglich?« Ich ging zu der Stelle, an der der brennende Ring eben noch geschwebt hatte, streckte die Finger aus und spürte den Nachhall einer Energie auf meiner Haut prickeln. »Wo sind wir?«

»Vorerst in Sicherheit«, meinte der Fremde. Er schichtete Äste zu einem Haufen. In seiner Hand wuchs ein Feuerball, damit entzündete er das Holz.

»Das Feuer hast du durch Magie gemacht«, sagte ich zu ihm.

»Natürlich durch Magie«, erwiderte er harsch. »Du solltest auch Magie beherrschen«, fügte er hinzu, hielt inne und betrachtete mich mit einem seltsamen Blick. »Du beherrschst doch Magie?« Er zog die blonden Brauen hoch.

»Nun ja, ich hab ein nettes Lächeln, mit dem kann ich so manchen bezaubern«, erwiderte ich und grinste unsicher. Etwas Humor half immer. Doch mein Gegenüber runzelte nur die Stirn.

»Du beherrschst keine Magie? Bei den Göttern, was ist geschehen?«

»Sag du es mir. Ich wurde vor vier Jahren mit einer Wunde am Kopf und ohne Erinnerungen aus dem Fal gefischt«, blaffte ich zurück. Ich konnte auch unfreundlich sein. Dann unterhielten wir uns eben in diesem Ton.

»Einer Wunde?« Jetzt fuhr er über sein bartschattiges Kinn. »Du solltest keine Wunden haben«, meinte er.

»Tja, ich hatte aber eine.«

»Irgendwas stimmt nicht mit dir.«

»Vielleicht stimmt ja mit dir etwas nicht«, fuhr ich ihn an. Was erlaubte sich der dreiste Kerl? Gut, er war größer, stärker und besaß ein Schwert. Wenn man das aus dieser Warte betrachtete, sollte ich vielleicht mein Mundwerk zügeln. In zwei Schritten war er bei mir, packte meine Hand und zog den Dolch, der an seinem Gürtel hing.

»Was hast du vor?« Ich versuchte, mich ihm zu entwinden. Das hatte ich nun von meinem großen Mundwerk.

»Jetzt halt still.« Er schnitt in meine Handfläche. Heißer Schmerz durchzuckte mich, Blut quoll heraus.

»Es heilt nicht«, stellte er fest.

»Weil Schnitte nicht so schnell heilen. Das tat weh«, schrie ich. Er hob meine Hand an seine Nase und roch dran.

»Das Blut wurde durch dunkle Magie vergiftet, genaugenommen schwarze Werwolfsmagie, das unterdrückt deine Kräfte. Wir müssen sie aus dir herauskriegen. In den Nordlanden lebt eine Magierin, die könnte helfen.«

»Du meinst die Nordlande, die hinter dem Erasgebirge liegen, das bisher so gut wie keiner lebendig überqueren konnte?«

»Genau, das meine ich.« Er ließ mich los. Das Blut tropfte auf den Boden.

»Verflucht, und ich hab nichts zum Verbinden dabei«, schimpfte ich und betrachtete meine Hand, die schon voller Blut war. Der Krieger nahm sie noch einmal, doch dieses Mal sanfter. Seine Finger begannen zu glühen, langsam fuhr er den Schnitt entlang. Es wurde warm, dann kribbelte es, und die Wunde schloss sich.

»Nun brauchst du keinen Verband mehr«, sagte er. Er hob auf dem Weg zum Feuer einen Ast auf, warf ihn hinein und setzte sich. Ich blickte von dem Mann zu meiner Hand, dann wieder zu ihm.

»Danke«, murmelte ich, ging in die Hocke und wischte das Blut am feuchten Moos ab. Nachdenklich erhob ich mich. *Such das Weite, such das Weite*, rief eine Stimme in meinem Kopf. Wäre da nicht meine Neugier gewesen. Dieser Mann schien Wissen über mich zu besitzen, und warum, bei allen Göttern, kam mir er so vertraut vor? Es war, als würde ich einem alten Freund begegnen, nur dass ich mich an ihn nicht im Mindesten erinnern konnte. Vielleicht war er jemand aus meiner Vergangenheit und ich kannte ihn ja wirklich? Eilig verringerte ich den Abstand zwischen uns. Ich wollte versuchen, alles von ihm zu erfahren, was er wusste. Doch falls er auch nur seltsam mit der Wimper zuckte, dann würde ich losrennen, als seien mich die Hunde des Unterweltgottes hinter mir her. »Warum sollte ich Magie beherrschen können?« Ich nahm ihm gegenüber in Habachtstellung am Feuer Platz.

»Weil du das Blut eines Einhorns in dir trägst«, erwiderte er.

»Eines was? Du meinst die Pferde aus den Sagen mit dem Horn auf der Stirn? Und du, bist du auch ein Einhorn? Ich hatte mir Einhörner immer ganz anders vorgestellt«, sagte ich sarkastisch. Das klang jetzt wirklich absurd. Ich, ein Pferd mit Horn. Wie lächerlich.

»Nein, ein Phönix, wir schützen von jeher die Einhörner. Ich war der Wächter deiner Mutter, doch sie gab mich an dich weiter«, erklärte er, und seinem Gesichtsausdruck nach zu urteilen, meinte er das wirklich ernst. Das konnte doch nicht wahr sein. War das vielleicht ein Traum?

»Aha«, sagte ich langsam, öffnete den Mund, um etwas zu fragen, schloss ihn wieder, schüttelte den Kopf und dachte über das Gehörte nach. Ganz allmählich erfasste ich den Sinn dieser Worte. »Meine Mutter, du kanntest also meine Mutter?«

»Ja, natürlich, ich war ihr Wächter«, wiederholte er sehr langsam, als würde er mit einem kleinen Kind sprechen.

»Und sie war ein Einhorn?«

»Das war sie«, bestätigte er.

In meinem Kopf drehte sich alles, mir wurde schwindlig. Vielleicht gab es ja eine ganz einfache Erklärung für das Ganze?

»Kann es vielleicht sein, dass ich giftige Pilze gegessen habe? Die sollen solch seltsame Fantastereien auslösen«, sagte ich mehr zu mir selbst, denn das war eine plausible Erklärung. »Oder ich habe das Starkbier nicht vertragen, liege in diesem Moment auf der Bank in der Schenke und träume dies alles.«

»Verspottest du mich?«, fragte mein Gegenüber scharf.

»Nein, aber du musst zugeben, dass sich deine Geschichte zu fantastisch anhört«, erwiderte ich.

»Sie ist nicht fantastisch, sondern die Wahrheit.« Jetzt klang er gekränkt.

»Also gut, fangen wir von vorne an. Vielleicht solltest du mir zuerst einmal deinen Namen verraten.« Ich wollte ihm glauben, denn dieses vertraute Gefühl wurde mit jedem Augenblick, den ich hier mit ihm am Feuer saß, stärker. Aber falls es doch ein Traum war, dann wollte der mir vielleicht etwas sagen und ich musste herausfinden, was.

»Man nennt mich Cadan.«

»Cadan, schön, dich kennenzulernen. Wenn du schon meine Mutter gekannt hast, weißt du wahrscheinlich auch meinen richtigen Namen?«

»Deine Mutter nannte dich Shanell, denn sie sah in dir ein Geschenk der Götter.«

»Shanell«, wiederholte ich. Auch das war vertraut. »Was ist mit meiner Mutter geschehen?«

»Sie starb bei deiner Geburt.«

»Aber sie war doch ein magisches Wesen, ein Einhorn? Laut den Sagen und Liedern, die ich über sie gehört habe, sind sie unsterblich.« Mein Blick begegnete Cadans, und ich sah Trauer in seinen Augen.

»Das sind sie auch. Alles begann damit, dass eines Tages das Pferd deines Vaters mit ihm durchging und ihn mitten im Wald abwarf. Bei dem Sturz verletzte er sich schwer am Kopf. Deine Mutter fand ihn. Nur ein Blick genügte und sie verliebte sich. Sie war schon immer von Menschen fasziniert gewesen und natürlich heilte sie ihn.« Cadan seufzte leise. »Sie folgte deinem Vater auf dessen Festung und wurde seine Frau. Obwohl beide sehr glücklich waren, wusste sie, dass ihrem Glück etwas fehlte, denn dein Vater sehnte sich nach Kindern. Doch Aileen war klar, dass, wenn sie von einem Menschen ein Kind empfing, die Geburt nicht überleben würde, da das Kind als Mensch in ihr reifte und ihre Unsterblichkeit dann langsam auf das Ungeborene überging. In dem Moment der Geburt würde sie diese ganz verlieren und sterben. So ist es geschehen. Als sie bemerkte, dass sie ein Kind unter dem Herzen trug, rief sie mich. Sie befahl mir, dich ab den Tag deiner Geburt zu schützen.«

»Aileen, sie hieß Aileen?«

»Und dein Vater Brenton.«

»Aileen und Brenton«, sagte ich. Auch diese Namen waren mir irgendwie vertraut, so vertraut wie mein Gegenüber. Als wären wir durch ein unsichtbares Band verknüpft.

»Was ist mit meinem Vater geschehen?«

»Keine Ahnung. Deine Mutter verwandelte mich wieder in das Amulett. Ich sollte an deinem sechzehnten Geburtstag um Mitternacht erscheinen, denn da würde sich deine Magie voll entfalten – oder wenn dir Gefahr drohte. Als Amulett bin ich in einer Art Schlafzustand. Magie ist in diesen Landen per Königserlass verboten und Aileen wollte deinen Vater nicht in Schwierigkeiten bringen. Daher hielt sie ihre Magie vor allen streng geheim. Dies ist auch der Grund, warum dein Vater keine Ahnung von mir hatte. Seit ihrem Kennenlernen trug sie mich stets als Amulett bei sich. Ich sagte ihr damals schon, dass das eine dumme Idee wäre. Aber sie meinte, sie könne ihrem Gemahl und vor allem den Königstreuen keinen Krieger erklären, der ihr auf Schritt und Tritt folgte. So viele Jahrhunderte hatte ich ihr gedient, doch ich vermochte Aileen nicht zu retten.« Cadan senkte den Kopf, lange Strähnen hingen tief in sein Gesicht. Er sah wie ein Büßer aus. Jahrhundertelang hatte er also meiner Mutter gedient. Hätte ich sein Alter schätzen müssen, hätte ich gedacht, er wäre nur ein paar Jahre älter als ich. Das alles klang irrsinnig, und doch wusste ich aus irgendeinem unerfindlichen Grund, dass es wahr war. Auch wenn mein Verstand glauben wollte, dies wäre ein absurder Traum.

»Aber etwas Schlimmes muss mir zugestoßen sein, denn ich wurde im Fal treibend mit einer Wunde am Kopf gefunden. Offensichtlich hast du mich nicht davor bewahrt. Warum auch immer.«

»Ich besitze keine Erinnerungen. Doch ich habe wohl ein zweites Mal versagt. Es muss mit der magischen Vergiftung deines Blutes zu tun haben. Wir sollten unbedingt etwas dagegen unternehmen, sonst wird das Einhorn in dir immer mehr schwinden und du bist nur noch Mensch.« Er hob den Kopf.

»Wäre dies so schlimm? Ich war bisher der Meinung, ein Mensch zu sein, daher würde ich nichts vermissen.«

»Abgesehen davon, dass es das Erbe deiner Mutter ist und du es einfach wegwerfen würdest ...«, brauste Cadan auf, »... sobald du ein Mensch bist, wird dich die magische Vergiftung töten. Nur das Einhornblut in deinen Adern hat dein Ableben bisher verhindert.« Er sah mich ernst an, und ich schluckte. Sterben wollte ich nicht.

»Das sind dann keine guten Aussichten«, erwiderte ich heiser.

»Nein, das sind sie wahrlich nicht«, sagte Cadan mit düsterem Blick. Ich schlang die Arme um meinen Leib, trotz des Feuers war mir kalt und ich zitterte. Tränen brannten in den Augen. Es gab noch so vieles im Leben.

»Eines lass dir gesagt sein: Ab dem Tag, an dem dich deine Mutter unter ihrem Herzen spürte, liebte sie dich. Du musst am Leben bleiben, wegen ihres Erbes und dieser bedingungslosen Liebe, die du jetzt in dir trägst.« Er sah mich aufmerksam an, während ich das Gefühl hatte, ein Gänseei würde quer in meiner Kehle stecken. Trotz Schluckens wollte es nicht verschwinden, und die Tränen ließen sich kaum mehr aufhalten, denn ich war geliebt worden. Die ganze Zeit hatte ich in dem Glauben gelebt, man hätte mich wie Unrat weggeworfen. Ich atmete tief durch, drängte die Flut zurück. Es war keine Zeit, um in Selbstmitleid zu versinken. Noch war ich am Leben und ich würde keinesfalls kampflos aufgeben. Wenn ich mich auf die Suche nach der Magierin, die mir zu helfen vermochte, machen wollte, musste ich noch einiges regeln.

»Falls ich das richtig verstanden habe, bist du mein Wächter und musst dem folgen, was ich befehle«, sagte ich.

»Dies ist wohl so«, meinte Cadan.

»Dann bringe mich bitte in die Stadt zurück.«

»Das ist keine gute Idee.«

»Dort sind meine Freunde. Sie werden sich Sorgen machen und nach mir suchen. Du wirst mich zurückbringen«, beharrte ich.

»Wenn diesen Magiern, die ich getötet habe, klar geworden ist, was du wirklich bist, dann werden mehr ihrer Art in der Stadt auftauchen. Vor ihrem Tod könnten diese Kerle noch eine Botschaft an ihre Brüder gesandt haben. Sie sind in der Lage, durch ihre Gedanken miteinander zu kommunizieren.«

»Warum würden sie kommen, wenn sie herausgefunden haben, dass ich ein Einhorn bin? Was wollen sie von mir?«, hauchte ich. Da war es wieder, das Gänseei.

»Weil Einhörner eines der mächtigsten magischen Wesen sind, und wenn Magier ihr Herz essen, dann nehmen sie diese Magie in sich auf und sie verleiht ihnen zusätzlich Unsterblichkeit. Das ist der Grund, warum es nur noch so wenige von deiner Art gibt, und deshalb müssen Einhörner von Phönixkriegern geschützt werden.« Cadan warf noch ein Stück Holz ins Feuer. Funken spritzten in alle Richtungen.

»Sie wollen mein Herz essen?« Mir wurde ganz schlecht.

»Nicht, wenn ich es verhindern kann«, knurrte er.

Schweigend starrte ich ins Feuer, spürte die Hitze auf der Haut, und langsam schwand meine Hoffnung, dass dies alles nur ein Traum war.

»Einer der beiden Magier sagte etwas davon, dass ihn das Amulett zu mir geführt hätte«, beendete ich das Schweigen.

»Weil wir verbunden sind. Doch da deine magischen Fähigkeiten offensichtlich unterdrückt sind, funktioniert unsere Verbindung wohl nicht, wenn wir zu weit entfernt von einander sind. So meine Vermutung. Die interessantere Frage wäre aber, wie er an das Amulett gekommen ist?« Cadan sah mir direkt in die Augen.

»Er meinte auch, er müsse der Meisterin melden, dass er mich gefunden hat«, fügte ich hinzu.

»War ja klar, dass sie einem mächtigeren Magier dienten. Alles andere wäre auch zu einfach gewesen«, erwiderte er missmutig. »Ich werde dich auf keinen Fall in die Stadt zurückbringen.«

»Dann mache ich mich eben allein auf den Weg.« Ich stand auf, drehte mich um die eigene Achse. Wo ging es lang? Ach, egal. Ich stapfte in irgendeine Richtung.

»Warte«, rief Cadan, und ich blieb stehen, drehte mich jedoch nicht um.

»Gut, wir kehren noch einmal in die Stadt zurück, damit du dich verabschieden kannst«, lenkte er ein. Jetzt wandte ich mich ihm doch zu.

»Dann mach diesen Feuerring«, forderte ich ihn auf und zeichnete mit der Hand einen Kreis in die Luft.

»Das ist ein Portal«, meinte er und löschte das Lagerfeuer, indem er die Flammen in seine Finger zog. Es blieben nur noch die verkohlten Holzreste übrig.

»Jetzt stell dir genau vor, wo du hinmöchtest.«

»Ja, ich hab einen Ort«, antwortete ich, und er öffnete das Portal. Wir kamen auf dem Dachboden heraus, wie ich ihn vor Augen gehabt hatte. Keena kreischte. Das Mädchen musste sich fürchterlich erschreckt haben.

»Ich bin's nur, Kleines.« Schnell schritt ich zu ihr und zog sie in meine Arme. Cadan blieb beim Feuerring stehen, der hinter ihm verschwand.

»Du bist wieder da. Die anderen suchen dich.« Keena zitterte am ganzen Leib.

»Wer ist das?«, fragte Declan, der zu mir trat, ohne Cadan aus den Augen zu lassen.

»Er macht mir Angst.« Keena drückte sich an mich. Langsam zog die Morgenröte über das Land. Da Cadan direkt vor der Tür stand, erreichte sie ihn noch nicht, und man sah ihn nur schemenhaft. Ein großer bewaffneter Schatten.

»Das ist Cadan, er gehört zu mir. Vielleicht schaut er mit Licht nicht mehr so gefährlich aus«, meinte ich und schob Keena mit sanfter Gewalt von mir. Eilig durchquerte ich den Raum und nahm die Kerze, die neben ihrem Bett stand.

»Bitte.« Ich hielt sie vor Cadan, der sie mit einem Fingerzeig entzündete. Es war durchaus praktisch, einen Phönix zu haben.

»Seht ihr, bei Licht betrachtet ist er gar nicht so bedrohlich.« Ich leuchtete ihn an und musste zugeben, dass er auch im Schein der Kerze nichts an Bedrohlichkeit verloren hatte, mit seinem Schwert, dem ledernen Harnisch, eben dieser ganzen Kriegerkleidung. Was mir aber auffiel, wenn ich ihn jetzt so in Ruhe betrachtete, ohne Todesangst im Nacken, war, dass er sehr stattlich war und ein wahrlich ansehnliches Gesicht hatte. Die Lippen waren schön geschwungen und seine Iriden schimmerten wie flüssiges Gold, in dem kleine Glutfunken tanzten. Er war zweifelsohne ein eindrucksvoller Mann.

»Vertraust du ihm?«, fragte Declan vorsichtig, und ich blickte zu Cadan.

»Ja«, gab ich zurück. Denn das tat ich wirklich. Ich vertraute diesem Mann, der eigentlich ein Fremder für mich war. Doch es kam mir so vor, als sei er mir bereits mein Leben lang vertraut.

»Woher kennst du Máire?«, wollte Keena wissen. Das Mädchen durchquerte den Raum und blieb direkt vor dem großen Krieger stehen, der auf sie herabblickte.

»Schon immer«, antwortete er. Cadan sprach erstaunlich sanft mit der Kleinen. War seine Stimme schon die ganze Zeit so samtig gewesen?

»Warum kennen wir dich dann nicht?«, wollte sie weiter wissen.

»Weil ich ein Am…«

»Weil er lange auf Reisen war«, sagte ich schnell, blickte zu ihm und schüttelte den Kopf. Diese Amulettsache wollte ich lieber für mich behalten. »Bitte, suche die anderen«, trug ich Declan auf, der wie eine Statue dastand und Cadan fassungslos anstarrte.

»Ja, mach ich«, sagte er hastig und kletterte aus der Luke, als würde die Unterwelt nach ihm greifen wollen. Er schien froh darüber zu sein, von dem Krieger wegzukommen.

»Wie hast du das mit dem Feuerring gemacht?«, fragte Keena.

»Du bist ein wahrlich neugieriges kleines Ding.« Cadan lächelte. Das stand ihm so unglaublich gut, dass es mein Herz zum Stolpern brachte.

»Soll ich dir etwas zeigen?« Ohne eine Antwort abzuwarten, flitzte Keena zu ihrem Nachtlager und holte das Buch unter dem Sack hervor.

»Sieh mal, das hier ist ein Phönix.« Sie blätterte das Buch auf und hielt es vor Cadan, der zart mit dem Finger über das Bild fuhr.

»Du magst den Phönix?«, fragte er.

»Er ist eigentlich der Böse in dem Märchen, möchte den armen Müllerburschen fressen, aber ich mag ihn trotzdem. Schau nur, wie edel er aussieht.« Sie drehte das Buch zu sich und betrachtete versonnen die Zeichnung. »Ich glaube nicht, dass er den Burschen wirklich essen möchte«, fügte sie hinzu.

»Das glaube ich auch nicht. Menschenfleisch ist sehr zäh«, gab Cadan zurück und ich riss die Augen erschrocken auf. Er hatte doch nicht …? Schon die Vorstellung ließ mich erschaudern. Doch Cadan zwinkerte mir grinsend zu. Jetzt wurden meine Knie weich, denn dieses Grinsen war noch schöner als sein Lächeln. Meine Wangen brannten, heißer als Glut in der Schmiedeesse. Also gut, jetzt erst einmal durchatmen, und dann sollte ich besser damit aufhören, mich wie eine dieser mannstollen Maiden zu benehmen, deren einziger Lebenszweck es war, einen guten Ehemann zu finden. In diesem Moment kletterten die Zwillinge in die Kammer, danach Gael und Irven.

»Wer ist das?«, fragte Gael schroff und deutete mit dem Kinn zu Cadan.

»Ein Freund«, erwiderte ich.

»Du hast einen Freund, von dem wir nichts wissen?« Egan baute sich demonstrativ vor Cadan auf, verschränkte die Arme wie der Krieger. Er wollte offensichtlich so bedrohlich wirken wie sein Gegenüber, doch neben Cadan war er ein Hänfling. Obwohl Egan jetzt auch kein wirklicher Schwächling war.

»Ich begegnete ihm heute Nacht. Er kennt mich aus der Zeit, bevor ihr mich gefunden habt«, erklärte ich, und es war fast die Wahrheit. Ich schob mich zwischen die beiden, spürte Cadan direkt an meinem Rücken.

»Wirklich? Und du denkst nicht, dass er dir einfach nur einen Bären aufbinden wollte?«, meldete sich Gael zu Wort.

»Das war dumm, ihn hierherzubringen.« Faol trat einen Schritt vor und funkelte mich an.

»Sprich nicht so mit ihr«, donnerte Cadan und Faol ging hastig rückwärts. Ich drehte mich zu Cadan, strich über seine verschränkten Arme.

»Ist schon gut. Wir sind hier wie Geschwister, da redet man manchmal so miteinander.«

»Hast du jetzt einen Leibwächter?«, fragte Irven.

»Genau das bin ich, ihr Wächter«, antwortete Cadan, und ich schloss entnervt die Augen. Das würde jetzt einige Fragen aufwerfen.

»Wie kannst du dir einen Wächter leisten?«, wollte Gael wissen. Genau solche Fragen meinte ich.

»Sie bezahlt mich nicht«, erwiderte Cadan. Das machte es auch nicht besser.

»Umsonst macht so was niemand. Wenn du keine Münzen dafür bezahlst, dann teilst du mit ihm wohl das Lager. Wie lange läuft das schon?«, fragte Gael scharf. Mein Gesicht brannte. Auf dem Absatz drehte ich mich um.

»Da läuft gar nichts«, schnaubte ich. Verdammt, hätten wir nicht bei der Geschichte *Er ist ein Freund aus früheren Zeiten* bleiben können?

»Also, lass mich das noch mal zusammenfassen. Er ist neuerdings dein Leibwächter, ohne dass du dafür irgendeine Gegenleistung erbringst?« Gael hob voller Skepsis die Brauen.

»Es ist meine Aufga…«, begann Cadan. Wie von einer Spinne gebissen, drehte ich mich um und hob den Zeigefinger. »Noch ein Wort«, drohte ich und er schwieg.

»Du hast den Großen wirklich im Griff«, kommentierte Gael die Szenerie und ich wandte mich wieder ihr zu.

»Also gut. Er arbeitete früher für meine Mutter. Dann verließ er unseren Hof, um sein Glück zu suchen, und als er mich in den Gassen erblickte, erkannte er mich. Ich meine, es musste doch mal passieren, dass mich jemand aus meinem früheren Leben wiedererkennt. Das hofften wir doch, damit ich endlich weiß, woher ich komme. Außerdem half mir Cadan gegen zwei Kerle, die mich überfallen wollten, und bot mir an, mich nach Haus zu begleiten. Das meinte er mit Wächter.« Ich sah von einem zum anderen. Dies war ein bisschen die Wahrheit. Also schön, meine Geschichte war von der Wahrheit weiter entfernt als die Sonne von der Erde. Cadan hinter mir stöhnte missbilligend.

»Ja, gut«, meinte Faol. »Wir freuen uns ja für dich.«

»Wie lautet dein richtiger Name?«, fragte Gael.

»Shanell.«

»*Máire* passt besser«, warf Egan ein.

»Deine Eltern besitzen einen Hof?« Gael war mit ihrem Verhör offensichtlich noch nicht am Ende.

»Ist abgebrannt. Cadan ist in mein Heimatdorf gereist, weil er nach Arbeit suchte, und fand nur noch die verkohlten Ruinen«, log ich. Wahrscheinlich würde sich bald das Dachgebälk über uns von den Lügen biegen.

»Sie beschäftigten einen Krieger?«

»Wegen der vielen Überfälle auf die Höfe in der Umgebung.«

»Wo ist dein Heimatdorf?«

»Im Süden.«

»Und deine Eltern?«

»Sind im Feuer umgekommen.« Ich hob Gael mein Kinn entgegen, wartete auf die nächste Frage. Doch sie gab endlich Ruhe. Wir schauten uns an, in ihrem Blick sah ich, dass sie nicht überzeugt war. Ich hatte sie noch nie beschwindeln können. Das schlechte Gewissen fraß sich wie ein Parasit durch meine Eingeweide, denn ich belog meine Familie nur ungern. Aber ein Bauchgefühl sagte mir, dass es besser so war.

»Máire und Cadan sind durch einen Feuerring in die Kammer gekommen«, sagte Keena plötzlich, und alle starrten sie an. Das würde wohl wieder Fragen aufwerfen.

»Sie haben Hal geschnappt.« Declan kletterte in die Kammer.

»Was ist passiert?«, fragte ich erschrocken. Declan rang nach Atem. Er schien wie von Bestien gejagt hierhergelaufen zu sein.

»Er suchte dich im Speicher. Dort lagen wohl zwei tote Männer. Soldaten griffen ihn neben den Leichnamen auf. Sie beschuldigten ihn, die Männer getötet zu haben. Der Henker schärft schon sein Beil. Sie wollen an Hal ein Exempel statuieren, und er bekommt wahrscheinlich nicht mal einen Prozess.« Declan hatte Tränen in den Augen.

»Oh nein.« Mein Herz schrumpfte zusammen, ich schnappte nach Luft und drehte mich zu Cadan um. Das waren die Magier, die er getötet hatte.

»Ich muss etwas tun«, sagte ich entschlossen und wollte zur Luke.

»Moment, wo gehst du hin?«, fragte Cadan.

»Na, ich helfe meinem Freund«, erwiderte ich und schritt weiter.

»Du wirst dich nicht in Gefahr begeben«, bellte er.

»Entweder du kommst mit oder du bleibst hier. Mir egal.«

»Ich komme mit«, sagte Gael.

»Wir auch«, verkündeten die Zwillinge. Jetzt drehte ich mich doch um.

»Nein, die sollen nicht noch mehr von uns einsperren«, erwiderte ich.

»Wie willst du ihn allein dort rausholen?«, fragte Gael.

»Er ist auch unser Freund.« Faol trat neben sie.

»Ich werde ihn rausholen.« Cadan kam zu mir.

»Er wird Hal ganz bestimmt retten, denn er kann mit seinem Finger eine Kerze entzünden«, sagte Keena, und wieder starrten sie alle an. Auch das würde Fragen aufwerfen. Doch ehe sie sie mir stellen konnten, kletterte ich eilig aus der Luke.

Kapitel 5

Wir rannten über die Dächer. Obwohl Cadan ziemlich massig war, denn er bestand nur aus Muskeln, bewegte er sich erstaunlich lautlos.

»Warum hast du deinen Freunden nicht die Wahrheit gesagt?«, wollte er wissen. Er lief direkt hinter mir.

»Weil ich sie damit in Gefahr bringen würde. Wenn mehr Magier in die Stadt kommen, dann ist es besser, sie haben keine Ahnung davon, was ich wirklich bin und woher ich komme«, erwiderte ich und wurde schneller.

Endlich erreichten wir das Rathaus, unter dem sich das Gefängnis befand. Ich kletterte in einer ruhigen Sackgasse die Fassade hinunter, während Cadan einfach die vier Stockwerke in die Tiefe sprang und, ohne jegliches Geräusch zu verursachen, am Boden aufkam. Er war wirklich beeindruckend. Wir folgten der verwinkelten Sackgasse, die zu einer größeren Straße führte. Menschen strömten in Richtung Rathaus und redeten aufgeregt über eine

Hinrichtung, die am Mittag stattfinden sollte. Ich wurde langsamer, hatte das Gefühl, keine Luft mehr zu bekommen.

»Sie wollen ihn tatsächlich hinrichten«, sagte ich zu Cadan.

»Zeig mir den Hinrichtungsplatz«, meinte er und ich rannte los, schubste die Menschen unsanft zur Seite, störte mich nicht an ihrem Gezeter. Das große Tor zum Innenhof des Rathauses stand offen. Langsam füllte sich der Platz mit Menschen, die sich den besten Standort sichern wollten, um das Spektakel gut sehen zu können. In der Mitte des Hofes war ein Holzpodest, die Bühne für den Hackstock, auf dem Dieben die Hände abgetrennt oder eben Köpfe von den Schultern geschlagen wurden. Das Blut vieler Menschen klebte an dem Holz, und das meines Freundes sollte nicht dabei sein.

»Da drüben geht es zu den Verliesen.« Ich deutete zu einer Holztür mit massiven Metallbeschlägen. Bis zur Mittagsstunde dauerte es noch, das gab uns Zeit, einen Befreiungsplan auszubaldowern. Ich zog Cadan in eine ruhige Ecke, von den Menschen weg, die sich um das Podest scharten wie ein Rudel Bestien, das nach Blut gierte.

»Mein Vorschlag wäre, du schleppst mich zum Hauptmann und sagst, du möchtest eine Belohnung kassieren, denn du hättest mich beim Diebstahl erwischt. Sie werden mich sicherlich zu den Zellen bringen.«

»Und dann?« Cadan hob die Brauen.

»Dann werde ich improvisieren. Ich bin schon aus weit schlimmeren Situationen herausgekommen.«

»Das ist dein Plan?«, hakte er nach.

»Einen besseren hab ich nicht«, zischte ich.

»Das ist ein dummer Plan, bei dem du dich einer unkalkulierbaren Gefahr aussetzt. Das kann ich nicht zulassen«, erwiderte er.

»Ist mir egal. Es geht um meinen Freund. Ich werde ihn da rausholen, ob du mitmachst oder nicht.« Ich funkelte ihn an.

»Es wäre besser, du bringst mich ins Gefängnis«, schlug er vor.

»Hast du dich schon mal angesehen? Niemand wird mir glauben, dass ich dich gefangen nehmen konnte. Das ist ein wirklich dummer Plan.« Ich verdrehte die Augen. In diesem Moment brandete aufgeregtes Stimmengewirr auf. Die Tür zum Gefängnis wurde geöffnet und Hal trat heraus, umringt von Soldaten, als wäre er extrem gefährlich. Eisenfesseln umschlossen seine Handgelenke, verbunden durch eine schwere Kette, die bei jedem Schritt klirrte.

»Die wollten ihn doch erst zur Mittagszeit hinrichten. Was soll das?« Tränen ließen meine Sicht verschwimmen.

»Also gut, neuer Plan.« Cadan packte mich und zog mich mit sich aus dem Hof. Der Stadtschreiber begann gerade damit, Hals Vergehen vorzulesen.

»Nein, wir können ihn nicht in Stich lassen. Er ist dort wegen uns. Bitte, Cadan«, bettelte ich, doch der Krieger ließ mir keine andere Wahl, als mitzukommen, grob zerrte er mich weiter und brachte mich zu der ruhigen Sackgasse zurück, bis zu ihrem Ende, das man von der Straße aus nicht sah.

»Wie kannst du nur zulassen, dass man ihn hinrichtet. Du hast diese Männer getötet. Ich dachte, du wärst ein Krieger«, schrie ich verzweifelt.

»Bitte sei leise, wir brauchen keine Aufmerksamkeit. Ich werde deinen Freund da rausholen. Du kehrst in deine Unterkunft zurück, wir treffen uns dort. Bitte, tue wenigstens einmal, was ich sage.«

»Wie willst du das schaffen?«

»Ganz einfach.« Er trat etwas zurück und plötzlich fing er an, sich zu verändern. Sein Mund verwandelte sich in einen Schnabel, ein goldenes Gefieder wuchs auf seinem Leib. Er wurde immer größer, bis er zwei Stockwerke hoch war. Vor mir stand ein glänzender Vogel, der einem Adler ähnelte und dessen Flügel und langer Schwanz brannten. Er war so wunderschön. Er sah mich erwartungsvoll an.

»Gut, ich kehre in die Unterkunft zurück«, sagte ich und Cadan nickte. Dann schlug er mit den Flügeln und erhob sich in die Lüfte. Der Wind, den seine Schwingen verursachten, warf mich beinahe um. Cadan erreichte den Dachfirst und gewann an Höhe. Jetzt sahen die Menschen ihn, sie kreischten und schrien. Eine wilde Panik brach in der Straße aus. Eilig kletterte ich auf das Dach, rannte zur Unterkunft. Als ich schon fast die Luke zum Dachboden erreicht hatte, sah ich Soldaten im Hof. Ich ging in die Hocke und hielt den Atem an, um besser hören zu können.

»Das ganze Pack ist da. Oben auf dem Boden. Hätte ich gewusst, dass sie Diebe und Mörder sind, hätte ich sie nicht beherbergt«, schimpfte die Hauswirtin laut.

Ein Soldat drückte ihr Münzen in die Hand. So ein Miststück. Hastig sprang ich zur Luke.

»Wo ist Hal?«, fragte Faol.

»In Sicherheit«, antwortete ich schnell, obwohl ich nicht wusste, ob Cadan ihn wirklich gerettet hatte. »Wir müssen hier weg. Unten sind Soldaten. Greift euch, was ihr tragen könnt.« In diesem Moment erschien ein Feuerring, Cadan trat hindurch, er war wieder ein Krieger mit allen Drum und Dran. Ich hörte Schritte, schwere Stiefel stürmten die Treppe hinauf.

»Sie kommen«, flüsterte Gael.

»Planänderung.« Ich schob Cadan energisch zur Seite. »Da durch, schnell.« Eilig packte ich Keena, führte sie zum Portal und schob sie hinein. Die anderen sahen mich nur an. Die Schritte näherten sich unerbittlich.

»Jetzt geht schon«, schrie ich und sah zur Tür.

»Das ist keine gute Idee«, meinte Cadan noch, aber meine Freunde sprangen schon in den Feuerkreis. Dann schloss er sich.

»Was ist passiert?«, fragte ich Cadan.

»Die Portale, die ich erschaffe, lassen nur eine begrenzte Anzahl an Wesen passieren«, erklärte er. »Es ist ein Wunder, dass so viele durchgekommen sind.« In diesem Moment krachte die Tür auf. In wenigen Schritten war ich beim Fenster, schlüpfte hinaus und erklomm das Dach.

»Stehen bleiben«, brüllte ein Soldat. Cadan war direkt hinter mir. Wir rannten über den First. Ich drehte mich um. Soldaten kletterten uns hinterher. Während Cadan über das Dach sprintete, verwandelte er sich in einen Phönix. Dann schwang er sich in den Himmel. Seine mächtigen Klauen umfassten meine Schultern und Achseln. Er gewann an Höhe, unter meinen Füßen wurde alles winzig klein, bis die Menschen Ameisen ähnelten und die Häuser wie Spielzeug aussahen. Mein Herz wummerte panisch in der Brust. Schiere Aufregung prickelte unter meiner Haut. Bei den Göttern, ich flog. Es war beängstigend und berauschend zugleich.

Er trug mich von der Stadt weg, bis sie am Horizont verschwand. In der Ferne sah man das Eras, mit seinen nebelumwaberten Gipfeln. Wir folgten dem Fal, der sich durch die dichtbewaldete Hügellandschaft schlängelte, die ein Ausläufer des Eras war. Dann entdeckte ich Hal und die anderen an einem weitläufigen Kiesstrand des Stroms, der an dieser Stelle gut hundert Schritte breit war. Die einzige größere freie Fläche weit und breit. Zuerst stellte mich Cadan auf den Boden, dann landete er selbst und verwandelte sich wieder in einen Krieger.

»Du bist ein Phönix«, rief Keena begeistert. Sie rannte zu ihm und legte die Arme um seine Taille. »Du wirst uns aber nicht fressen?« Sie blickte zu ihm hoch.

»Nein, das werde ich nicht.« Er strich sanft über ihr Haar.

»Ich wusste, dass das nicht stimmen kann.« Selig drückte sie sich an den großen Krieger. Mir bibberten noch die Beine von dem Flug. Niemals hätte ich es für möglich gehalten, auf diese Weise zu reisen.

»Bei den Göttern. Zwickt mich einer«, sagte Faol. Egan kniff ihm in die Wange.

»Aua, Bruder!«

»Das ist kein Traum?«, fragte Irven. Er war ganz blass und seine Augen wirkten riesengroß.

»Ich kann dir versichern, dass es keiner ist.« Faol rieb sich die Wange.

»Aber magische Wesen gibt es nur in Geschichten.« Declan starrte Cadan ungläubig an.

»Weil wir uns vor den Menschen verbergen«, erwiderte der Krieger.

»Würdest du mir sagen, was hier los ist?« Hal stapfte zu mir. Er trug keine Fesseln mehr, die lagen zerstört im Kies. So wie es aussah, musste Cadan sie ihm mittels seiner Kräfte abgenommen haben. »Dieser Typ ist ein verfluchtes magisches Wesen. Magie ist verdammt noch mal verboten. Allein schon, dass wir mit ihm reden, bringt uns alle in Gefahr. Jetzt sind wir von der ganzen Stadt mit ihm gesehen worden. Der Riesenvogel ... Mann ... Krieger ... was immer er auch ist.« Hal deutete zu Cadan. »Er hat mich zwar vor dem Henker gerettet und ich will nicht undankbar sein. Trotzdem hätte ich gerne für das alles eine Erklärung, und zwar eine wirklich gute.« Hal verschränkte die Arme.

»Sag ihnen endlich die Wahrheit. Denn wir müssen aufbrechen«, meinte Cadan und befreite sich vorsichtig von Keena. Ich blickte von einem zum anderen. So lange hatte ich mit diesen Menschen zusammengelebt – ich würde jedem von ihnen mein Leben anvertrauen.

»Die Wahrheit würde ich gerne hören.« Gael setzte sich auf einen großen Steinbrocken. Ich sah in erwartungsvolle Gesichter. Nun ja, dass Cadan ein Phönix war, wussten sie jetzt ja schon; dann sollten sie auch den Rest erfahren.

»Mein richtiger Name ist Shanell. Cadan und ich kennen uns wirklich von früher, auch wenn ich das vergessen habe. Dass er mein Wächter ist, war auch nicht gelogen. Durch ein Ereignis, an das uns beiden die Erinnerung fehlt, verloren wir uns aus den Augen. Mein Vater war ein ...« Ich sah hilfesuchend zu Cadan, denn darüber hatten wir noch gar nicht gesprochen.

»Ein Fürst«, ergänzte er.

»Also ein Fürst. Ob er noch lebt oder nicht, weiß ich nicht. Meine Mutter starb bei meiner Geburt. Denn sie war ein ...« Jetzt holte ich tief Luft. »Einhorn«, sagte ich schnell.

»Moment, sie war ein *was*? Dieses Fabelwesen?«, hakte Gael nach. »Ist das dein Ernst?«

»Warum nicht«, sprang Irven mir bei. »Du hast gerade einen Phönix gesehen. Warum sollte es dann keine Einhörner geben? Wer weiß, was sonst noch alles existiert.«

»Kennst du viele solcher Fabelwesen?«, wandte sich Gael an Cadan.

»Früher bevölkerten unzählige von uns alle Welten, aber dann kamen die Menschen, und es wurden immer weniger. Jetzt gibt es nicht mehr viele von uns. Die Wesen, die verblieben sind, verbergen sich vor den Sterblichen. Vor allem Einhörner sind sehr gefährdet. Es gibt leider nur noch wenige von ihnen. Daher bin ich seit Shanells Geburt ihr Wächter«, erwiderte er.

»Bist du dann ein richtiges Einhorn, wenn dein Vater ein Mensch war?«, wollte Faol wissen.

»Meine Mutter übertrug mir ihre Unsterblichkeit, weswegen sie starb, das heißt wohl, dass ich ein richtiges Einhorn bin«, antwortete ich.

»Verwandle dich mal für uns«, forderte mich Keena begeistert auf.

»Liebes, ich kann nicht.«

»Aber Cadan kann sich doch auch in einen Phönix verwandeln.« Sie trat vor mich und betrachtete mich mit ihrem Welpenblick. Zart legte ich meine Hand auf ihre Wange.

»Ich kann es wirklich nicht«, wiederholte ich. »Mein Blut wurde durch Magie vergiftet. Nur der Umstand, dass Einhornblut durch meine Ader fließt, hält mich am Leben. Aber ich habe meine Magie verloren. Cadan meinte, eine Zauberin im Norden könnte mir helfen.«

»Tja, das war nun wirklich die Wahrheit.« Gael schlug auf ihre Schenkel und erhob sich. Sie nahm das alles unglaublich gefasst auf. Wie alle hier.

»Dann lasst uns aufbrechen. Wir wollen ein Einhorn retten«, sagte Hal.

»Wir werden allein gehen«, erwiderte Cadan.

»Auf keinen Fall.« Hal funkelte ihn an.

»Ich kann so viele nicht auf meinem Rücken tragen, und das Erasmassiv wirkt sich möglicherweise störend auf das Portal aus. Vielleicht funktioniert es auch, aber so viele auf einmal können es nicht durchschreiten. Es war schon ein wahres Wunder, dass es heute nicht zusammengebrochen ist und einen von euch in eine andere Dimension geschleudert hat. Das kann nämlich passieren, wenn zu viele es benutzen. Außerdem lebt die Magierin, die ich suche, in einem Moor, das seinen Standort verändern kann. Ich vermag per Portal nur an Orte zu reisen, von denen ich genau weiß, wo sie liegen, oder wenn jemand, der mit mir reist, dieses Wissen besitzt. Und noch mal der Hinweis: Ich kann keine acht Leute auf meinem Rücken tragen. Wenn ihr mitkommt, müssten wir das Gebirge auf Menschenart überqueren.«

»Bin ich in akuter Gefahr?«, fragte ich.

»Nein, ich denke nicht. Aber umso schneller die giftige Magie aus deinem Körper entfernt wird, desto besser«, sagte Cadan.

»Wir sind eine Familie und haben uns geschworen, immer zusammenzubleiben. Aber …« Ich sah von einem zum anderen. »Ihr würdet euch wegen mir unbekannten Gefahren aussetzen und könntet sogar sterben.« Auch wenn mein Herz gerade in tausend Stück brach, sie durften keinesfalls ihre Leben für mich aufs Spiel setzen.

»Nein, Máire, das ist unsere Entscheidung, ob wir unsere Leben riskieren wollen oder nicht«, meinte Gael. »Außerdem ist Tremain für uns sowieso Geschichte. Wir wurden mit einem Phönix gesehen. Hal wurde von ihm sogar vor dem Henker gerettet. Wer weiß, wie weit diese Nachricht schon über die Stadtmauer hinaus gedrungen ist. Wahrscheinlich halten sie uns jetzt für Magier. In den Nordlanden sollen sie Magie gegenüber aufgeschlossener sein. So hörte ich. Ich für meinen Teil werde mitkommen. Mich hält im Süden nichts mehr.«

»Wir kommen auch mit«, sagten die Zwillinge im Chor.

»Ich auch«, pflichtete Irven bei. Declan nickte nur energisch.

»Bitte nimm uns mit.« Keena schmiegte sich an mich.

»Wir haben entschieden«, fasste Hal zusammen. »Und sollte sich dein Zustand verschlechtern, wird uns der Phönix zurücklassen und dich auf seinem Rücken zur Magierin tragen.« Er kam zu mir und legte die Finger unter mein Kinn. Aus den Augenwinkeln sah ich, dass Cadan nicht begeistert wirkte.

»Wir sind eine Familie, und eine Familie wird man so schnell nicht los.« Hal nahm die Hand fort.

»Aber für Keena ist der Aufstieg zu anstrengend«, gab ich zu bedenken.

»Wenn du es wünschst, dass sie mitkommt, werde ich für ihre Sicherheit sorgen.« Cadan musterte Keena.

»Kannst du mir versprechen, dass ihr nichts geschieht?«

»Natürlich, ich bin ein Phönixkrieger«, antwortete er nur.

»Wenn wir das Gebirge überqueren wollen, brauchen wir auf jeden Fall wärmere Kleidung und Proviant«, meldete sich Irven zu Wort, und damit hatte er recht.

»Aber wie sollen wir das bezahlen?« Gael warf die Arme in die Luft.

»Ein bisschen Beute habe ich noch.« Hal umfasste den Lederbeutel, der an seinem Gürtel hing. Münzen klimperten. »Doch es ist fraglich, ob das reicht, um den Proviant und die Kleidung zu besorgen, die für eine Überquerung nötig sind.«

»Nun, ich hätte da einen Vorschlag.« Cadan trat vor. »Nimm ein paar von meinen Federn, sie sind aus purem Gold. Das müsste reichen.« Er verwandelte sich in einen Phönix. Ich überwand den Abstand zwischen uns und streckte vorsichtig die Hand aus, strich über sein Gefieder – es war weich wie Seide.

»Aber ich werde dir wehtun«, sagte ich. Er neigte den Kopf, berührte mit dem Schnabel sanft mein Haar, gab mir seine Zustimmung. Ich riss fünf Federn aus und er zuckte nicht einmal. Als sie in meinen Händen lagen, wurden sie zu massivem Gold, sahen wie von Meisterhand geschmiedete Schmuckstücke aus. Zart berührte ich sie, während Cadan wieder seine Kriegergestalt annahm.

»Das ist ja unglaublich.« Gael trat neben mich und berührte die Federn ebenfalls. »Es ist wirklich reines Gold. Ein Wunder, dass du noch ein Gefieder hast.«

»Bis jetzt hat keiner den Versuch, mir auch nur eine Feder auszureißen, überlebt«, erwiderte er gelassen.

»Aber wo sollen wir die Sachen besorgen? Wie Gael schon so folgerichtig festgestellt hat: Tremain können wir wohl nicht mehr aufsuchen.« Hal kratzte sich am bartschattigen Kinn.

»Ich bringe Shanell oder, wie ihr sie nennt, Máire, mittels eines Portals in eine Stadt, in der wir alles bekommen, und anschließend kehren wir hierher zurück«, schlug Cadan vor. Hal sah so aus, als würde er gleich widersprechen wollen, doch ich kam ihm zuvor.

»Das ist eine hervorragende Idee«, sagte ich. »Ihr schlagt hier euer Lager auf. Sammelt Holz, macht es euch bequem.«

»Ich muss mich nur etwas ausruhen, um ein neues stabiles Portal erschaffen zu können. Denn die heutige Portalmagie kostete viel Energie.«

»Dann auf mit euch, Holz sucht sich nicht von allein.« Ich klatschte in die Hände und deutete mit in Kopf in Richtung Wald, der ans Ufer grenzte.

Kapitel 6

»So müssen sich reiche Menschen fühlen«, meinte Faol und strich über seinen Bauch. Satt wie noch nie saßen oder lagen wir um das Feuer. Egan hatte beim Holzsuchen eine kleine Schar Waldwachteln aufgescheucht, die nun unsere Bäuche füllten, und die von Irven entdeckten Pilze waren dazu eine hervorragende Ergänzung gewesen. Abwechselnd mit den Pilzen hatten wir die gerupften und ausgenommenen Wachteln auf Holzspieße geschoben und dann alles langsam über dem Feuer gebraten. Um unser Glück zu vervollkommnen, hatten Gael und Keena auch noch Süßbeeren gefunden. Die Baumrinde mit den Beeren wurde nun von einem zum anderen gereicht.

»Weshalb haben wir noch mal in der stinkenden Stadt gelebt?« Declan nahm sich eine Handvoll Beeren heraus.

»Weil der Wald nicht nur Vorteile hat«, brummte Hal. Er lag ausgestreckt neben dem Feuer, hatte den Kopf auf die verschränkten Arme gelegt, starrte zum Himmel und schien über irgendetwas nachzudenken.

»Warum sind Einhörner besonders gefährdet?«, fragte er, stützte sich auf seine Ellenbogen und sah zu Cadan.

»Magier wollen ihrer habhaft werden, um mehr an Kraft zu erlangen. Wie die zwei in dem Speicher, die ich getötet habe, als sie Shanell angriffen«, erklärte Cadan.

»Du bist das gewesen? Mir hätte man deshalb fast den Kopf abgeschlagen. Dann muss ich dir für meine Rettung nicht mehr ganz so dankbar sein.« Hal setzte sich auf. »Ist es nicht gefährlich, Máire zu dieser Magierin zu bringen?«

»Ich sehe keine andere Möglichkeit, sie von der magischen Vergiftung zu heilen. Wir müssen dieses Risiko einfach eingehen«, antwortete Cadan und wandte sich mir zu. »Ich bin bereit, wir können die Kleidung und den Proviant besorgen.« Er erhob sich. Schnell rappelte ich mich ebenfalls auf.

»Bitte, ich hätte gerne einen Kamm«, sagte Gael.

»Ich schau mal, was ich tun kann«, erwiderte ich.

»Bringst du mir auch etwas Schönes mit?«, fragte Keena.

»Natürlich, mein Kleines.« Zart fuhr ich durch ihr Haar. Cadan zeichnete einen Feuerring in die Luft und schritt hindurch.

»Warte«, rief Hal. Ich drehte mich zu ihm um. »Nimm noch das hier mit. Kauf davon was Schönes für Keena und Gael.« Er reichte mir den Beutel mit den Geldstücken. Ich nickte, band ihn an meinen Gürtel und folgte Cadan.

Eine halbe Meile entfernt vor uns lag eine kleine, von einem Palisadenwall umzäunte Siedlung.

»Wie soll ich dich nennen, Máire oder Shanell?«, fragte Cadan, als wir auf die Siedlung zuliefen.

»Ich weiß, meine Mutter gab mir den Namen Shanell, aber ich habe mich an Máire irgendwie gewöhnt«, erwiderte ich.

»Wir könnten jetzt einfach ein Portal öffnen und ohne deine Anhängsel weiterreisen. So würden wir viel schneller vorankommen.« Cadans Blick traf meinen.

»Nein, ich lasse meine Familie nicht einfach dort am Ufer allein stehen«, sagte ich. »Nach Tremain werden sie nie wieder zurückkehren können, und die Wälder bergen zu viele Risiken. Sie haben wegen mir kein Zuhause mehr. Außerdem könnte sie das Wissen, das sie nun besitzen, in Gefahr bringen, und – wenn ich ehrlich bin, ich möchte sie an meiner Seite haben. Zusammen waren wir bisher immer am stärksten. Sie sind stets für mich da gewesen.«

»Ich verstehe.« Cadan nickte. Wir erreichten das Tor, das weit offen stand. Trotz der zwei Wächter, die es flankierten, gelangte man ohne großes Aufhebens in die kleine Siedlung, die nahezu so viele Leute verließen wie hineingingen. Es war ein reges Kommen und Gehen, die Körbe quollen von Waren über. Manche trugen auch Säcke oder schoben bepackte Handkarren vor sich her. Sie schienen reichlich eingekauft zu haben. Die Menschen verteilten sich in verschiedene Richtungen.

»Es ist ein kleiner Marktflecken, der nur existiert, weil fahrende Händler hier ihre Ware zentral anbieten können und nicht die winzigen Dörfer in der Gegend abklappern müssen. Es gibt noch ein paar Gaststätten, Herbergen und natürlich Handwerker«, erklärte Cadan.

»Woher weißt du das?«

»Ich bin hier mal durchgereist. Es ist seither ziemlich gewachsen«, antwortete er. Auch uns ließen die Wächter unbehelligt passieren, und wir standen im Gewimmel. Die breite Straße, der wir folgten, führte direkt zum Marktplatz, auf dem es Stände und Wagen voller Waren gab. Ein Potpourri an Aromen empfing mich. Es roch nach Gebratenem, Leder, Seifen, Gewürzen und vielem mehr. Holzhäuser umsäumten den Platz, das Größte gehörte vermutlich einem Vorsteher oder jemandem in einer ähnlichen Position. Händler boten lauthals ihre Waren feil. Hier hätte man so einige der Leute um ihre Geldbörsen erleichtern können. Schnell tastete ich nach den Goldfedern, die sich in der eingearbeiteten Tasche meines Wamses befanden. Normalerweise transportierte ich darin Diebesgut, denn ich war bisher immer diejenige gewesen, die Beutel von Gürteln schnitt, hatte aber niemals so viel Gold bei mir getragen. Das war ein sehr komisches Gefühl. Zuerst steuerte ich einen Schuster an.

Ich kannte von jedem aus der Gruppe die ungefähre Größe, denn wenn sich die Gelegenheit bot, stahlen wir auch Schuhe.

»Habt Ihr gefütterte Stiefel?«, fragte ich. Der Mann betrachtete mich mit abschätzigem Blick, zog pikiert eine Braue hoch und fuhr mit seiner Arbeit fort. Dann trat Cadan zu mir.

»Was kann ich für Euch tun, mein Herr?«, fragte er.

»Du kannst meine Herrin bedienen«, erwiderte Cadan und stellte sich hinter mich.

»Eure Herrin? Wirklich?« Er musterte mich mit großen Augen. Dass ich in meinen abgenutzten Kleidern die Herrin eines großen, stattlichen Kriegers war, schien ihn mächtig zu beeindrucken.

»Ich kann auch bezahlen.« Damit zog ich eine der goldenen Federn aus meiner Tasche und reichte sie ihm. Das war ein wirklich gutes Gefühl. Der Mann biss kurz hinein, dann begann er zu strahlen. »Was kann ich für Euch tun, edle Dame?«, fragte er speichelleckerisch.

»Ich brauche acht Paar gefütterte Stiefel. Ein Paar für mich, bei den anderen zeige ich an, wie groß sie sein sollen.«

»Natürlich, sehr gerne. Kümmern wir uns erst einmal um Eure Stiefel, Herrin.«

Ich musste meine Schuhe ausziehen, er nahm Maß und brachte mir ein Paar, das perfekt passte. Dann zeigte ich ihm mit den Fingern die weiteren Größen an, die ich benötigte. Auch diese Maße nahm er.

»Die ganz kleinen Stiefel werden heute Abend fertig sein, die anderen Größen sind hier«, informierte er mich.

»Packt sie mir zusammen, wir werden später vorbeikommen und sie abholen«, erwiderte ich. Meine neuen Stiefel hatte ich angelassen. Als Nächstes suchte ich einen Händler mit warmen Umhängen auf. Auch die wollte ich später abholen, bis auf meinen eigenen, den legte ich gleich um meine Schultern. So nach und nach bekamen wir alles zusammen. Unfassbar, was Gold möglich machte. Es ging langsam auf Abend zu, bald sollten Keenas Stiefel fertig sein.

»Wie wäre es, wenn du etwas isst?«, schlug Cadan vor.

»Wir müssen zu den anderen zurück«, sagte ich.

»Etwas Zeit haben wir noch. Komm mit.« Er schulterte die Beutel mit Proviant und zog mich zu einer Gaststätte. Wir gingen hinein. Hier herrschte das gleiche gesellige Treiben wie in den Schenken Tremains. Aber dieses Mal hatten die Menschen Respekt vor mir, das sah ich in ihren Augen, denn ich trug neues Schuhwerk und einen guten Mantel und sah wie eine respektable Person aus. Cadan wählte einen Platz, für den ich mich auch entschieden hätte. Von hier aus hatte man den ganzen Gastraum im Blick. Er wies mich an, mich auf die Bank an der Wand zu setzen; er selbst nahm den Hocker. Die Beutel stellte er neben mich.

»Was hättet ihr gerne?«, trällerte die Schankmaid und lächelte Cadan an, der keine Miene verzog.

»Eintopf und Met«, antwortete er.

»Sehr gerne.« Schon tänzelte sie mit wogenden Hüften davon.

»Sie hat wohl ein Auge auf dich geworfen«, stellte ich fest und sah von den wogenden Hüften zu Cadan, der der Maid keinerlei Beachtung schenkte. Er zog nur die Brauen hoch, als wüsste er nicht, wovon ich redete.

»Na, die Maid, die uns die Speisen bringt.« Ich nickte mit dem Kopf in ihre Richtung.

»Das ist nicht von Belang«, antwortete er. Irgendwie ließ sein Desinteresse mein Herz erfreut hüpfen.

»Hast du schon mal für eine Maid Zuneigung empfunden?«, fragte ich.

»Ich bin ein Krieger«, sagte er, als wäre das die Antwort auf alles.

»Vielleicht für meine Mutter?«

»Niemals. Ein Mann wie ich und eine Frau wie deine Mutter dürfen keine anderen Gefühle füreinander hegen als freundschaftliche.« Cadan war richtig aufgebracht, er ballte die Hände auf dem Tisch zu Fäusten.

»Aber warum? Wenn du nur Wächter bist und niemanden lieben darfst, dann musst du sehr einsam sein.« Ich legte meine Hand auf seine. Er sah hinunter.

»Das ist der Kodex der Phönixkrieger. Ich habe darauf geschworen«, sagte er mit brüchiger Stimme und schluckte. Dennoch er zog seine Hand nicht weg.

»Das ist sehr schade«, flüsterte ich und mein Blick verschmolz mit seinem, in dem eine tiefe Sehnsucht lag. Wenn er mir nur nicht so vertraut gewesen wäre.

»Dieser junge Mann, Hal heißt er, so glaube ich. Gehört ihm deine Zuneigung?«, fragte Cadan.

»Nein, wir sind ebenfalls nur Freunde.« Ich zog hastig meine Hand zurück.

»Ihm scheint nach mehr zu gelüsten. Er sieht dich nicht so an, wie man eine Freundin anschaut.«

»Da musst du dich täuschen«, entgegnete ich schnell.

»Ich täusche mich keineswegs, und sein Blick gefällt mir nicht.«

»Warum? Für mich gilt dieser dumme Kodex augenscheinlich nicht. Ich darf offensichtlich lieben. Meine Mutter hat sich auch in einem Menschen verliebt und ihn sogar geheiratet«, erwiderte ich trotzig und hob das Kinn.

»Dieser Hal ist nicht der Richtige«, gab Cadan barsch zurück.

»Na, wer ist dann der Richtige?«

»Auf jeden Fall nicht dieser Halunke.« Der Krieger funkelte mich an.

»Hier, Euer Eintopf und Met.« Die Bedienung brachte zwei gefüllte Schalen, in denen Löffel steckten, und für jeden einen Krug. Ihre Wangen waren ganz rot und sie schenkte Cadan schmachtende Blicke, aber er schien immun dagegen. Die Maid war eigentlich sehr hübsch.

»Danke sehr.« Ich öffnete Hals Beutel und warf ihr ein paar Münzen hin, die sie nahm.

»Lasst es euch schmecken.« Damit verließ sie uns.

»Er ist kein Halunke«, gab ich zurück. »Hal ist fürsorglich, gütig und für die Jüngeren von uns wie ein Vater. Du musst ihn erst richtig kennenlernen.«

»Das hat deine Mutter auch über deinen Vater gesagt.« Cadan trank von seinem Met.

»Du mochtest meinen Vater nicht«, stellte ich fest und schob einen Löffel voller Getreideeintopf in den Mund. Er schmeckte gar nicht mal so übel.

»Sie hätte sich nicht auf ihn einlassen dürfen.« Cadan stellte seufzend den Krug auf den Tisch.

»Wie war meine Mutter so?« Ich stocherte in meiner Schale herum.

»Sie war sehr eigensinnig, stark und wunderschön. Du besitzt viel Ähnlichkeit mit ihr. Vor allem deine Augen ähneln die deiner Mutter unglaublich.«

»Du vermisst sie?«, fragte ich sanft.

»Jeden einzelnen Tag.« Er sah mich direkt an.

»Ich hätte sie so gerne kennengelernt.« Tränen kullerten über mein Gesicht. Cadan strich mir sanft die Nässe von den Wangen.

»Weine nicht. Sie ist immer bei dir, denn du trägst sie in deinem Herzen.«

Dieser Krieger konnte so wundervoll sein. In diesem Moment fragte ich mich, wie sich ein Kuss von ihm anfühlen würde. Etwas, das ich wohl niemals herausfinden konnte, denn das widersprach dem Kodex.

⁓

»Wir sollten noch Glühsteine besorgen. Die sind im Schnee sehr hilfreich«, meinte Cadan, nachdem wir die Gaststätte verlassen hatten.

»Schnee?«, wiederholte ich.

»Um diese Jahreszeit reicht der Schnee am Eras noch weit bis in Tal.« Er steuerte einen Wagen mit schwarzen Steinen an. »Wir würden gerne einen Sack mitnehmen«, sagte Cadan, worauf der Händler welche einpackte. Ich bezahlte mit einer Goldfeder.

»Das ist zu viel, edle Dame. Ich fürchte, ich habe kein Wechselgeld.« Der Mann wollte mir die Feder wieder zurückgeben.

»Ist schon gut. Das heute ist wohl Euer Glückstag«, antwortete ich ihm, und er bedankte sich unzählige Male. Zu guter Letzt holten wir unsere Einkäufe ab. Die Stiefel hatte der Schuster in einen Tragkorb für den Rücken gepackt. Den bekamen wir umsonst, denn er hatte mit uns ein gutes Geschäft gemacht. Cadan trug den Korb und die Säcke. Nur einen hatte er mir überlassen. Ich passierte einen Stand mit schimmernden Kämmen, die unglaublich schön waren.

»Na, hübsches Fräulein, gefallen Euch meine Kämme?«, fragte der Händler, der nicht viel älter als ich sein konnte, charmant. Cadan gab ein leises Knurrgeräusch von sich. Auch diesen Mann schien er nicht zu mögen. »Sie werden an der Küste aus Muscheln gefertigt. Männer tauchen in die dunklen Meerestiefen, um diese Muscheln zu sammeln, und es hat schon einige das Leben gekostet. Denn in den Untiefen lauern nicht nur unberechenbare Strömungen, sondern auch gefährliche Wesen.« Mein Gegenüber hob einen Kamm hoch, der roséfarben schimmerte. »Damit wird Euer Ebenholzhaar seidenweich«, versprach er.

»Ich nehme ihn.« Ich kramte Münzen aus Hals Beutel. »Reicht das?«

»Das ist genug.« Der Händler nahm sie entgegen.

»Jetzt habe ich etwas Hübsches für Gael«, sagte ich und schob den Kamm in die Innentasche meines Wamses. Anschließend fand ich noch einen Stand mit Süßwaren und kaufte von Hals restlichem Geld weiße Honigbonbons. Der Händler füllte sie in ein kleines Säckchen, das ich an meinem Gürtel befestigte.

»Ich denke, wir haben alles«, sagte ich zu Cadan, der mir wirklich leidtat, weil er wie ein Esel bepackt war.

»Soll ich nicht doch etwas tragen?«

»Das schaffe ich schon«, lehnte er ab. Wir kehrten zu der Stelle zurück, an der wir angekommen waren. Cadan ließ die Säcke auf den Boden fallen, sah sich um und öffnete das Portal.

Kaum hatte ich das Flussufer betreten, stürmten die anderen auf mich zu.

»Máire, du bist wieder da.« Keena klatschte in die Hände.

»Das ist aber viel Zeug«, meinte Faol, als Cadan die Säcke fallen ließ, dann nahm er den Korb vom Rücken und stellte ihn daneben.

»Ich habe für jeden ein Paar gefütterter Stiefel …« Ich deutete auf den Korb. »Lodenmäntel, die Nässe und Wind trotzen, und Proviant.« Damit verteilte ich die Schuhe.

»Noch niemals habe ich so schönes Schuhwerk besessen.« Gael streifte energisch ihre alten Stiefel ab, zog die neuen an und stolzierte auf und ab. Hal war am Rand der Szenerie stehengeblieben, und ich brachte ihm sein Paar.

»Ich hatte fast geglaubt, du würdest nicht zurückkommen«, sagte er, als er es entgegennahm.

»Du weißt, ich würde euch niemals in Stich lassen«, erwiderte ich. »Das weißt du doch?« Unsere Blicke trafen sich.

»Du hast recht. Keine Ahnung, warum ich mir Sorgen gemacht habe.« Er lächelte und da war er wieder, der Blick, den auch schon Cadan bemerkt hatte, und der aussagte, dass Hal mehr als Freundschaft wollte. Er war zu einem stattlichen Mann geworden, und nicht mehr der Jungen, der mich vor vier Sommern aus dem Wasser gefischt hatte. Doch auch wenn er für so manche Maid mit Sicherheit eine gute Partie darstellte: Für mich blieb er mein Bruder, und mehr sollte er nicht sein.

»Ich muss mich um die Umhänge kümmern«, sagte ich schnell und flüchtete. Das Leben war schon kompliziert genug, da brauchte ich es nicht, dass Hal mir offensichtlich tiefere Zuneigung entgegenbrachte als ich ihm. Vor allem, weil mich Cadan so sehr faszinierte. Wenn er mich anlächelte, hatte ich das Gefühl, Götter singen zu hören. Das alles war extrem verwirrend.

»Hast du mir was Schönes mitgebracht außer Kleidung?« Keena riss mich aus meinen Gedanken, wofür ich ihr wirklich dankbar war.

»Das hab ich.« Ich band das Säckchen von meinem Gürtel und reichte es ihr.

»Bonbons«, rief Keena begeistert. »Ich habe sie so oft auf dem Markt angestarrt, doch noch nie einen gegessen – und jetzt sind es so viele.«

»Teile sie aber mit den anderen.« Ich strich ihr über die Wange. Sofort holte Keena eine Süßigkeit heraus, schob sie in den Mund und strahlte.

»Die sind ja noch besser, als ich es mir in meinen Träumen vorgestellt habe.«

»Vergiss nicht, du sollst sie teilen«, erinnerte ich die Kleine, um
mich anschließend zu Gael zu gesellen, die noch immer ihre Stiefel
bewunderte.

»Für dich habe ich den hier.« Ich zog den Kamm aus der Innentasche. Gael nahm ihn.

»Der ist ja wahnsinnig schön«, sagte sie.

»Er wurde aus Muscheln gemacht.«

»Muscheln. Ich war noch nie am Meer.« Ehrfürchtig streichelte
sie den Kamm. Es war so wundervoll, die Freude der anderen zu
sehen. Ich liebte diese Menschen, als seien sie mein eigenes Fleisch
und Blut. Nein, ich konnte sie hier auf keinen Fall zurücklassen,
egal, was das für mich bedeutete.

Kapitel 7

Wir übernachteten am Flussufer. Am nächsten Morgen verteilten wir den Proviant auf die leeren Säcke. Das alte Schuhwerk ließen wir zurück. Dann wurde es Zeit, aufzubrechen, und ich war heilfroh, dass mich alle auf dieser Reise ins Unbekannte begleiteten.

»Um zum Eras zu gelangen, müssen wir zum anderen Flussufer«, meinte Hal. Er stand mit verschränkten Armen an der Wasserkante. »Wo ist hier der nächste Fährhafen?«

»Nichts leichter als das. Ich kann zwei Personen mühelos tragen.« Noch während Cadan das sagte, verwandelte er sich in einen Phönix und sankt so weit nach unten, dass sein goldener Leib den Boden berührte.

»Hast du keine Angst, dass ich dir ein paar deiner kostbaren Federn ausreißen könnte?«, fragte Gael herausfordernd, und er stieß mit der Schnabelspitze leicht gegen ihre Stirn. »Aua«, rief sie und rieb sich den Kopf.

»Das würde ich nicht probieren«, übersetzte ich Cadans Reaktion. Ich strich über seine Flügel, und obwohl sie aus Flammen bestanden, fühlten sie sich nicht heiß an.

»Ich will zuerst.« Keena hüpfte aufgeregt herum.

»Gut, du und Gael werdet fliegen«, beschloss ich und half zuerst Keena, dann Gael, auf Cadans Rücken zu klettern. Keena klammerte sich an seinen Hals und Gael an das kleine Mädchen, das vor ihr saß. Cadan sah zu mir.

»Haltet euch gut fest«, meinte ich, trat einige Schritte zurück und nickte ihm zu. Er breitete seine feurigen Schwingen aus, und während er kraftvoll damit schlug, hob er ab. Der warme Wind, den er verursachte, zerrte an unseren Umhängen und Haaren. Nachdem er die beiden Mädchen am anderen Ufer abgesetzt hatte, kamen die Zwillinge dran. Jeder von den beiden musste einen Beutel Proviant tragen. Cadan hob ab, und Faol riss jauchzend die Arme in die Höhe, während sein Bruder den goldenen Phönixhals mit beiden Armen umschlang und kalkweiß wurde.

»Ich bin mir nicht sicher, ob mir das so geheuer ist«, meinte Declan zu mir. »Willst du mit mir fliegen?«, fragte ich, worauf er schnell nickte.

»Dann sind du und Irven daran«, sagte ich zu Hal.

»Wenn es sein muss. Ich hoffe, er lässt mich nicht fallen«, erwiderte Hal missmutig und nahm einen Beutel. Ich half Irven dabei, auf Cadan zu klettern, während Hal ihn mit Leichtigkeit allein erklomm. Dann flog der Phönix los. Hal sah nicht begeistert aus. Irven klammerte sich an Hal wie ein Ertrinkender an einen treibenden Ast und kniff die Augen zusammen. Die beiden erreichten das andere Ufer, als ich hinter mir ein seltsames Knurren hörte.

»Was war das?«, wisperte Declan. Es knurrte bedrohlicher.

»Das hab ich schon mal gehört.« Er wurde so bleich wie eine gekalkte Wand. »Helft uns, ihr Götter, das sind die Bestien, die unsere Eltern getötet haben.« Declan wich zurück. Das Herz schlug mir bis zum Hals und ich tastete nach meinem Messer. Verdammt, es war nicht da. Es steckte im Bein des toten Magiers. Ein riesiges

Ungetüm durchbrach das Unterholz, eine unheilvolle Mischung aus Mensch und Wolf. Die Bestie fletschte die messerscharfen Reißzähne, Speichel tropfte auf den Boden. Ich schob mich vor Declan. Das Messer würde mir eh nichts nützen, denn angesichts der langen Fänge wäre es eher ein Zahnstocher als eine effektive Waffe gewesen. Ganz vorsichtig ging ich rückwärts, dirigierte Declan dabei in Richtung Fluss. Das knurrende Vieh folgte mir lauernd. Ein weiteres kam durch die dichten Büsche, dann noch eines. In diesem Moment stürzte Cadan wie die Strafe der Götter vom Himmel herab. Die Bestien machten einen Satz nach hinten. Er landete zwischen den grausigen Kreaturen und mir, verwandelte sich in einem Krieger. In einer fließenden Bewegung zog er sein Schwert.

»Geht zum Wasser«, brüllte er. Wir liefen los. Eine Bestie wollte uns folgen, aber Cadan warf eine Feuerkugel nach ihr. Das Fell brannte sofort wie Zunder. Jetzt griffen die beiden anderen ihn an. Einen Wimpernschlag später rollte ein Wolfskopf über den Boden. Declan hielt sich an mir fest, er zitterte am ganzen Leib.

»Bitte mach, dass sie verschwinden«, flehte er. Tränen liefen über sein Gesicht. Auch mir drohten die Beine zu versagen. Cadans Schwert durchbohrte das Herz des anderen Angreifers, der wie ein Sack auf den Boden krachte. Die Feinde waren besiegt, doch ein lautes Heulen kündigte weitere Bestien an. Auf dem Absatz drehte Cadan sich um, und während er rannte, schob er das Schwert in die Scheide, dann verwandelte er sich in seine Phönixgestalt. Er packte mit einem Fang Declan, mit dem anderen mich und trug uns über den Fluss. Am anderen Ufer ließ er uns los, und wir landeten unsanft auf unseren Hinterteilen. Ein ganzes Rudel Bestien quoll gegenüber aus dem Wald. Ein paar der Kreaturen vergnügten sich mit den zurückgebliebenen Beuteln und der Rückentrage.

»Die Glühsteine«, rief ich entsetzt. Canan drehte um, flog über das Wasser und landete mitten im Rudel, das sich auf ihn stürzte. Ich hielt die Hände vor den Mund, mir wurde schlecht. Diese Monster waren eindeutig in der Überzahl, doch Cadan schlug mit seinen brennenden Flügeln, die jetzt sehr heiß zu sein schienen, denn die Biester sprangen aus dem Stand drei Schritte zurück und jaulten. Cadan packte den Sack mit den Steinen und hob damit ab. Er überquerte den Fluss. Die Bestien liefen zähnefletschend an der Wasserkante auf und ab, doch sie blieben auf ihrer Seite des Flusses. Man konnte fast meinen, sie hätten sie von dem Wasser Angst. Als Cadan über dem Ufer war, ließ er den Sack los und drehte wieder um. Abermals stellte er sich den Bestien zum Kampf. Sie schlichen vorsichtig auf ihn zu, hatten offensichtlich Furcht, sich erneut zu verbrennen. Trotzdem griffen sie ihn an, schlugen mit ihren scharfen Klauen nach ihm, und ich schnappte nach Luft. Bei den Göttern, was hatte er vor? Mein Herz wusste nicht, ob es schneller schlagen oder stillstehen sollte. Plötzlich begann Cadans Phönixleib, lichterloh zu brennen. Die Wölfe gingen quietschend rückwärts. Jetzt verging ihnen offensichtlich die Jagdlust. Doch es war zu spät: Ein Feuersturm fegte über sie hinweg, der sie bei lebendigem Leib verschlang. Sogar hundert Schritte entfernt rochen wir noch das verbrannte Fleisch und spürten die gnadenlose Hitze, mussten die Gesichter mit unseren Armen schützen. Einige Bäume auf der anderen Seite fingen Feuer, aber Cadan sog die Flammen in seinen Leib zurück, sodass nur noch verrußte Stämme übrigblieben. Nachdem er alles gelöscht hatte, damit der Wald keiner Feuersbrunst anheimfallen konnte, kehrte Cadan zu uns zurück und wandelte sich zum Krieger. Nur die verschmorten Wolfskadaver blieben am anderen Ufer liegen.

»Die werden jetzt keinem mehr ein Leid zufügen können«, sagte er. Ich fiel ihm um den Hals.

»Geht es dir gut?«, fragte ich und wollte ihn gar nicht mehr loslassen.

»So leicht lass ich mich von stinkenden Werwölfen nicht unterkriegen«, brummte er.

»Dein Leben wegen Glühsteinen zu riskieren, ist eine solche Torheit«, schimpfte ich.

»Glühsteine hin oder her, ich musste die Bestien vernichten, sonst hätten sie die Wälder nach Siedlungen durchstreift und etliche Menschen getötet oder infiziert.«

»Wusstest du eigentlich, dass diese Kreaturen in der Nähe sind?«, fragte Hal scharf.

»Gestern waren sie mit Sicherheit noch nicht da. Ich hätte auch keinesfalls damit gerechnet, sie hier in der Gegend anzutreffen«, erwiderte Cadan. Ich löste mich von ihm.

»Was willst du damit andeuten?« Ich drehte mich zu Hal um.

»Er hat uns hier am Ufer zurückgelassen und ist mit dir die Waren kaufen gegangen. Was wäre gewesen, wenn diese Bestien gestern schon angegriffen hätten? Vielleicht hätte ihm das sogar gut gepasst? Er wollte uns ja eigentlich gar nicht mitnehmen.« Hal reckte Cadan das Kinn entgegen und funkelte ihn an.

»Ich versichere dir, die Bestien waren gestern nicht in der Nähe«, gab Cadan unbeeindruckt zurück.

»Dann will ich dir mal Glauben schenken, um Máires Willen.« Zornig ergriff Hal seinen Beutel. »Lasst uns aufbrechen. Ich will so weit wie möglich von den stinkenden Bestien weg. Auch wenn sie nur noch Asche sind.« Damit schlug er sich in den Wald. Die anderen sammelten die restlichen Gepäckstücke ein.

»Du hast von den Wesen wirklich nichts gewusst?«, fragte ich Cadan. Die toten Leiber der Werwölfe qualmten noch immer. Diese Biester waren das Beängstigendste, das ich jemals in meinem Leben gesehen hatte, und ich fragte mich, was uns im Nordland wohl erwartete.

»Nein, ganz sicher nicht. Du bist Aileens Tochter und von Geburt an in meinem Herzen verankert, wie deine Mutter es war. Glaube mir, niemals würde ich etwas tun, das dir Kummer bereitet, und daher würde ich auf keinen Fall die Menschen, die dir am Herzen liegen wissentlich einer Gefahr aussetzen.« Ganz zart fuhr er mit den Fingern über mein Gesicht, verweilte, sein Blick wurde weich, dann zog er die Hand schnell zurück. »Lass uns gehen«, sagte er. Er brach so hastig auf, als wollte er flüchten. Eilig schloss ich zu ihm auf. Wir drangen in den dichten Forst vor. Zweige fingen mein Haar, kratzten über die Haut, es ging leicht bergauf.

»Bring mir das Kämpfen bei«, sagte ich zu Cadan, während ich neben ihm herlief und versuchte, zu verhindern, dass mir das Geäst ständig ins Gesicht peitschte.

»Du willst was?«

»Ich will kämpfen lernen. Wenn ich als Einhorn wirklich in solch einer Gefahr bin, sollte ich mich verteidigen können. Ich möchte eine Kriegerin werden.«

»Du bist kein Phönix.« Ein amüsiertes Lächeln umspielte seine Lippen, und mein Herz stolperte.

»Trotzdem kann ich eine Phönixkriegerin werden«, beharrte ich. »Vielleicht beherrsche ich keine Feuermagie, aber du kannst mir den Umgang mit einem Schwert beibringen.«

»Die Ausbildung ist hart, schon für einen Mann.«

»Eine Frau kann noch härter sein.« Ich hielt seinem intensiven Blick stand, denn es war mir sehr ernst.

»In deinem Blut gibt es Magie, das konnte ich spüren, als ich dir in die Hand schnitt. Sie wird nur von dem Gift unterdrückt. Vielleicht können wir genug davon für ein wenig Feuermagie aktivieren«, erwiderte er nachdenklich, und jetzt tanzte mein Herz.

»Du wirst mich ausbilden?« Ich konnte mir ein glückliches Grinsen nicht verkneifen.

»Ich denke, das werde ich. Schon aus dem einen Grund: Wenn du wieder im Vollbesitz deiner Magie bist, solltest du sie beherrschen können. Denn du bist ein sehr mächtiges Wesen, mächtiger als ein Phönix oder ein Werwolf – nur Drachen waren den Einhörnern ebenbürtig. Aber die sollen schon lange ausgestorben sein.«

»Es gab Drachen?«

»Ja, doch ich habe seit über zweihundert Jahren keinen mehr gesehen.«

»Den Einhörnern blüht das gleiche Schicksal, oder?«, fragte ich rau und spürte, wie mein Hals enger wurde. Cadan seufzte.

»Ich war so lange in dem Amulett, verbrachte Jahre im Schlaf, ich weiß nicht, ob es außer dir überhaupt noch weitere gibt. Daher gebe ich dir recht: Es ist besser, du lernst zu kämpfen. Denn das kann entscheiden, ob deine Art auf dieser Welt weiterexistiert, solltest du das Letzte sein. Ich werde dich zur Phönixkriegerin ausbilden.« Cadan wirkte entschlossen. »Wir beginnen gleich mit der ersten Übung. Richte eine Handfläche nach oben, konzertiere dich und stell dir eine Flamme vor.« Er nahm seine Hand hoch, steckte die Finger aus, und Flammen tanzten auf seiner Handfläche. »Jetzt bist du dran«, forderte er mich auf. Die Flammen erloschen. Angestrengt starrte ich auf meine Hand, aber nichts tat sich.

»Befreie deinen Geist. Du darfst an nichts denken. Stelle dir das Feuer vor, wie es züngelt, seine Hitze«, erklärte er. Ich sah die Flammen, konnte sie spüren, trotzdem passierte nichts, und ich fluchte leise.

»Vielleicht reicht meine Magie ja doch nicht aus«, sagte ich entmutigt und ließ die Schultern hängen.

»Du solltest für diesen kleinen Trick genug Magie haben. Doch du schaffst es nicht, deine Gedanken auf das Ziel zu richten. Sie entgleiten dir. Konzentration ist sehr wichtig, auch für den Kampf mit dem Schwert«, erwiderte Cadan. Ich seufzte. Meine erste Übung hatte ich ja kräftig vermasselt. Ich wollte die Hand herunternehmen, doch Cadan hielt sie fest.

»Ein Phönixkrieger gibt niemals auf.« Er ließ meine Hand los. »Versuche es weiter.«

»Jetzt starre ich schon gut drei Meilen auf meine Hand, und nichts geschieht«, sagte ich zu Cadan. Langsam ging mir das gehörig auf den Geist. Noch immer durchquerten wir dichte Wälder, und die Steigung wurde steiler, was bedeutete, dass wir uns dem Eras näherten.

»Ich bin so müde«, meinte Keena, die neben Gael herlief. Die Kleine stolperte, doch ehe sie auf den Boden fiel, war Cadan schon zur Stelle, griff beherzt zu und verhinderte ihren Sturz.

»Danke.« Keena lächelte dankbar. Cadan hob sie auf seine breiten Schultern.

»So kannst du dich ausruhen«, sagte er und setzte den Weg fort.

»Sieh nur, Máire, ich bin jetzt größer als Hal«, meinte Keena begeistert, als ich zu den beiden aufschloss.

»Das ist sehr liebenswürdig.« Ich blickte zu dem Krieger hoch, der das Kind trug, als wäre es leicht wie eine Feder.

»Ich habe dir mein Wort gegeben, Keena zu schützen«, erwiderte er. »Ein gegebenes Wort muss ein Phönixkrieger immer halten.« Das Gold seiner Augen schimmerte. Mein Mund war ganz trocken, das Herz schlug schneller. Es war, als würden Elfenflügel es streifen. Doch der nächste Gedanke brachte es aus dem Takt, Enttäuschung umklammerte es. Diese Schwärmerei war töricht. Cadan hatte auf den Kodex geschworen, und dieser Kodex verbot ihm jegliche Beziehung, die über eine Freundschaft hinausging. Da konnte sich mein Herz noch so sehr zu ihm hingezogen fühlen. Genau genommen war es dumm, dass ich überhaupt über so etwas nachdachte, denn ich war dem Mann ja erst vor Kurzem begegnet. Doch da war diese Vertrautheit zwischen uns, eine Vertrautheit, die nur wachsen konnte, wenn man jemanden ein Leben lang kannte. Falls ich Cadans Worten Glauben schenkte, war dies der Fall. Nur vermochte mein Verstand sich nicht daran zu erinnern. Aber mein Herz tat es ganz offensichtlich.

Kapitel 8

»Mit welcher Waffe kämpfst du für gewöhnlich?«, fragte Cadan.

Gael lag im Gras und rekelte sich in den Strahlen der Sonne, die die kleine Waldlichtung erreichten. Endlich hatte Cadan einer Rast zugestimmt. Nun ja, die anderen rasteten, und ich sollte ihm zeigen, ob ich kämpfen konnte. Normalerweise bevorzugte ich als Diebin die Flucht, aber hin und wieder hatte ich mich einem Kampf stellen müssen.

Keena kniete zwischen lila Blumen und flocht einen Kranz, während Hal auf einem umgefallenen Baumstamm saß. Obwohl er vorgab, sich auf eine Schnitzarbeit zu konzentrieren, spürte ich seinen Blick auf mir, und der war alles andere als freundlich. Er schien es nicht gutzuheißen, dass Cadan mich ausbilden wollte. Doch ob Hal das guthieß oder nicht, darauf würde ich keine Rücksicht nehmen. Ich wollte kämpfen lernen.

Die anderen Jungs hockten mit gebührendem Abstand im Schneidersitz im Gras, hatten rote Wangen und beobachteten gebannt, wie ich Cadan gegenüberstand.

»Normalerweise verteidige ich mich mit einem Messer. Wenn man über Dächer flieht, behindern größere Waffen nur. Doch ich habe meines verloren«, beantwortete ich seine Frage.

»Hier, nimm meines.« Egan kam auf die Knie, zog das Messer aus der Scheide, die an seinem Gürtel hing, und hielt es mir entgegen. Unsicher sah ich zu Cadan. Sollten wir wirklich mit scharfen Waffen kämpfen?

»Nimm es«, forderte er mich auf. Zögerlich schritt ich zu Egan. Ich öffnete die Schließe meines Umhangs und ließ ihn ins Gras fallen, dann ergriff ich Egans Messer.

»Nun?« Cadan zog herausfordernd eine Braue hoch. Ich trat dem Krieger wieder entgegen und hielt das Messer mit der Klinge nach unten – so konnte man effektiver zustechen. Ohne Vorwarnung schnellte ich vor, Cadan wich aus, das Messer verfehlte seinen Bauch. Als ich mit der Klinge zurückschwingen wollte, blockte er meinen Arm, und sein Schienbein traf mein Knie. Schmerz durchzuckte mich. Ehe ich michs versah, saß ich auf dem Boden.

»Da haben wir einiges zu tun.« Cadan betrachtete mich von oben.

»Für einen Dieb ist die Flucht vernünftiger als der Kampf«, zischte ich und rieb mein pochendes Knie.

»Komm hoch«, forderte er mich auf. Aus den Augenwinkeln erkannte ich, wie Hal sich erhob, ein paar Schritte ging und mit geballten Fäusten stehenblieb.

»Máire, hoch mit dir«, feuerte mich Egan an. Ächzend kam ich auf die Beine.

»Das kleine Scharmützel wird dich doch nicht müde gemacht haben«, spottete Cadan. Mein Blut begann zu köcheln. Seine selbstgefällige Art ging mir gehörig auf die Nerven. Ich festigte meinen Griff. Also gut, wenn er es so haben wollte. Ich täuschte einen Angriff an, drehte mich, um seine Verteidigung zu umgehen. Meine Klinge konnte seine ungedeckte Seite fast schon schmecken, als er elegant auswich, mich packte und mich wieder auf den Boden beförderte. Mit dem Hinterteil voran landete ich auf einer

Wurzel. Ich biss die Zähne zusammen, um keinen Schmerzenslaut von mir zu geben.

»Eines muss ich dir lassen. Du bist schnell. Damit können wir arbeiten.« Cadan streckte mir die Hand entgegen, doch ich kam ohne seine Hilfe auf die Beine. Nun pochte es auch in meinem Po.

»Jetzt lass uns was essen. Danach geht es weiter«, meinte er und steuerte die Proviantsäcke an. Während ich mein schmerzendes Hinterteil rieb, schaute ich zu Hal, der missbilligend den Kopf schüttelte. Ich wollte das Kämpfen lernen, koste es, was es wolle. Ich würde mich weder von Schmerzen noch von Hal aufhalten lassen.

»Warum noch mal schlage ich mit einem Ast auf einen Baum ein?«, fragte ich ein paar Tage später. Die Sonne war gerade dabei, hinter den Bäumen zu verschwinden, ein Sternenmeer eroberte den Himmel. Meile um Meile kamen wir dem Eras näher, die Landschaft stieg stetig an. Damit stieg zumindest etwas an – meine Magiefähigkeiten taten das eher nicht, ein magisches Feuer brachte ich jedenfalls keines zustande. Nicht einmal etwas Qualm.

Ich malträtierte den Stamm der Eiche schon eine geraume Zeit. In meinem Körper brannten Muskeln, von denen ich bisher gar nicht gewusst hatte, dass ich sie überhaupt besaß. Während ich einen Baum verprügelte, hatten es sich die anderen am Lagerfeuer gemütlich gemacht und ließen sich den Proviant schmecken. Ich hatte noch kein Stück abbekommen. Zu den brennenden Muskeln kam der knurrende Magen. In Hals Augen blitzte so etwas wie Schadenfreude.

»Weil dir die Grundlagen des Schwertkampfes in Fleisch und Blut übergehen sollen«, antwortete Cadan. »Erst Vorhand, dann Rückhand.« Er stand ganz lässig mit leicht gespreizten Beinen. »Und das Ganze von unten.«

»Ich hab bald Blasen an den Händen«, jammerte ich, während mein Stock auf die raue Rinde traf. Leise fügte ich hinzu: »Und ich kann das außerdem schon.« Denn aus irgendeinem unerfindlichen Grund kamen mir diese eigentlich ungewohnten Bewegungen sehr vertraut vor. Es war paradox, denn ich hatte noch nie ein Schwert in der Hand gehalten.

»Deinen Gegner werden Blasen an den Händen herzlich wenig kümmern«, brummte Cadan.

»Für eine Diebin sind die Hände das wichtigste Werkzeug.« Der Stock traf den Baum auf der anderen Seite.

»Du bist jetzt aber keine Diebin mehr. Wenn du eine Kriegerin sein möchtest, dann musst du wie eine Kriegerin denken, fühlen und leben. Einzig der Tod kann eine Kriegerin davon abhalten, weiterzukämpfen, aber bestimmt keine Blasen an den Händen.«

»Möchtet ihr etwas essen?« Keena trat mit einem Stück Brot zu uns.

»Mein Sklaventreiber lässt mich nicht«, murmelte ich und schlug so fest auf den Baum ein, dass der Ast abbrach und ein Stück davon im hohen Boden davonflog. Der Widerhall ging mir durch Mark und Bein, meine Zähne klapperten schmerzhaft aufeinander. Es war nicht wirklich klug, auf etwas mit Wucht einzuschlagen, das so fest verwurzelt war wie eine alte Eiche. Der Baum hatte gewonnen.

»Tja, damit wäre die Übung wohl beendet.« Cadan blickte amüsiert auf die Reste des Astes in meiner Hand.

»Komm, die geräucherte Hartwurst ist wirklich gut.« Keena gab mir das Stück Brot, packte mich am Handgelenk und zog mich zwischen den Bäumen hindurch zum Lagerfeuer. Dort angekommen, warf ich den Rest des Astes in die Flammen und setzte mich auf meinen Umhang, den ich liegen gelassen hatte. Keena wählte den Platz neben mir.

»Schneide für Máire ein Stück von der Wurst herunter, bevor nichts mehr da ist«, sagte sie streng zu Faol, und er kam ihrer Aufforderung nach.

»Diese Übungen sehen schweißtreibend aus.« Gael stocherte mit einem dünnen Ästchen zwischen ihren Zähnen herum.

»Das sind sie auch. Meine Arme sind so schwer, als wären sie aus Blei«, erwiderte ich und biss in mein Brot.

»Vielleicht solltest du eine Diebin bleiben«, mischte sich Hal ein, und ich schluckte das Brot herunter.

»Vielleicht solltest du dich um deinen Kram kümmern«, erwiderte ich barsch.

»Hört auf, euch anzufeinden. Ich kann es nicht leiden, wenn ihr streitet.« Declan nahm Faol das Wurststück ab, das dieser abgeschnitten hatte, stand auf und brachte es mir.

»Danke schön«, sagte ich mit einem Lächeln, um ihm zu zeigen, dass alles wieder gut war.

»Es könnte nützlich sein, wenn wir alle das Kämpfen erlernen würden. Wir wissen nicht, was uns hinter dem Eras erwartet. Die Nordlande sollen rau und gefährlich sein.« Irven blickte über die Flammen hinweg von mir zu Hal. Declan nahm unterdessen wieder seinen Platz ein.

»Ich kann kämpfen«, brummelte Hal.

»Vielleicht kannst du es mit einem betrunkenen Herumtreiber aufnehmen. Aber was ist mit jemandem wie ihm?« Irven deutete auf Cadan, der in gut fünf Schritten Entfernung die Umgebung sondierte. Das machte er in regelmäßigen Abständen, vor allem, wenn wir unser Nachtlager aufgeschlagen hatten, damit es nicht mehr zu solchen Überraschungen kam wie dem Angriff des Werwolfsrudels am Fal. Außerdem hielt er die Nacht über Wache. Er benötigte scheinbar sehr wenig Schlaf. Ich hingegen war hundemüde.

»Jetzt kommt er. Fordere ihn doch raus.« Egan knuffte Hal mit dem Ellenbogen in die Seite.

»Halt dein Maul«, fauchte Hal.

»Hat da jemand den Mund zu voll genommen?« Egan lachte leise.

»Alles ist ruhig. Wir sind hier sicher.« Cadan gesellte sich zu uns.

»Möchtest du etwas Brot und Wurst?« Noch ehe der Krieger antworten konnte, sprang Keena auf und eilte zum Proviant.

Zuerst holte sie ein Stück Brot aus dem Beutel, dann nahm sie Faol die restliche Wurst ab. Sie passierte das Feuer und hielt Cadan ihre Beute entgegen.

»Das ist sehr nett«, bedankte sich der Krieger und ergriff die dargebotene Mahlzeit. Keena setzte sich zu ihm. Die Kleine mochte den großen Mann sehr. Bei ihm schien sie sich sicher zu fühlen und ich konnte es ihr nicht verdenken, denn ich fühlte mich in seiner Gegenwart ebenfalls sicher. Ja mehr noch, zwischen uns gab es eine Verbindung, die ich nur als magisch bezeichnen konnte. Was sie wahrscheinlich auch war. Die Verbindung zwischen einem Einhorn und seinem Beschützer basierte mit Sicherheit auf Magie. Warum, bei den Göttern, waren wir dann getrennt worden? Diese Frage brannte mir fast ein Loch in den Verstand. Wenn ich mich doch nur an mein früheres Leben erinnerte. Ich musterte Cadans Gesicht. Es war unglaublich vertraut. Er sah zu mir, das Gold seiner Augen schimmerte. Sein Blick war so intensiv, dass er mir eine Gänsehaut verursachte – als könnte er in mein Innerstes schauen. Hitze schoss in meine Wangen. Hastig unterbrach ich unseren Blickkontakt, ergriff die Trinkblase, die auf dem Umhang lag, und nahm einen Schluck Wasser. Mein Herz schlug so schnell wie die Flügel eines kleinen Vogels. Diese Empfindungen durften nicht sein.

»Cadan«, sprach Irven den Krieger an, worauf er sich ihm zuwandte, und ich war froh, dass er nicht mehr mir seine Aufmerksamkeit schenkte. »Würdest du uns auch das Kämpfen beibringen?«

»Das wäre großartig«, bekräftigten die Zwillinge unisono.

»Ich bin auf jeden Fall dabei«, meldete sich Gael zu Wort, während Cadan nur von einem zum anderen sah.

»Ich will auch kämpfen lernen«, rief Keena begeistert.

»Nein, das wirst du nicht. Du bist noch zu jung«, sagte Hal barsch.

»Bin ich nicht«, murmelte Keena.

»Wir haben keine Ahnung, was uns in den Nordlanden erwartet. Es wäre gut, wenn wir in der Lage wären, uns gegen alles, was da kommt, verteidigen zu können.« Irven betrachtete Cadan mit hoffnungsvollem Blick. Der schaute in die lodernden Flammen, holte tief Luft, dachte offensichtlich nach. Es herrschte gespanntes Schweigen. Nur das Feuer knisterte.

»Wahrscheinlich ist das gar keine so schlechte Idee, und Máire hätte einige Übungspartner«, antwortete Cadan schließlich.

»Das ist großartig«, meinten die Zwillinge begeistert. Irven stimmte ihnen nicht minder begeistert zu.

»Das ist ja allerliebst.« Hals Stimme triefte vor Sarkasmus. Er stand auf und verschwand zwischen den Bäumen.

»Was ist mit ihm?«, wollte Cadan wissen.

»Er hält sich für einen großen Kämpfer.« Faol grinste.

»Lasst uns jetzt schlafen«, sagte ich streng und schaute in die Richtung, in der Hal verschwunden war. Sollte ich ihm nachlaufen? Nein! Ganz sicher nicht. In letzter Zeit benahm er sich wie ein dummer, störrischer Esel, dem ich bestimmt nicht nachrennen würde.

Kapitel 9

Cadan brachte nun den Zwillingen sowie Declan, Gael, Irven und mir bei, mit dem Schwert zu kämpfen. Also gut, im Moment übten wir mit Stöcken, denn wir hatten keine Schwerter, und selbst wenn, würden wir uns Cadan zufolge nur damit verletzen. Jeden freien Augenblick kämpften wir, und ich fand wirklich Spaß daran. Immer mehr hatte ich das Gefühl, dass ich in meinem früheren, unbekannten Leben schon mal ein Schwert in Händen gehalten hatte. Je öfter ich die Bewegungen wiederholte, umso vertrauter waren sie mir. Mir gelangen Manöver, die mir Cadan noch gar nicht beigebracht hatte.

Der Umstand, dass wir uns alle gegenseitig übertreffen wollten, ließ Erinnerungen zum Greifen nah erscheinen. Doch ich vermochte sie nicht zu fangen. Trotzdem hoffte ich, wenn ich mich weiter im Kampf übte, ihrer irgendwann habhaft zu werden. Einzig Hal beteiligte sich nicht an den Übungen. Er beschränkte sich darauf, uns mit verkniffenem Ausdruck im Gesicht zuzusehen, und Keena hatte er es verboten.

Die Landschaft wurde zunehmend schroffer und steiler, dazu sanken die Temperaturen. Es sah aus, als würden Felsen zwischen den Bäumen aus dem Boden wachsen. Bei unserer Rast an einem Wildbach trat ich gegen Faol an, während die anderen uns anfeuerten. Zum Kampf hatten wir unsere Umhänge abgelegt. Graue Wolken eroberten den Himmel, die im Abendrot glühten.

Faol war gut, kämpfte kraftvoll, ich jedoch war schnell. Katzenhaft duckte ich mich unter seinem Schlag hinweg, der ins Leere ging, während ich ihn mit meinem Stock von den Beinen fegte und er auf dem Hosenboden landete. Dann hielt ich ihm das Ende des Asts an die Kehle, als wäre es die Spitze eines Schwertes.

»Sehr gut.« Cadan schritt langsam zu uns. »Máire, ich muss sagen, du bist ein Naturtalent.«

»Ich bin über eine Wurzel gestolpert«, murmelte Faol.

»Bist du nicht, sie hat dich sauber besiegt«, widersprach Gael.

»Hier.« Ich nahm meinen Stock weg und streckte ihm freundschaftlich die Hand entgegen, die Faol ergriff. Mit einem kräftigen Ruck half ich ihm auf die Beine.

»Wer will als Nächstes?«, fragte ich herausfordernd, nachdem ich ihn losgelassen hatte.

»Geht und esst, ich muss mit Máire allein sprechen«, unterband Cadan weitere Kämpfe, woraufhin die anderen das Lagerfeuer ansteuerten, an dem Hal und Keena bereits saßen.

»Lass uns ein Stück gehen«, meinte Cadan. Ich holte meinen Umhang, den ich um meine Schultern warf, denn nach so viel Schwitzen war die Abendluft unangenehm kalt. Dann folgte ich seiner Aufforderung und schritt neben ihm bergauf den Wildbach entlang. Das Wasser hatte sich hier tief in den grauen Fels gegraben und rauschte lautstark durch eine Schlucht. Der Bach war einer der vielen kleinen Zuflüsse, die in den Fal mündeten und den großen Fluss speisten.

»Als wir mit den Übungen begonnen haben, hätte ich das nicht gedacht, aber das Kämpfen scheint dir wirklich im Blut zu liegen.

Du hast große Fortschritte gemacht. Was ist mit deinen anderen Übungen? Einzig dich bilde ich zur Phönixkriegerin aus. Denn nur du besitzt, im Gegensatz zu den anderen, Magie.«

»Ich versuche es ja, aber bisher konnte ich noch nicht einmal Qualm erzeugen. Wahrscheinlich wirkt die Vergiftung schneller, als du dachtest«, antwortete ich verzweifelt. Denn wenn dies der Fall war, war mein Leben in akuter Gefahr. »Das mit der Vergiftung macht mir eine verfluchte Angst. Was, wenn wir es nicht mehr aufhalten können?« Ein Zittern lief durch meinen Leib.

»Es ist noch Magie in dir. Wenn wir sie stärken, kann das der Vergiftung vielleicht entgegenwirken. Es ist zumindest einen Versuch wert. Gib nicht auf. Lass dir eines gesagt sein: Ein Phönixkrieger gibt niemals auf.«

Wir erreichten einen entwurzelten Baum, der über den Wildbach gestürzt war und dessen dicker Stamm nun die beiden Seiten der Schlucht verband. Cadan erklomm ihn und blieb mitten über dem Bach stehen. Wild tobte das Wasser unter ihm, schäumte zornig zwischen dem grauen Fels. Ich schloss zu Cadan auf.

»Spürst du die Wildheit dieses Gewässers, die Macht der Natur? Das ist unsere Magie. Verschiedene Wesen ziehen ihre Magie aus verschiedenen Quellen, Einhörner und Phönixe nehmen sie aus der Macht der Natur. Du musst nur auf sie hören. Schließe deine Augen und lass sie durch dich fließen.« Ich senkte die Lider, vernahm das Rauschen und Gluckern. Der Wind frischte auf, zog an meinem Zopf. »Strecke deine Hand aus«, befahl Cadan weiter, und ich tat es. Unter meiner Haut begann es zu kribbeln, das Blut rauschte lauter in meinen Ohren als das Gewässer unter mir. Die Handfläche wurde heiß.

»Sieh nur«, sagte Cadan. Ich öffnete die Augen. »Es ist noch Magie in dir.«

Auf meiner Handfläche tanzten kleine Flammen. Es war nicht so beeindruckend wie die Feuerbälle, die Cadan zustande brachte, doch immerhin. In diesem Augenblick krachte es, als würde der Himmel explodieren. Mein Herz stand einen winzigen Moment lang still, vor Schreck machte ich einen Schritt nach vorn, doch da war kein Stamm mehr, nur fünf Armlängen unter mir ein tobender Bach. Cadan packte beherzt zu und zog mich an seinen Leib. Ein Blitz erleuchtete den Himmel. Das mickrige Feuer in meiner Hand war erloschen. Ich spürte Cadans Herzschlag an der Brust, sein warmer Atem streifte mein Gesicht.

»Da hättest du um ein Haar ein Bad genommen«, sagte er mit einem süffisanten Grinsen. Es donnerte erneut. Ein Regentropfen landete auf meiner Nase, dann ein zweiter. Es wurden immer mehr. Ich sah den Krieger nur an, war ihm so nah wie nie zuvor, inhalierte seinen wundervollen Duft, war nicht in der Lage, auch nur ein Wort hervorzubringen. Unsere Blicke verschmolzen ineinander. In Cadans goldenen Augen funkelte Begehren. Er senkte den Kopf, ich konnte seine Lippen schon auf meinen spüren. Mein Herz sprang ihm förmlich entgegen. Doch er zögerte.

»Tue es«, flüsterte ich in das Heulen des Windes. Wieder zuckten Blitze am Himmel, gefolgt von Donnerhall. Der Wind zerrte an meiner Kleidung, Regen prasselte auf uns hernieder.

»Da seid ihr ja«, brüllte Hal hinter mir. Hastig ließ Cadan mich los. Ich fluchte innerlich und drehte mich um. »Wir haben eine Höhle gefunden. Kommt mit.« Hal winkte uns und ich ging zu ihm. Cadan folgte mir. Wir waren gerade mal ein paar Schritte vom Baumstamm entfernt, als es mit einem ohrenbetäubenden Donnerschlag grell aufleuchtete und der Stamm in tausende Stücke zerbarst. Was war das denn gewesen? Bei den Göttern, ein Blitz hatte die Stelle getroffen, an der wir eben noch gestanden hatten. Mein rennendes Herz wollte sich gar nicht mehr beruhigen. Es schien mir, als wären die Götter verstimmt darüber, dass der Kuss nicht vollendet worden war, und sie hatten recht damit. Sie sollten diesen dummen Kodex so zerfetzen wie den Baumstamm.

»Hier entlang.« Hal eilte voran. Obwohl der Regen eisig in mein Gesicht klatschte, spürte ich noch immer Cadans Wärme. Die Frage, wie sich ein Kuss von ihm angefühlt hätte, setzte sich in meinen Gedanken fest.

Wir liefen auf eine Felswand zu, die sich zwischen den Bäumen auftauchte. Ein Blitz erhellte sie und warf Licht auf den vorderen Teil einer Höhle, in dem der Rest der Reisegruppe uns erwartete. Irven versuchte gerade, ein Feuer zu entfachen.

»Das ist zu nass«, jammerte er.

»Da seid ihr ja. Ich hab mir schon Sorgen gemacht.« Keena lief uns entgegen. Als Donner über den Himmel rollte, zuckte sie zusammen, und ich zog sie in meine Arme. Sie mochte keine Gewitter.

»Alles ist gut, Kleines. Ich bin ja da«, beruhigte ich sie, obwohl ich selbst kaum zur Ruhe zu kommen vermochte, da in mir ein viel größerer Sturm tobte als draußen vor der Höhle. Was wäre gewesen, wenn Cadan mich wirklich geküsst hätte? Diese Frage wollte mich einfach nicht loslassen. Er steuerte Irven an, ich sah ihm hinterher und mein Herz pochte so laut in der Brust, dass ich befürchtete, es könnte den Gewittersturm übertönen.

»Ich helfe dir«, sagte Cadan zu Irven und entzündete mittels Feuermagie den aufgeschichteten Holzhaufen. Er drehte sich zu mir um, unsere Blicke trafen sich. Mein Herz wusste nicht, ob es zu schlagen aufhören oder schneller rennen sollte, denn seine Augen verrieten mir, dass er diesen Kuss ebenso gewollt hatte wie ich.

»Faol und ich haben die Höhle beim Feuerholzsammeln gefunden«, riss mich Egan, den ich erst jetzt neben mir bemerkte, aus meinen Gedanken.

»Das war ein wahres Glück«, erwiderte ich und lächelte. Draußen vor der Höhle krachte es. Fast hätte man glauben können, der Donner wollte lautstark bestätigen, dass wir echtes Glück hatten, hier Unterschlupf zu finden. Keena zitterte am ganzen Leib.

»Lass uns ans Feuer gehen«, sagte ich sanft und zog sie mit mir.

Am Lagerfeuer angekommen, setzten wir uns so nah an die Flammen, wie es ging, denn in der Höhle war es noch kälter als draußen. Ich hüllte Keena und mich in meinen Umhang. Der Stoff hatte sich wahrlich bezahlt gemacht. Er hatte einen Großteil der Nässe abgehalten, sodass die Kleidung darunter weitgehend trocken geblieben war. Keena kuschelte sich an mich, sie zitterte fast nicht mehr, und ihr Atem wurde gleichmäßig. Trotz des vor der Höhle tobenden Unwetters war sie erschöpft eingeschlafen. Schon immer hatte die Kleine in meinen Armen Ruhe gefunden.

Cadan machte es sich mir gegenüber gemütlich. Ich sah zu ihm, aber er wich meinem Blick aus, während Hal mich finster anstarrte.

»Was ist los?« Gael setzte sich zu mir.

»Was soll los sein?«, stellte ich die Gegenfrage.

»Na, zwischen dir, dem Krieger …« Sie deutete mit dem Kinn in Richtung Cadan. »… und Hal?«

»Nichts«, erwiderte ich heiser.

»Aha, nichts also. Hal sieht dich an, als würde er dich fressen wollen. Ehrlich, ich hätte niemals gedacht, dass er noch verkniffener schauen könnte, und der Krieger weicht dir aus«, fasste Gael die Situation treffsicher zusammen.

»Es ist kompliziert«, antwortete ich mit einem leisen Seufzer.

»Du weißt schon, dass Hal vor Eifersucht kocht?« Gael legte ihre Hand auf meine.

»Warum sollte er eifersüchtig sein?« Ich wusste nicht, ob ich die Antwort hören wollte, denn eigentlich kannte ich sie bereits.

»Weil er in dich verliebt ist, und das schon geraume Zeit«, antwortete meine Freundin.

»Da musst du dich irren. Er ist wie ein Bruder für mich«, sagte ich barsch. Mein Tonfall tat mir sofort leid.

»Er ist aber nicht dein Bruder«, erwiderte Gael eindringlich, und damit hatte sie recht. Ich schluckte, meine Kehle war trocken. Nichts lag mir ferner, als Hal zu verletzen, aber für mich war einfach noch nie mehr gewesen als ein Bruder.

»Verdammt, das ganze Brot ist durchweicht.« Irven durchstöberte die Proviantsäcke und holte die in Leinen gewickelten flachen Brotlaibe hervor. »Wir sollten sie ans Feuer legen.«

»Nicht mehr lange, und wir werden die Schneegrenze erreichen«, sagte Cadan, während Irven die Brote auf Steinen platzierte, die er dicht ans Feuer schob. »Ab da wird der Aufstieg eine Herausforderung werden. Jedes Stück Proviant, das wir verlieren, wird fehlen.

Vielleicht finden wir noch einige Waldfrüchte, mit denen wir unsere Vorräte auffüllen können.«

»He, hier ist ein Durchgang. Da geht es weiter ins Berginnere.« Faol stand im hintersten Winkel der Höhle.

»Lass uns nachsehen.« Einen Wimpernschlag später war Egan auf den Beinen, holte einen Ast aus dem Lagerfeuer, der nur an einem Ende brannte, und rannte mit der Fackel zu seinem Bruder. Schon waren die beiden in den felsigen Tiefen verschwunden.

»Bleibt hier!«, brüllte Hal, der sich ebenfalls erhob. Keena zuckte zusammen.

»Was ist passiert?«, wisperte sie bleich. Ich spürte, wie ihr Herz aufgeregt gegen die Rippen sprang.

»Die Zwillinge«, antwortete Gael mit einem Seufzer.

»Das müsst ihr euch wirklich ansehen.« Egan erschien mit der Fackel und war auch schon wieder weg.

»Was?« Keena war sogleich auf den Beinen. Noch ehe ich sie zu stoppen vermochte, rannte sie durch die Höhle. Hal war den Zwillingen bereits gefolgt.

»Na dann.« Gael rappelte sich auf, ich tat es ihr gleich.

»Warte Keena«, rief ich, doch die Kleine machte keine Anstalten, stehen zu bleiben. Wir erreichten die Öffnung. Sie führte in einen stockdunklen Tunnel, an dessen Ende ein Lichtschein flackerte, der höchstwahrscheinlich von Egans Fackel stammte.

»Wir hätten auch eine Fackel mitnehmen sollen«, meinte Gael. In dem Moment wurde es hinter uns hell. Über Cadans Hand schwebte eine Feuerkugel, die ausreichend Licht spendete. Declan und Irven hatten sich ihm angeschlossen.

»Phönixmagie hat schon seine Vorteile«, meinte Gael mit einem breiten Grinsen. Wir setzten den Weg fort und gelangten in eine gigantische Höhle. Der Boden sah ein wenig wie ein zugefrorener See aus, doch es war kein Eis, sondern irgendeine Art von Gestein.

»Schaut.« Egan deutete mit der Fackel nach oben. Es hatte den Anschein, als würden über uns tausende Sterne funkeln, was aber unmöglich war.

»Könnten das Edelsteine sein?«, fragte Gael, während sie zu den anderen ging. Auch ich konnte mich der Faszination nicht erwehren, mit offenem Mund stellte ich mich neben Keena.

»Das ist wunderschön«, hauchte sie mir zu.

»Das ist es«, antwortete ich, ohne den Blick von der Decke zu nehmen.

»Wenn das wirklich Edelsteine sind, hängt da ein Vermögen. Der Feuervogel könnte doch mal hochfliegen und nachsehen«, schlug Gael vor. Sie war sehr praktisch veranlagt. Wir standen nun alle in der Mitte der Höhle. Ein Knacken lenkte unsere Blicke nach unten.

»Was, bei allen …« Mehr vermochte Hal nicht zu sagen, denn der Boden gab nach, und ungebremst ging es in die Tiefe.

»Verdammt«, schrie Gael. Cadan schnappte sich Keena. Der Feuerball erlosch, und es war stockfinster. Nicht harter Fels erwartete mich, sondern Wasser. Es zog mich in die schwarze Tiefe. Ich presste die Lippen aufeinander, obwohl meine Lungen nach Luft bettelten. Verflucht, ich musste zur Wasseroberfläche. Aber in welche Richtung? Es kostete mich alles an Beherrschung, den Mund geschlossen zu halten. Mir wurde schwindlig. Neben mir hörte es sich so an, als würde jemand panisch mit Armen und Beinen gegen das Wasser kämpfen. Plötzlich leuchtete über mir ein Licht auf. Mit kräftigen Schwimmbewegungen kam ich ihm immer näher, bis mein Kopf die Wasseroberfläche durchbrach und ich hastig nach Luft schnappte.

»Wo sind alle?« Keuchend blickte ich mich um, entdeckte die Zwillinge, Hal und Irven.

»Hierher.« Cadan stand am Ufer des unterirdischen Sees, das Gael und Declan bereits erreicht hatten. Keena trug der Krieger auf dem Arm. Sie klammerte sich mit aller Macht an ihn, wollte ihn offensichtlich gar nicht mehr loslassen. Über Cadans anderer Hand schwebte eine Feuerkugel. Ich schwamm zum Ufer, was gar nicht einfach war, denn die wasserdurchtränkte Kleidung schien wie mit Blei gefüllt.

»Geht es allen gut?«, fragte Hal, als er aus dem Wasser stieg. Er blickte von einem zum anderen, und jeder nickte.

»Das war ein Abenteuer«, sagte Egan. Hal packte ihn am Kragen.

»Wir hätten uns alle den Hals brechen können«, zischte er wütend. »Wie kann man nur so töricht sein und einfach ins Unbekannte rennen?«

»Lass ihn. Wir waren alle unachtsam.« Ich legte meine Hand auf Hals Schulter, und er gab Egan frei.

»Wo sind wir hier?« Gael sah sich um.

»Keine Ahnung, ist mir auch egal. Wir müssen zu unseren Vorräten zurück.« Hal befreite sich von mir und drehte sich zu Cadan um, denn der konnte fliegen und uns wieder hoch befördern. Die Höhle, die den See beherbergte, hatte gigantische Ausmaße. Hier hätte man eine ganze Stadt hineinbauen können.

»Außerdem müssen wir aus dem nassen Zeug raus.« Ich sah zu Keena, die auf Cadans Arm wie eine Zitterpappel bibberte. Gael und Irven begannen damit, ihre Umhänge auszuwringen.

»Wohin könnte das hier führen?« Faol deutete zu einer riesigen Öffnung, die so dunkel wie das Tor zur Unterwelt war.

»Seid still«, befahl Cadan knapp. Er stellte Keena auf ihre Füße, schob sie zu mir und hob die Hand mit dem Feuerball in Richtung Öffnung. Die Kleine klammerte sich an mir fest, während ich meine Arme um sie schlang.

»Was ist los?«, flüsterte Declan ängstlich.

»Ruhe.« Cadan machte ein paar Schritte in Richtung des Unterwelttors. Seine andere Hand ging zum Schwertgriff, doch er ließ die Waffe stecken.

»Was hörst du?«, wisperte Gael. Ich antwortete an Cadans Stelle mit einem energischen *Psst*. Aber auch ich hörte nichts, was den Krieger dermaßen beunruhigte, und das beunruhigte mich. Plötzlich bebte die Erde, Gestein rieselte von der Decke. Ein wütendes Knurren ließ mir eisige Schauer über den Rücken laufen. Ehe ich auch nur reagieren konnte, stürmte ein Drache, schwärzer als die finsterste Nacht, wie ein wildgewordener Stier aus der Öffnung.

Rauch kam aus seinen Nüstern. Mein Herz setzte einen Schlag aus. Das durfte doch nicht wahr sein. Keena schrie, ich drückte sie enger an mich, und sie vergrub ihr Gesicht schluchzend in meinem nassen Mantel. Der lange Hals der Bestie glühte, blähte sich dann auf, während der lange Schwanz hin und her peitschte. Ein gleißender Flammenstrahl schoss aus dem vor Reißzähnen starrenden Maul. Hitze schlug mir entgegen, doch ehe die Feuersbrunst uns erreichte, hatte Cadan seine Phönixgestalt angenommen. Er breitete die Flügel aus und schützte uns mit seinem Körper vor den alles vernichtenden Flammen, die nach uns griffen. Trotzdem hatte ich das Gefühl, die sengende Hitze würde mir die Haut vom Fleisch brennen. Ich konnte es nicht fassen – ein leibhaftiger Drache stand vor uns. Wieder glühte dessen Hals, es sah so aus, als würde er sich für eine weitere Attacke bereit machen, doch er entließ nur eine Feuerkugel, die zur Decke schwebte und dort wie eine kleine Sonne alles erleuchtete. Dann begann er zu schrumpfen. Klauen wurden zu Händen, der Kopf bekam nach und nach menschlichere Züge, bis ein Mann vor uns stand, die Kleidung schwarz wie seine langen Locken. Der Drache war auch in seiner menschlichen Form sehr stattlich.

»Warum schützt du dieses sterbliche Ungeziefer, Phönix?«, frage der Drache scharf. Cadan verwandelte sich seinerseits in einen Menschen zurück.

»Es ist meine Sache, warum ich sie schütze. Nur eines lass dir gesagt sein: Ich werde es nicht zulassen, dass du ihnen auch nur ein Haar krümmst.«

»Solltest du nicht lieber einem verfluchten Einhorn dienen? Ihr Phönixkrieger seid doch ganz vernarrt in diese Missgeburten auf Hufen«, spie ihm der Drache entgegen. Was mir sagte: Er mochte keine Einhörner. Ich wich etwas zurück und zog Keena mit mir.

»Du weißt so gut wie ich, dass Einhörner selten geworden sind«, antwortete Cadan, und ich schluckte.

»Und da dachtest du, du stellst diesem Gewürm deine Dienste zur Verfügung?« Der Blick des Drachen wanderte von einem zum anderen, bei mir verharrte er einen Wimpernschlag länger als bei meinen Reisegefährten, dann kehrte er zu Cadan zurück. Sein verächtlicher Blick verriet mir, dass er mich offenbar auch für sterbliches Gewürm hielt und augenscheinlich keinerlei Ahnung besaß, was ich in Wirklichkeit war. *Du bist ein sehr mächtiges Wesen*, hatte Cadan einmal zu mir gesagt, *mächtiger als ein Phönix oder ein Werwolf.* Nur Drachen waren ihm zufolge den Einhörnern ebenbürtig. Mit der mickrigen Magie, über die ich derzeit verfügte, hatte ich dem Herrn dieser Höhle nichts entgegenzusetzen. »Die Menschen sind der Grund dafür, warum es von meinesgleichen fast keinen mehr gibt«, fuhr der Drache fort. »Sie breiten sich in allen Welten wie eine Krankheit aus, sogar in den unwirtlichsten. Deshalb habe ich mich hierher zurückgezogen. Aber nicht einmal hier bin ich vor ihnen sicher.« Er verzog angewidert das Gesicht. »Ihretwegen verschwindet unsereiner, ob Einhörner, Drachen, Phönix. Das weißt du. Wieso verbündest du dich mit ihnen?« Der Drache verschränkte die Arme, seinen Iriden glühten grün auf.

»Weil diese Menschen hier jung sind. Sie können lernen. Der einzige Weg für den Fortbestand von uns magischen Wesen ist es, wenn wir und die Menschen lernen, Seite an Seite zu leben. Und glaub mir, wir geben ihnen gute Gründe, uns zu hassen. Ich habe selbst einen Werwolfsangriff miterlebt.« Ich musterte erstaunt Cadans Rücken. Dachte er wirklich so? Er nahm Hal und die anderen doch nur meinetwegen mit, weil ich darauf bestanden hatte.

Erneut blickte der Drache von einem zum anderen, dann seufzte er. »Vielleicht hat der Phönix recht. Wie dem auch sei, ich habe keine Lust auf einen Kampf mit ihm. Mein Name ist Aidan. Ihr seht wie in Wasser ersäufte Ratten aus. Meines Wissens nach sind Sterbliche ziemlich empfindlich, wenn‘s um ihr Wohlbefinden geht, und vertragen keine Nässe, daher lade ich euch ein, meine Gäste zu sein, bis ihr trocken seid. Hier entlang, es wird euch nichts geschehen, darauf gebe ich euch mein Wort.« Damit drehte er sich um und ging zu der großen Öffnung, durch die er in seiner Drachengestalt hereingestürmt war. Die Lichtkugel schwebte ihm hinterher.

»Sollten wir ihm wirklich vertrauen?«, fragte Hal, und Aidan dreht sich abrupt zu ihm herum.

»Wenn ich sage, euch wird nichts geschehen, dann wird euch nichts geschehen. Ich halte mein Wort, ich bin ein Drache«, fuhr er Hal an. Wieder leuchteten seine Augen grün auf.

»Das stimmt, Drachen stehen immer zu ihrem Wort.« Cadan setzte sich in Bewegung, und wir folgten Aidan ebenfalls.

Kapitel 10

Von Aidans Feuerkugel erleuchtet, wirkte der Eingang des Tunnels gar nicht mehr so bedrohlich, und was uns an dessen Ende erwartete, war atemberaubend. Die Höhle füllten Berge goldener und silberner Kostbarkeiten, so weit das Auge reichte. Vieles davon zierten funkelte Edelsteine. Man konnte gerade ein paar Schritte weit sehen, doch es schlängelte sich ein Weg durch das Edelmetallgebirge.

»Unfassbar, das hier ist eine Schatzkammer!« Gael streckte die Hand aus, um den golddurchwirkten Seidenstoff zu berühren, der achtlos zwischen edlen Tellern hervorlugte, doch sie zog ihre Finger wieder zurück.

»Bei den Göttern, ich habe noch nie so viel Gold und Silber auf einem Haufen gesehen.« Egan drehte sich im Kreis. In jeder Ecke funkelte und glitzerte es. Aidans feuriger Ball blieb in der Mitte der Höhle unter Decke stehen, stieb auseinander und wurde zu unzähligen kleinen Feuerkugeln, die alles erleuchteten. Es sah wirklich prächtig aus.

»Es gibt sogar goldene Waffen.« Faol strich ehrfurchtsvoll über die Klinge eines Dolches, der auf einem Stapel Schalen lag.

»Es stimmt also, dass Drachen alles sammeln, was glänzt«, bemerkte Cadan mit spöttischem Unterton.

»Das sagt der Riesenvogel mit dem goldenen Gefieder«, gab Aidan nicht minder sarkastisch zurück. Keena ließ meine Hand los.

»Sieh mal, Máire, da – der Spiegel. Ist er nicht wunderschön?« Sie ging zu einem der Goldhaufen und nahm das Kleinod, das nicht nur aus edlem Metall gefertigt, sondern dazu noch reich mit edlen Steinen verziert war.

»Lass das liegen«, sagte ich streng und Keena platzierte den Spiegel wieder dorthin, wo sie ihn weggenommen hatte. Aidan führte uns zur Mitte der Höhle, wo es einen kreisrunden freien Platz mit einer Vertiefung gab, in der Flammen züngelten. Samtene Kissen umrahmten die Feuerstelle.

»Ich denke, es ist besser, ihr zieht euch etwas anderes an«, meinte Aidan. Kaum hatte er die Worte gesprochen, türmte sich ein Teil des Goldes zu Wänden auf, nur kleine Durchgänge blieben frei.

»Da hinten können sich die Mädchen umziehen. Kleider liegen bereit.« Er zeigte auf einen Durchgang in gut zehn Schritten Entfernung, dann in die entgegengesetzte Richtung: »Und die Männer dort. Bestimmt findest du da etwas Besseres als diese schäbige Rüstung.« Aidan klopfte gegen Cadans Harnisch.

»Auch ich besitze magische Kräfte. Meine Sachen sind längst trocken«, fauchte Cadan. Ich nahm Keena bei der Hand. Diesem dummen Gehabe wollte ich nicht länger beiwohnen, und die Kleine musste wirklich aus den nassen Sachen raus. Gael kam mit uns.

Als wir in den Raum eintraten, fehlten mir die Worte. Kleider aus feinsten Stoffen, mit Stickereien bunt verziert, erwarteten uns, dazu Tischchen mit Kämmen, Fläschchen und allerlei Utensilien, die reiche Menschen augenscheinlich zur Körperpflege brauchten. Auf dem Markt hatte ich solche Dinge schon gesehen.

»Schau dir das mal an. Ich bin gestorben und zu den Göttern aufgefahren«, sagte Gael. Sie besah sich die Sachen auf den Tischchen, fasste sie an, hob Kleider hoch. »Ob´s dem Drachen auffällt, wenn man ein paar Sachen einsteckt?« Sie deutete auf ein goldenes Fläschchen und grinste.

»Er ist ein magisches Wesen«, antwortete ich nur und durchstöberte einen Stapel Kleider. Darin fand ich wirklich eines, das Keena passen konnte. Außerdem entdeckte ich noch weiße Tücher, die wohl zum Abtrocknen gedacht waren.

»Komm her, Kleines, wir ziehen dich um«, sagte ich zu Keena, worauf sie zu mir trat. Ich nahm ihr den Umhang ab und half ihr dabei, sich zu entkleiden, dann streifte ich ihr ein seidenes Untergewand und das Kleid über.

»Es sieht aus, als wäre es aus Gold gemacht und fühlt sich so wundervoll auf der Haut an«, schwärmte Keena.

»Ich hab auch passendes Schuhwerk gefunden.« Damit stellte ich Keena goldene Pantoffeln vor die Füße, in die sie schlüpfte.

»So muss es sein, wenn man auf Wölkchen tritt. Sieh her, ich bin eine Prinzessin.« Keena drehte sich um die eigene Achse. Auch Gael hatte sich ein Kleid ausgesucht. Es war malvenfarben und passte zu ihr – was mich erstaunte, denn ich hatte sie mir bisher nie in Frauenkleidung vorstellen können.

»Du siehst wie eine Dame aus.« Sanft strich ich Gael eine störrische Haarsträhne aus dem Gesicht. Anschließend breitete ich die Sachen der beiden zum Trocknen aus. So warm, wie es in der Höhle war, standen die Chancen gut, dass alles bald wieder tragbar sein würde.

»Hier, das hat die gleiche Farbe wie deine Augen.« Keena hielt mir ein blaues Kleid entgegen.

»Das wir dir sicherlich gut stehen. Zieh es an.« Gael trat neben sie, betrachtete mich mit erwartungsvollem Blick und nickte. Meine nassen Gewänder klebten wirklich unangenehm am Körper. Entschlossen ergriff ich das Kleid aus feinster Seide, hängte es über die Bodenvase neben mir und begann, mich auszuziehen. Gael nahm mir die nassen Sachen ab, während die Keena die Schätze durchstöberte, die uns umgaben.

»Der weiche Stoff ist ein Traum.« Ich strich über den langen Ärmel. Mein letztes Kleid hatte ich getragen, als ich aus dem Fal gefischt worden war. Es war auch sehr edel gewesen. Wahrscheinlich war ich ja diese Art von Kleidung gewohnt, doch ich konnte mich nicht daran erinnern. Seither hatte ich nur Hosen und Hemden aus derben Stoffen getragen, was man eben ergattern konnte, wenn man nicht die Mittel besaß, um sich Gewänder schneidern zu lassen. Auch für mich und Gael fand sich passendes Schuhwerk.

»Los, setz dich, ich kümmere mich um deine Haare!« Gael griff sich einen Kamm, packte meinen Arm und zog mich zu einem der großen Sitzkissen, die im Raum verstreut herumlagen. Ich protestierte, doch ich stieß auf taube Ohren. Energisch drückte sie mich auf das Kissen, setzte sich hinter mich und löste meinen Zopf. Die Zinken des Kammes glitten sanft durch mein Haar.

»Es ist so weich wie die Gewänder«, meinte Gael.

»Sieht das nicht beinahe wie der Blumenkranz aus, den ich geflochten habe?« Keena brachte einen Haarreif. Feines Goldgespinst war zu einem Kranz gebogen, verziert mit blauen Edelsteinblüten.

»Perfekt, die Steine haben die Farbe von Máires Kleid.« Gael langte an mir vorbei und setzte mir den Reif auf.

»Du siehst so hübsch aus. Wie eine Braut.« Keena klatschte in die Hände.

»Ich hätte lieber wieder einen Zopf«, wandte ich ein.

»Nein, das bleibt jetzt so.« Gael krabbelte an mir vorbei und stand auf.

»Schnell, gehen wir zu den anderen. Ich bin gespannt, was die Jungs sagen.« Bevor ich auch nur etwas erwidern konnte, war Keena verschwunden.

»Jetzt warte auf uns.« Gael nahm die Verfolgung auf, ich blieb allein zurück. Nun erhob ich mich ebenfalls und ergriff einen kleinen Spiegel, der auf einem der Tischchen lag. Die Frau, die mir daraus entgegenblickte, war eine andere als die, die ich kannte. Doch es hatte sie schon immer gegeben, in einem früheren Leben. Es war, als würde eine Erinnerung, die ganz tief in mir verborgen war, ihren Weg an die Oberfläche suchen, aber ich vermochte sie nicht zu greifen. Sie war wie feines Gespinst, das sich auflöste, sobald man es berührte.

»Verdammt!« Ich warf den Spiegel auf einen Haufen mit Vasen, der scheppernd zusammenbrach. Die Gefäße rollten vor meine Füße. Warum nur konnte ich mich nicht erinnern?

»Máire«, hörte ich Keena rufen, und ging eilig aus der improvisierten Kammer. Sie rannte mir entgegen, nahm meine Hand und drängte mich, mit ihr zu kommen. Die Tausenden kleiner Leuchtkugeln unter der Höhlendecke tauchten die Umgebung in ein warmes Licht. Irgendwie sah es hier jetzt anders aus. Die Wände mussten sich verschoben haben. Aidan bog um die Ecke und stoppte uns.

»Ich werde die Dame geleiten. Du, mein Kind, kannst dir schon einen Platz aussuchen«, schlug der Drache vor, und Keena flitzte los. Sie hatte augenscheinlich großen Respekt vor ihm. »Bitte.« Er hielt mir seinen Arm entgegen, ich legte die Hand drauf, dann schritten wir voran, wie ich es bei den Höhergestellten in Tremain beobachtet hatte. Jetzt, wo Aidan bei Weitem nicht mehr so gefährlich wirkte wie vorhin am unterirdischen See – im Gegenteil, er war sogar ausgesprochen charmant – da kam ich nicht umhin, ihn mir genauer anzusehen. Was ich erblickte, konnte ich nur als wirklich wohlgeraten bezeichnen. Die Lippen waren perfekt geformt, das Gesicht maskulin und seine Iriden von hellerem Grün als die ersten zarten Blätter, die im Frühjahr an den Bäumen sprossen. Wenn Cadan nicht wäre, könnte ich wirklich schwach werden.

»Wie kommt es, dass du so viele Frauenkleider besitzt?«, fragte ich.

»Ich sammle schöne und wertvolle Dinge, doch nichts in dieser Höhle wird deinem Liebreiz gerecht«, erwiderte er mit einem Lächeln, das Herzen brechen konnte und wahrscheinlich auch tat. Bei genauerem Hinsehen war sein Haar gar nicht schwarz, sondern schimmerte rot wie schwerer Wein. Man konnte es nicht leugnen: Dieser Mann war ungeheuer attraktiv, und im Gegensatz zu Cadan versteckte er sich nicht hinter einem Kodex. Aber würde er noch immer so charmant sein, wenn er wüsste, zu welcher Spezies ich wirklich gehörte? *Missgeburten auf Hufen* hatte er die Einhörner genannt.

»Mit Frauengewändern kannst du doch gar nichts anfangen.«

»Im Laufe meines langen Lebens beherbergte ich ab und zu weibliche Sterbliche«, erklärte Aidan. »Du musst wissen, es hat einmal eine Zeit gegeben, da verehrten die Menschen uns Drachen wie Götter. Sie hüllten ihre Maiden in feinste Gewänder, um sie uns zu opfern.« Ich blieb abrupt stehen und ließ ihn los.

»Was hast du mit diesen Opfern gemacht?«, fragte ich erschrocken. Mir wurde bei dem Gedanken übel, was er antworten könnte. Er nahm meine Hand und hauchte einen Kuss darauf.

»Nicht, was die Sterblichen von mir erwartet haben. Ich nahm sie bei mir auf. Manche lebten mit mir und starben am Alter. Andere hatten den Wunsch, mich zu verlassen. Dann brachte ich sie weit weg und gab ihnen ausreichend Mittel, um ein neues Leben zu beginnen. Ich würde niemals Schönheit zerstören.« Er platzierte meine Hand wieder auf seinem Arm, und wir setzten den Weg fort.

»Du hast mit Menschenfrauen gelebt, und trotzdem verachtest du Sterbliche?«, fragte ich.

»Dass Menschen uns Drachen verehrten, ist schon einige Jahrhunderte her. Jetzt jagen und töten sie uns, wenn sie die Gelegenheit bekommen, oder verdrängen uns aus den angestammten Lebensräumen. Doch hin und wieder begegne ich Sterblichen wie dir, die mich in ihren Bann ziehen.« Wieder lächelte er dieses unwiderstehliche Lächeln, und wäre mein Herz nicht mit den Gefühlen für Cadan beschäftigt gewesen, wäre es ihm verfallen. Ich vernahm die Stimmen der anderen. Vor uns war eine goldene Wand, errichtet aus allerlei Geschmeide. Wir durchschritten den großen Bogen darin und ich sah mich einer langen Tafel gegenüber, die sich vor Speisen bog. Alles Geschirr war aus purem Gold oder Silber. So eine Pracht hatte ich noch niemals zuvor gesehen.

Meine Reisegefährten hatten bereits ihre Plätze eingenommen. Die Zwillinge, die wie Irven und Declan feinste Gewänder trugen, waren gerade dabei, ihre Teller mit Brät vollzuladen. Hal hatte noch seine alte Kleidung an und stopfte die Hände in die Hosentaschen. Auch Cadan hatte sich nicht umgezogen. Als ich eintrat, verdüsterte sich die Miene des Kriegers. Er starrte zu meiner Hand, die auf Aidans Arm lag, während seine zum Schwertknauf ging.

»Nimm hier Platz.« Aidan rückte mir einen roten, samtgepolsterten Stuhl zurecht, auf den ich mich setzte, anschließend machte er es sich neben mir gemütlich. Er ignorierte Cadans finsteren Blick. Es schien ihm sogar ein diebisches Vergnügen zu bereiten, dass der Phönixkrieger ganz offensichtlich ziemlich verärgert war.

»Du siehst wunderschön aus, Máire«, sagte Declan, und die Zwillinge nickten voller Zustimmung, während sie ihre Mägen füllten. Hal musterte mich nur schweigend. Doch er betrachtete mich, als würde er mich mit anderen Augen sehen.

»Das tust du wirklich«, stimmte Aidan den Zwillingen zu. Er nahm meine Hand, um sie sanft zu küssen. Aus Cadans Richtung kam ein leises Knurren. Er funkelte den Drachen wütend an. Es hatte den Anschein, als stünde er kurz davor, sich in einen Phönix zu verwandeln. Um Cadan nicht weiter zu provozieren, entwand ich mich Aidan.

»Bestimmt möchtest du etwas Wein.« Der Drache nahm einen Krug und schenkte rote Flüssigkeit in meinen Becher, anschließend füllte er seinen, um sanft mit mir anzustoßen. Ich nahm einen Schluck.

»Dieser Wein schmeckt vorzüglich, nicht wie das billige Zeug, das es in den Schenken gibt«, sagte ich zu Aidan. Er sah mich über den Rand seines Bechers hinweg an, dann stellte er ihn ab.

»Du könntest jeden Tag deines Lebens so verwöhnt werden«, meinte er und strich mit den Fingerknöcheln über meinen Arm. Cadan räusperte sich lautstark und sprang beinahe von seinem Stuhl.

»Könntest du bitte mitkommen«, forderte er mich auf, und ich erhob mich. Ich folgte ihm zu dem Tunnel, der zum See führte, dort blieb er stehen. Auch hier schwirrten kleine Feuerkugeln wie Leuchtfalter herum.

»Was tust du da?«, fuhr er mich an.

»Ich tue gar nichts. Ich bin nur freundlich«, erwiderte ich barsch und drehte mich auf dem Absatz um, denn ich wollte mir das keinen Augenblick länger anhören. Cadan packte mein Handgelenk und drückte mich gegen den schroffen Fels.

»Du bist zu deinem Todfeind freundlich. Wenn er wüsste, was du bist, würdest du hier nicht mehr lebend rauskommen«, entgegnete er scharf.

»Vielleicht täuschst du dich. Du sagtest einmal, Drachen wären mächtige Wesen. Was, wenn er mir helfen kann?«, fragte ich.

»Wenn er herausfindet, in welch geschwächtem Zustand du dich befindest, wäre das für ihn ein gefundenes Fressen, und das im wahrsten Sinne des Wortes. Dieses Wesen wird dir niemals helfen, und ich bezweifle auch, dass er das könnte. Denn um dir helfen zu können, muss man sich mit magischen Vergiftungen, die auf Werwolfsmagie beruhen, auskennen. Dazu brauchst du eine Heilerin. Drachen sind alles, nur keine Heiler.«

»Du weißt aber nicht, ob er nicht doch zu helfen imstande wäre und es täte. Deine Eifersucht macht dich für alles blind, obwohl du keinen Grund zur Eifersucht hast, denn du willst ja nur Freundschaft, mehr nicht, wie es dein Kodex befiehlt.« Ich warf ihm die Worte regelrecht an den Kopf. Sehnsucht flammte in Cadans Augen auf.

»Wenn ich könnte, wie ich wollte …« Er verstummte.

»Was würdest du dann tun?«, fragte ich herausfordernd. Ohne Vorwarnung presste er seine Lippen auf meine. Mein Herz wusste gar nicht, was es tun sollte, doch dann entschloss es sich, zu rennen. Ein Schwarm Mondlibellen flog aufgeregt in meinem Magen durcheinander. Dieser Kuss war so voller Verlangen und Sehnsucht. Cadans ungezügelte Leidenschaft brachte mich zum Erschaudern, meine Beine wurden ganz weich. Sein Mund auf meinem fühlte sich unglaublich an, besser, als ich es mir je erträumt hatte. Es sollte niemals wieder aufhören. Doch er löste sich von mir und trat zurück.

»Das war ein Fehler.« Wie ein Büßer sah er zu Boden. Ich überwand den Abstand zwischen uns, hob sanft sein Kinn an, damit er mich wieder ansah.

»Gefühle sind kein Fehler«, sagte ich.

»Es ist gegen alles, an das ich glaube.« Der Schmerz in seinen Augen tat mir fast körperlich weh.

»Was, wenn sich der Kodex irrt?«, wollte ich wissen.

»Bitte, vertraue dem Drachen nicht.« Sanft strich er über meine Wange. Dann ließ er mich stehen und ging zum See. Ich blickte ihm nach. Es leuchtete hell auf, was bedeutete, dass er sich in einen Phönix verwandelt hatte. Noch immer rannte mein Herz. Ich strich über die Lippen, die nach Cadan schmeckten, und konnte kaum fassen, was da eben geschehen war. Hinter mir hörte ich Schritte.

»Was machst du hier? Komm doch wieder zu uns.« Keena rannte auf mich zu und ergriff meine Hand. Mit verwirrtem Herzen kehrte ich in die Drachenhöhle zurück.

Kapitel 11

»Du lässt dir das ganze Essen entgehen«, begrüßte mich Faol mit vollem Mund, als ich die Tafel erreichte.

»Probier den Kuchen«, sagte Egan und nahm ein großes Stück.

»Dieses Obst habe ich noch nie gesehen.« Keena ließ mich los und sprintete zum Tisch. Als ich die Tafel ebenfalls erreicht hatte, drückte sie mir eine gelbe Frucht in die Hand, die rund wie ein Apfel war, doch eine wesentlich dickere Haut besaß.

»Sie ist ganz süß. Du musst sie schälen.« Sie nickte aufmunternd. Ich strich sanft über ihr Haar, lächelte und nahm wieder meinen Platz neben dem Drachen ein. Gedankenverloren spielte ich mit der Frucht. Wenn ich an den Kuss dachte, wurde mir heiß und kalt zugleich. Am liebsten wäre ich aufgesprungen, um nach Cadan zu suchen. Wie würde es mit uns weitergehen, wenn er zurückkam? Stand er zu uns? Das Nächste, was mir durch den Kopf schoss, versetzte mir einen Stich. Würde er denn zurückkommen? Was, wenn nicht? Unsinn, natürlich würde er das tun. Er war mein Wächter. Er musste es einfach.

»Du hast wirklich nicht viel gegessen«, holte mich Aidan aus meinen Gedanken.

»Ich bin nicht sehr hungrig«, antwortete ich und legte die Frucht auf den Tisch.

»Ist der Phönix an diesem Mangel an Appetit schuld?« Er beugte sich zu mir und strich mir eine Haarsträhne aus dem Gesicht. Vorsichtig sah ich zu Hal. Dessen Kiefer mahlten, und sein Blick war finster. Ich wollte nicht in seiner Gegenwart über Cadan sprechen, und wahrscheinlich war es auch nicht klug, den Rat eines Drachen einzuholen. Cadan zufolge vertraute ich ihm besser nicht.

»Mensch, bin ich satt.« Gael lümmelte auf ihrem Stuhl herum und strich über ihren Bauch. Declan und Irven sahen selig aus, die Zwillinge versuchten weiterzuessen, mussten sich aber geschlagen geben. Keena kam zu mir. Ich rutschte mit dem Stuhl etwas zurück. Sie setzte sich auf meinen Schoß und gähnte herzhaft. Während ich über ihr Haar strich, schlief sie ein. Im nächsten Moment waren die Stühle, die Tafel und alles darauf verschwunden. Meine Reisegefährten lagen zu meinem Erstaunen ohne Bewusstsein auf großen Sitzkissen. Die Feuerstelle in der Mitte strahlte eine angenehme Wärme aus. Auch ich saß auf einem der Kissen, ohne dass ich von dem Stuhl aufgestanden gewesen wäre und den Platz gewechselt hätte. Keenas Kopf ruhte in meinem Schoß. Sie atmete gleichmäßig. Es schien ihr nichts zu fehlen. Trotz allem war ich in Alarmbereitschaft. *Dem Drachen nicht trauen*, hallte es in meinem Kopf wider.

»Wie …?« Verwirrt sah ich zu Aidan. »Bei den Göttern, was hast du mit ihnen gemacht?« Die Kehle wurde mir eng, mein Herz schlug bis zum Hals. Ich musste etwas tun. Doch Aidan hielt mich fest und sah mich eindringlich an.

»Keine Sorge, ich habe deine jungen Begleiter einschlafen lassen. Sie brauchten Ruhe. Alles ist gut.« Seine Stimme was so angenehm, sie gab mir das Gefühl, dass uns nichts geschehen würde. Mit jedem seiner Worte schlug mein Herz langsamer. Jetzt war es völlig ruhig, wie Keena, die weiterhin friedlich auf meinem Schoß schlief.

Ich strich ihr über die Wange und sah wieder zu Aidan. Er lächelte. In diesem Moment wurde mir klar, dass seine Magie wirklich immens war. Er konnte seine Umgebung verändern, wie er wollte, und Menschen einschlafen lassen. Wer wusste, zu was er noch alles fähig war?

»Ich hab euch doch mein Wort gegeben, dass euch nichts geschehen wird«, sagte er.

»Bist du hier nicht manchmal einsam?«, fragte ich und betrachtete das Gold und Silber, das uns umgab. Er sog hörbar Luft in die Lungen.

»Als ich jünger war, machte mir die Einsamkeit mehr zu schaffen. Jetzt genieße ich die Ruhe«, antwortete er. »Doch ab und zu wäre es schön, etwas Gesellschaft zu haben. Vor allem, wenn sie so reizend ist, wie du es bist.« Sein Blick fing meinen ein. Hitze schoss in meine Wangen. Ich wusste nicht, was ich antworten sollte. Sein unverhohlenes Werben überforderte mich. Ich war so etwas ganz und gar nicht gewohnt. Aber es gab da auch diese kleine Stimme, die Cadans Flucht nach dem Kuss bestrafen wollte. *Dieser* Mann würde nach einem Kuss ganz bestimmt nicht weglaufen.

»Weißt du was, ich möchte dir etwas schenken. Was würdest du dir hier aussuchen?«, fragte er, und ich sah mich um. Mein Blick fiel auf ein Schwert. Es lag auf einem Haufen goldener Vasen. Bevor ich etwas sagen konnte, war es schon in Aidans Hand.

»Eine interessante Wahl. Du könntest Gold, Silber, Edelsteine und dergleichen haben, und entscheidest dich für ein Schwert?« Aidan betrachtete die Waffe, die in einer ledernen Scheide steckte. »Es stammt von einem Krieger, der mich beinahe getötet hätte.« Er lüftete ein wenig seinen Hemdkragen, darunter war ein tiefer Schnitt. »Es hat nicht viel gefehlt, und ich hätte meinen Kopf verloren«, erklärte er, während er versonnen die Waffe betrachtete. »Es ist ein Drachentöter. Gefertigt aus einem einzigartigen Metall, gehärtet im Blut eines Einhorns. Und es hat eine ganz besondere Eigenschaft: In der Nähe eines Einhorns beginnt die Klinge zu glühen.« Er zog es aus der Scheide. Die feinen Verzierungen auf der Klinge glühten tatsächlich. Ich schluckte. Verdammt, er wusste es. Steif saß ich da. Was sollte ich jetzt tun? Keena schlief bei mir. Selbst wenn ich sie mir schnappen und weglaufen könnte – wo sollte ich hin? Und da waren noch die anderen. Außerdem hatte er seine gewaltige Magie und eine Waffe. Ich konnte gerade einmal ein paar mickrige Flammen auf meiner Hand tanzen lassen. Es gab hier keinen Winkel, in dem wir sicher waren, so viel stand fest. Ich und meine Freunde waren dem Drachen ausgeliefert.

»Keine Angst, ich werde dir nichts tun. Auch wenn der Phönix etwas anderes behauptet.« Er schob die Klinge in die Scheide zurück und hielt mir den Schwertgriff entgegen.

»Du gibst mir die Waffe, die dich töten kann?« Ich nahm sie.

»Einer von uns beiden muss mit dem Vertrauen anfangen«, meinte Aidan.

»Seit wann weißt du es?«, fragte ich und legte das Schwert neben Keena.

»Nun, schon bei deinem ersten Anblick hatte ich so ein seltsames Gefühl. Ich spürte einen winzigen Hauch von Magie, die nicht von dem Phönix ausging. Wissen deine menschlichen Reisegefährten von deinem wahren Wesen und der Vergiftung?«

»Sie wissen, was ich bin und dass ich mit einer Vergiftung kämpfe. Wir sind gemeinsam auf dem Weg zu jemandem, der sie heilen kann. Woher weißt du von der Vergiftung?«

Statt zu antworten, streckte Aidan die Hand aus. Eine Feuerkugel schwebte von der Decke und landete darauf. Darin erschienen Cadan und ich. Der Feuerball zeigte, wie mich der Phönixkrieger gegen die Höhlenwand drückte. »Du bist zu deinem Todfeind freundlich. Wenn er wüsste, was du bist, würdest du hier nicht mehr lebend rauskommen«, wiederholte der Cadan in der Kugel scharf.

»Vielleicht täuschst du dich. Du sagtest einmal, Drachen wären mächtige Wesen. Was, wenn er mir helfen kann?«, fragte mein kleines Ebenbild.

»Wenn er herausfindet, in welch geschwächtem Zustand du dich befindest, wäre das für ihn ein gefundenes Fressen, und das im wahrsten

Sinne des Wortes. Dieses Wesen wird dir niemals helfen und ich bezweifle auch, dass er das könnte. Denn um dir zu helfen können, muss man sich mit magischen Vergiftungen, die auf Werwolfsmagie beruhen, auskennen. Dazu brauchst du eine Heilerin. Drachen sind alles, nur keine Heiler.«

»Du weißt aber nicht, ob er nicht doch zu helfen imstande wäre und es täte …« An dieser Stelle verschwamm das Bild von Cadan und mir. Zum Glück blieb mir der Anblick, wie er mich küsste, erspart.

»In einem gebe ich dem Phönix recht. Ich bin kein Heiler.« Aidan schickte die Kugel wieder zur Höhlendecke. »Die Vergiftung in dir beruht auf Werwolfsmagie, und nur eine versierte und machtvolle Heilerin, die sich mit solcher Magie auskennt, wird dir helfen können. Ich würde es wahrscheinlich noch schlimmer machen. Tut mir leid.« Sein Bedauern schien wirklich ernst zu sein. Es rumste laut, die Erde bebte leicht, was die goldenen Geschmeidehaufen zum Klirren brachte.

»Was war das?« Alarmiert sah ich mich um. Die anderen schliefen friedlich weiter.

»Dein Phönix. Er versucht, hereinzukommen. Ich habe den Eingang verborgen, damit wir uns in Ruhe unterhalten können. Doch bald wird er die Barriere durchbrochen haben.« Wie zur Bekräftigung von Aidans Worten rumste es lauter. Die Goldberge um uns schepperten bedrohlich.

»Er ist wirklich hartnäckig, das muss man ihm lassen«, stellte Aidan fest.

»Er ist mein Wächter, er würde für mich sterben«, erwiderte ich. Dann wiederholte ich Aidans Worte: »Für eine Missgeburt auf Hufen, wie du es nanntest.«

»Das war vielleicht unfein ausgedrückt. Eigentlich habe ich nichts gegen Einhörner, aber …«

»Es ist nur mein Blut, das dich töten könnte«, beendete ich seinen Satz und betrachtete das Schwert, das er mir geschenkt hatte.

»Nun ja, ich will nicht leugnen, dass diese Tatsache einen Schatten auf die Beziehung zwischen Drachen und Einhörnern wirft. Trotzdem würde ich dir nichts antun. Schon gar nicht in deinem geschwächten Zustand. Es mag Ausnahmen geben, aber für die meisten Drachen hat das Wort *Ehre* eine Bedeutung, und einen geschwächten Gegner zu vernichten, ist weit entfernt von *ehrenhaft*. Wenn du deine Kräfte wiederhast, können wir uns messen. Es muss ja nicht im Kampf sein.« Er wackelte vielsagend mit den Brauen. Ein Rumsen wie Donnerhall ließ die Erde erzittern. Vasen, Teller, Schalen und Schmuck kamen ins Rutschen, tausende Goldmünzen vereinten sich zu Lawinen. Doch Aidan hielt alles auf, bevor es uns begraben konnte. Cadan stürzte in Phönixgestalt von der Höhlendecke herab, direkt auf Aidan zu.

»Hör auf.« Ich schob Keenas Kopf sanft vom Schoß, kam eilig auf die Beine und stellte mich in Cadans Flugbahn, was ihm zum Abdrehen zwang. Die Hitze seines Feuergefieders brannte auf meiner Haut. Er landete, und während er auf mich zuschritt, verwandelte er sich in einen Menschen.

»Was ist hier los?« Cadan funkelte Aidan an. Ich hielt ihn auf.

»Wir haben nur geredet. Es ist nichts passiert«, versicherte ich ihm und legte die Hände auf seine Brust. Jetzt sah er zu mir.

»Wieso schlafen deine Gefährten wie Tote? Bei dem, was eben geschehen ist, müssten sie längst aufgewacht sein. Da gibt es nur eine Erklärung: Sie stehen unter dem Bann des Drachen.«

»Es ist lediglich ein kleiner Zauber, der schadet den Sterblichen nicht«, erwiderte Aidan, worauf Cadan verächtlich schnaubte.

»Ich habe dir gesagt, dass du dem Drachen nicht vertrauen sollst.« Der Blick des Kriegers verfing sich mit meinem.

»Er wollte mir nur helfen. Doch du hattest recht, er ist kein Heiler.« Ich legte meine Hand auf Cadans Wange. Sein Gesichtsausdruck wurde weich.

»Ich hatte euch mein Wort gegeben. Es wird keinem etwas geschehen. Aber das Gift ist dabei, sie zu töten. Sie braucht eine Heilerin, die in Werwolfsmagie versiert ist.« Aidan verschränkte die Arme.

»Warum überqueren wir wohl den Eras? Um ins Gebiet der Werwölfe zu gelangen«, erwiderte Cadan barsch.

»Was wartest du dann noch? Nimm sie auf deinen Rücken und flieg mit ihr los«, fauchte der Drache.

»Sie will diese Menschen nicht verlassen, und alle vermag ich nicht zu tragen. Ein Portal kann ich nicht aufbauen, denn ich muss dafür den Zielpunkt vor Augen haben, und die Heilerin, die ich suche, wechselt ständig ihren Standort. Ich war bisher zu selten in den Nordlanden. Außerdem könnte ich ein Portal nicht für so viele offenhalten. Alles in allem muss ich mich Máires Willen beugen, ich bin ihr Wächter. Wenn sie möchte, dass uns diese Menschen begleiten, soll es so sein.«

»Dann lass die Sterblichen bei mir«, schlug Aidan vor. Er sah zu mir. Ich trat von Cadan weg, drehte mich um und musterte Keena, Gael, die Zwillinge, Irven und Declan. Alle schliefen den Schlaf der Gerechten. Ich betrachtete Hal, der schon lange nicht mehr so friedlich ausgesehen hatte, dann kehrte mein Blick zu Keena zurück. Vielleicht war es ja töricht, aber in all den Jahren hatten wir uns niemals getrennt. Unsere Gemeinschaft hatte eine eherne Regel, die uns heilig war. Keiner wurde zurückgelassen, niemals, egal, unter welchen Umständen. Fast hätte ich diese Regel gebrochen, als ich sie am Fal davon zu überzeugen versuchte, in den Südlanden zu bleiben. Jetzt wusste ich, dass dies falsch gewesen war, und es war auch falsch, wenn ich, um meine Haut zu retten, meine Familie hier zurückließ. Vielleicht würde ich die Vergiftung nicht überleben und sie nie wiedersehen. So waren sie wenigstens bei mir, wenn die Unterwelt mich erwartete.

»Ich liebe diese Menschen«, sagte ich. »Ich kann sie nicht verlassen. Das würde mir das Herz brechen. Und die Vergiftung ist auch noch nicht so weit fortgeschritten, ich habe noch Zeit.« Eigentlich wusste ich nicht wirklich, wie viel Zeit mir blieb, aber ich musste an meine Worte glauben, um nicht zu verzweifeln. »Du könntest uns begleiten«, war mein Gegenvorschlag.

»Nein, ich bin lange genug durch die Welt gezogen, und obwohl diese Art Waffe äußerst selten ist, gibt es trotzdem mehr Drachentöter als Drachen da draußen. Aber ...« Er legte eine bedeutungsschwangere Pause ein. »Aber ich kann dabei helfen, den Eras schneller hinter euch zu lassen. Morgen früh brechen wir auf. Bis dahin, würde ich sagen, ruhen du und dein Phönix euch ebenfalls aus. Ich hätte da ein hübsches Plätzchen für dich.« In einer der Wände öffnete sich ein Durchgang. »Ein Reich für dich allein.«

»Ich würde lieber …« Mehr vermochte ich nicht zu erwidern, denn plötzlich stand ich neben einem riesigen Himmelbett, in dem leicht fünf Menschen Platz gefunden hätten. Die weißen Vorhänge waren zugezogen, doch durch den feinen Stoff konnte man die golddurchwirkte Decke erkennen.

»Dieser verfluchte Drache.« Cadan schritt durch die Öffnung in der Goldwand.

»Ich glaube, er meint es nur gut«, sagte ich. Das Bett machte einen ausgesprochen gemütlichen Eindruck.

»Es ist ein Fehler, einem Drachen zu vertrauen«, erklärte Cadan missmutig. In diesem Moment erschien das Schwert auf dem Bett, das mir Aidan geschenkt hatte. Ich überwand den Abstand, schob die Vorhänge auseinander und nahm es.

»Was soll das?«, brauste Cadan auf.

»Das hier ist ein Drachentöter. Aidan hat ihn mir gegeben. Es sollte dir zeigen, dass ich ihm vertrauen kann.« Langsam zog ich die Klinge ein Stück aus der Scheide. Die feinen Ziselierungen darauf glühten.

»Gehärtet in Einhornblut.« Cadan trat zu mir und fuhr sanft mit den Fingerspitzen über die Klinge. »Solche Schwerter sind sehr selten und töten nicht nur Drachen. Denn was diese Riesenechsen zur Strecke bringt, kann jeglichem magischen Wesen den Garaus machen.« Sein Blick fing meinen.

»Wir müssen reden.« Ich schob das Schwert wieder in die Scheide zurück.

»Der Kuss«, meinte Cadan.

»Ja, der Kuss«, bestätigte ich. Meine Lippen kribbelten vor Begehren. So gerne hätte ich noch mal von Cadan gekostet.

»Es war ein Fehler und wird nie wieder vorkommen. Jetzt ruhe dich aus, ich werde draußen Wache halten.« Ohne mir die Gelegenheit zu geben, etwas zu erwidern, stürmte er aus dem Raum. Ich wollte ihm nachlaufen, ihm sagen, was für ein Narr er war, dass ein verdammter Kodex niemals wichtiger sein konnte als Gefühle. Stattdessen blieb ich stehen und starrte ihm nur hinterher. Tränen brannten in meinen Augen, doch ich weigerte mich, sie zuzulassen. Er hatte es nicht verdient, dass ich wegen ihm weinte. Ich nahm auf dem Bett Platz, legte die Waffe neben mich und kam mir so verloren vor. Enttäuscht streifte ich den Haarkranz vom Kopf. Am liebsten hätte ich auch dieses dumme Kleid ausgezogen. Ich wollte in meine Sachen schlüpfen und weg von hier. Die Tränen vermochte ich zurückzuhalten, aber mein Herz weinte bitterlich.

»Máire, wach auf, die anderen machen sich schon fertig.« Keena rüttelte an meinem Arm, sodass mein ganzer Körper durchgeschüttelt wurde. Müde hob ich die Lider. Ich lag auf dem Himmelbett. Anscheinend war ich irgendwann eingeschlafen. Nun ja, vielleicht hatte Aidan dabei nachgeholfen. Die Macht dazu besaß er, das hatte er bewiesen.

»Was ist das für eine Waffe?« Keena ließ sich auf die weiche Matratze plumpsen. Sie hatte bereits ihr Seidenkleid gegen die alten Gewänder getauscht. Neugierig nahm sie das Schwert und zog es ein Stück aus der Scheide.

»Warum glüht das?« Sie wollte gerade die feinen Verzierungen berühren.

»Schieb es wieder zurück, du wirst dich sonst noch verletzen«, befahl ich. Gehorsam kam sie meiner Aufforderung nach.

»Ist das deines?«

»Der Drache hat es mir geschenkt.« Schwerfällig rutschte ich an den Rand und schwang die Beine aus dem Bett. Dann nahm ich Keena die Waffe ab und legte sie neben mich.

»Máire, Hal sagt, dass wir die schönen Kleider nicht behalten können.« Gael brachte mir meine Stiefel und Gewänder. Sie trug bereits die ihren. »Er meint, wir würden damit zu sehr auffallen. Das ist gemein. Der Seidenstoff fühlte sich so wunderbar auf der Haut an.«

»Ich denke, Hal hat recht. Außerdem ist es nicht unsere Kleidung, sie gehört Aidan.« Ich erhob mich und nahm ihr das Bündel ab. Die Stiefel landeten vor dem Bett, der Rest darauf. Alles war zum Glück trocken. Also begann ich damit, mich umzuziehen. Wenn ich ehrlich war, wollte ich lieber meine alte Kleidung tragen.

»Da liegt ein Schwert.« Schon hielt es Gael in ihren Händen und befreite die Waffe von der Scheide. Die Muster glühten bis zur Spitze.

»Das ist seltsam.« Nachdenklich hob Gael es vor ihr Gesicht. »Warum leuchtet das?«

»Das hab ich auch schon gefragt«, mischte sich Keena ein, die noch immer auf dem Bett saß. Ich nahm neben ihr Platz, um die Stiefel anzuziehen.

»Es ist magisch«, antwortete ich.

»Lass mich raten. Ein Geschenk des Drachen.« Gael schwang es wie eine Kämpferin hin und her.

»Richtig.« Ich kam auf die Beine, ergriff die Waffe sowie die Scheide, vereinigte beides und befestigte das Schwert an meinem Gürtel.

»Ich glaube, der Drache hat ein Auge auf dich geworfen.« Sie grinste.

»Ich mag Cadan lieber«, wandte Keena ein, und ich drehte mich zu ihr um. Mein Herz stolperte. Wie kam sie darauf? Wusste sie von Cadan und mir? Sie war doch noch ein Kind. »Ein Phönix ist viel schöner als ein Drache«, fügte sie hinzu. »Außerdem macht mir der Drache Angst.« Den letzten Satz flüsterte sie.

»Seid ihr fertig? Wir wollen aufbrechen.« Declan trat in den Raum. »Hier, eure Umhänge. Cadan hat die Proviantbeutel geholt, und Aidan hat unsere Vorräte großzügig aufgestockt. Magische

Fähigkeiten sind etwas echt Praktisches. Ich beneide ihn wahnsinnig. Ich weiß gar nicht, warum in den Südlanden die Magie verboten ist. Sie könnte so vieles lösen.« Er seufzte leise.

Diese Fähigkeiten können aber auch beängstigend sein. Das wird der Grund sein, warum Magie im Süden verboten ist, erwiderte ich in Gedanken. Wenn ich mir so ansah, was Aidan alles beherrschte, und ich Cadan zufolge dem Drachen im Vollbesitz meiner Kräfte ebenbürtig sein würde, dann jagte mir dies eine gehörige Portion Angst ein. Was für Schäden konnte man mit solchen Kräften wohl anrichten, wenn man nicht in der Lage war, richtig mit ihnen umzugehen?

»Dein Umhang, Máire.« Declan hielt mir den Mantel entgegen. Keena und Gael streiften sich ihre bereits über. Ich tat es ihnen gleich, dann verließ ich hinter den dreien die Schlafkammer. Aidan und der Rest der Truppe erwarteten uns an der Feuerstelle, bepackt mit dem Proviant. Natürlich war auch Cadan anwesend. Demonstrativ ignorierte ich ihn. Trotzdem spähte ich immer wieder in seine Richtung. Wenn er zu mir herübersah, wandte ich hastig den Blick ab. Du meine Güte, ich verhielt mich wie ein einfältiges Kind. Energisch straffte ich die Schultern.

»Da wären wir alle.« Aidan schenkte mir ein charmantes Lächeln, was meine Wangen zum Glühen brachte. Oh nein, vielleicht war ich ja doch ein einfältiges Ding. »Das Schwert steht dir«, stellte er fest. Schnell verdeckte ich es mit meinem Umhang. »Los geht′s«, meinte der Drache, dann kam Bewegung in die Goldberge. Mit lautem Geklirr teilten sie sich, und eine Schlucht entstand. »Hier entlang.« Aidan schritt los, wir folgten ihm.

»Ich werde das hier wirklich vermissen. So viel Gold.« Gael seufzte theatralisch.

Am Ende der Schlucht erwartete uns eine Höhlenwand, doch die stoppte uns keineswegs. Wie von Zauberhand erschien eine Öffnung, durch die Aidan sogar in seiner Drachengestalt gepasst hätte. Dahinter lag ein Tunnel. Kleine Leuchtkugeln schwebten über uns, sodass wir nicht im Dunkeln standen, als sich die

Öffnung hinter uns wieder verschloss. Aidan führte uns geradewegs unter dem Gebirge hindurch und ersparte uns damit den mühsamen Aufstieg. Wir folgten den Tunneln, die er durch Magie erschuf; hin und wieder passierten wir Höhlen, an deren Decken mannshohe Steine hingen, oder Kristallwälder. Manchmal hatte ich das Gefühl, in einer anderen Welt zu sein. Durch die nächste Öffnung, die entstand, drangen die Strahlen der Sonne zu uns.

»Ist das hell.« Gael schützte mit der Hand ihre Augen. Auch ich brauchte einige Wimpernschläge, bis ich die Landschaft erkennen konnte. Es sah wie auf der anderen Seite aus: Felsen zwischen Bäumen. In der Luft lag ein Geruch nach Moos, Blättern und wilden Beeren.

»Wir sind in den Nordlanden«, verkündete Aidan.

»Hab Dank, Drache.« Cadan trat zu ihm und streckte ihm die Hand entgegen, die Aidan ergriff.

»Für einen Phönix bist du gar nicht so übel«, meinte er und grinste.

»Ich bin nach wie vor der Meinung, dass Drachen üble Aufschneider sind. Aber nichtsdestotrotz, sie besitzen Ehre.« Cadan verzog keine Miene. Die Männer ließen einander los.

»Wie geht es weiter?«, wollte Hal wissen.

»Wenn ihr in diese Richtung marschiert …«, Aidan deutete nach vorne, »… werdet ihr am Ende des dritten Tages auf eine Stadt namens Mykastrom stoßen.« Er trat zu mir, nahm mich am Arm und zog mich etwas von den anderen weg. Sofort war Cadan in Alarmbereitschaft, doch ich bedeutete ihm, uns nicht zu folgen.

»Falls du irgendwann einmal von dem Riesenvogel genug hast, dann kannst du jederzeit zu mir zurückkehren«, bot Aidan an.

»Cadan und ich sind nicht auf diese Weise verbunden, die du andeutest. Er ist nur mein Wächter, mehr ist da nicht.« Mein Blick glitt zu Cadan, der ziemlich finster dreinschaute, dann wieder zu Aidan zurück.

»Nun ja, das mag sein«, entgegnete Aidan. »Aber er begehrt dich so sehr, dass der Geruch seines Verlangens fast körperlich weh tut.

Glaub mir, der Phönix ist dir vollkommen verfallen, und es kostet ihn alles an Willenskraft, sich zurückzuhalten. Bis jetzt hatte ich ja immer gedacht, Phönixkrieger hätten keine Libido.« Ich schluckte, wusste nicht, was ich denken sollte. Cadan war mir verfallen? War das jetzt gut oder schlecht? »Nun, wenn du ihn nicht möchtest, dann wäre ich ja auch noch da«, meinte Aidan.

»Wir beide wären ein seltsames Paar, da wir doch eigentlich verfeindet sind«, sagte ich, worauf er wieder grinste.

»Ja, das wären wir. Aber nicht seltsamer als ein Phönixkrieger und sein Einhorn. Eines habe ich noch für dich.« Er kam mir ganz nahe und strich durch mein Haar. Aus Cadans Richtung kam ein warnendes Knurren. Doch das beeindruckte Aidan kein Stück. »Das ist ein Versprechen und ein Geschenk.« Ohne Vorwarnung küsste er mich, voller Leidenschaft, Selbstbewusstsein und trotzdem mit einer unglaublichen Sanftheit. Ich hielt die Luft an, meine Beine zitterten. Dieser Kuss war ganz anderes als der von Cadan. Er schmeckte wild und war so verlockend wie der Gesang von Irrlichtern. Als Aidan sich von mir löste, entfuhr mir ein wehmütiges Seufzen.

»Du bist stets willkommen«, sagte er rau.

»Können wir jetzt gehen?«, fragte Hal ungeduldig.

»Das sollten wir«, stimmte Cadan barsch zu. Die beiden waren einer Meinung – ein wirkliches Wunder.

»Vielleicht komme ich auf dein Angebot zurück«, sagte ich keck, woraufhin Cadan wütend schnaubte.

»Hört endlich auf. Los jetzt.« Gael packte mich voller Ungeduld am Ärmel und zog mich mit sich. Ich drehte mich zu Aidan um. Nachdem der Drache in den Tunnel zurückgekehrt war, verschloss sich dieser wieder und wurde zu einer massiven Felswand. Es gab nicht das winzigste Anzeichen dafür, dass an dieser Stelle der Eingang zu einem Tunnel gewesen war. Aidans magische Fähigkeiten waren wirklich beeindruckend, das musste ich zugeben, und ich fragte mich, wie es sich wohl anfühlte, über solche Kräfte zu verfügen.

Kapitel 12

Der Forst wurde zunehmend dichter und der felsige Untergrund wandelte sich zu moosbewachsenem Waldboden, dann erreichten wir das Tal. Vor uns breitete sich eine weite Grasebene aus, und Cadan beschloss, am Waldrand zu rasten, bevor wir sie durchquerten. Er entzündete ein paar der Glühsteine, die wir noch immer mit uns führten. Eigentlich waren sie für die Überquerung des Gletschers gedacht gewesen, wenn das Feuerholz knapp wurde, doch dank Aidans Hilfe hatten wir die schneebedeckten Gipfel des Eras bereits hinter uns gebracht. Alle ließen sich die Vorräte schmecken. Faol hatte während der Rast damit begonnen, aus einem Ast ein Holzschwert zu schnitzen, denn er war äußerst geschickt, wenn es um Schnitzereien ging. Ich erhob mich.

»Wohin willst du?«, fragte Hal.

»Ich hab ein Bedürfnis«, erwiderte ich und schlug mich ein Stück in den Wald. Ich zog das Schwert aus der Scheide, dessen feine Muster glühten. Auf einem umgestürzten Baumstamm nahm ich Platz und musterte es. Es fühlte sich so vertraut an, eine Waffe wie diese zu halten.

»Shanell, ein fester Stand ist wichtig«, sagte eine Stimme.

»Wer ist da?« Hastig kam ich auf die Beine und hielt das Schwert zum Kampf bereit, doch ich war allein.

Vor mir raschelte das Gebüsch, Cadan schob Zweige auseinander.

»Hast du eben mit mir geredet?«, fragte ich, obwohl es nicht seine Stimme gewesen war, die ich gehört hatte. Aber wer würde mich sonst noch Shanell nennen, bei dem Namen, den mir meine Eltern gegeben hatten? Den ganzen Tag heute hatte ich den Krieger ignoriert, versucht, mir einzureden, dass mir seine Zurückweisung nichts ausmachte. Aber jetzt stand er vor mir, und mein größter Wunsch war es, den Abstand zwischen uns zu verringern und einen Kuss einzufordern. Vielleicht würde ich sogar Erfolg damit haben, wenn das, was Aidan gesagt hatte, wirklich stimmte. Doch ich gab diesem Verlangen nicht nach, sondern stand weiterhin mit gezogener Waffe da. Ich hatte auch meinen Stolz und würde um seine Zuneigung nicht betteln.

»Nein, ich habe kein Wort gesagt«, beantwortete Cadan meine Frage. »Wieso?« Er hob die Brauen, und ich versuchte, dieses Verlangen, von dem Aidan gesprochen hatte, in seinen Augen zu erkennen. Doch auf mich wirkte er nur reserviert.

»Ach, nichts«, erwiderte ich schnell. Wie sollte ich erklären, dass ich anscheinend Stimmen hörte?

»Das ist eine edle Waffe, die der Drache dir geschenkt hat.« Er trat noch ein Stück näher. »Vielleicht ist es an der Zeit, die Übungen mit Schwertern fortzusetzen.« Damit zog er seines. Sofort griff er an. Ich hob den Arm, hielt seinen Schlag auf. Metall traf auf Metall. Es fühlte sich ganz anders an, als mit Holzstöcken zu kämpfen – und seltsamerweise wieder vertraut.

»Gut pariert, mein Kind«, sagte die fremde Stimme, die ich von irgendwoher kannte. »Jetzt nutz deine Wendigkeit, wie ich es dich gelehrt habe.« Bevor ich mich umsehen konnte, um den Sprecher auszumachen, griff Cadan erneut an. Ganz automatisch drehte ich mich unter seinem Schlag weg, kam auf diese Weise hinter ihn, trat ihm kräftig in die Kniekehle, sodass er das Gleichgewicht verlor, und gab ihm mit dem Schwertkauf den Rest. Er stürzte zu Boden. Als er sich auf den Rücken wälzte, schwebte meine Schwertspitze über seiner Kehle.

»Wo hast du das gelernt?«, fragte er erstaunt.

»Gut gemacht, mein Kind. Du bist eine wirkliche Kriegerin.« Zwischen den Bäumen stand ein Mann, der in die Hände klatschte und lächelte. Er trug edle Kleidung, ein graumelierter Bart umrahmte seinen Mund. Mein Atem ging schneller.

»Wer bist du?«, fragte ich und machte ein paar Schritte in seine Richtung. Dieses Gesicht, dieses Lächeln, ich erinnerte mich daran. Ich hatte das Bedürfnis, mich in die Arme des Fremden zu werfen, denn ich wusste, dass ich darin Trost finden würde.

»Was ist los?«, fragte Cadan und kam wieder auf die Beine.

»Da steht ein Mann. Siehst du ihn nicht?« Ich deutete zu dem Bärtigen.

»Sei stark, Shanell, und erinnere dich«, sagte der Mann, dann verblasste er, bis er verschwunden war.

»Nein, da ist niemand«, antwortete Cadan.

»Jetzt ist er weg«, fuhr ich ihn an, obwohl ich ihm damit unrecht tat, doch ich war so wütend. Ich spürte, dass dieser Mann wichtig für mich gewesen war, und wollte mich so sehr an ihn erinnern. Am liebsten hätte ich mit dem Schwert auf einen der Baumstämme eingeschlagen, bis mir die Hände bluteten, doch stattdessen schob ich es in die Scheide zurück.

»Wen hast du gesehen?« Cadan packte mich an der Schulter und drehte mich zu sich herum.

»Es war nur ein Trugbild. Wahrscheinlich verliere ich aufgrund der Vergiftung langsam den Verstand.« Ich wich seinem Blick aus.

»Das glaube ich nicht. Beschreibe mir, wen du gesehen hast«, forderte er mich auf.

»Sein dunkles Haar war von grauen Strähnen durchzogen, ebenso wie der Bart. Er trug die Kleidung eines Edelmannes und nannte mich Shanell …« Ich hob den Kopf. »Er war mir so vertraut wie du.«

»Es war dein Vater. Ich glaube, du hast deinen Vater gesehen«, sagte Cadan. Unsere Blicke verfingen sich ineinander. Zart wischte er mir die Tränen von der Wange. Ich hatte gar nicht bemerkt, dass ich weinte.

»Mein Vater«, flüsterte ich und wusste, dass er recht hatte. Die Erscheinung war eine Erinnerung gewesen, fragil, kaum greifbar. »Er hat mir den Umgang mit dem Schwert beigebracht. Das ist mir wieder eingefallen.« Ungehemmt rannen jetzt Tränen über mein Gesicht, ich war glücklich und traurig zugleich, denn das war das einzige Bild aus der Vergangenheit, alles andere blieb im Nebel.

»Das erklärt deine außergewöhnlichen Fortschritte.« Cadan lächelte. Er musste seinen Kopf nur etwas senken, dann würden seine Lippen die meinen berühren, doch stattdessen trat er zwei Schritt zurück und straffte sich mit einem Räuspern. Er war so dermaßen beherrscht. Eine eigentlich bewunderungswürdige Eigenschaft, doch ich hasste ihn dafür.

»Wir sollten zu den anderen zurückkehren.« Er wandte sich ab und ging. Wieder ließ er mich stehen, weil er einem dämlichen Kodex folgte. Enttäuschung und Zorn kämpften in meiner Brust. Ich sah zu der Stelle, an der ich meinen Vater gesehen hatte. Warum erinnerte ich mich gerade jetzt an ihn? Hatte das mit meinen Gefühlen für Cadan zu tun? Der Kuss des Drachen kam mir in den Sinn. *Das ist ein Versprechen und Geschenk*, hatte er gesagt. War vielleicht diese Erinnerung sein Geschenk gewesen? Ich folgte Cadan zum Lager. Wenn das die Magie des Drachen war, sollte ich mich doch an mehr erinnern können, verdammt.

Máire, Shanell, wie auch immer, los jetzt. Laut Cadan bin ich in einer Festung aufgewachsen. Wie sah der Ort aus? Welche Menschen standen mir nahe? Gab es Bedienstete? Hatte ich Vertraute oder nur meinen Vater? So sehr ich mein Hirn zermarterte, auf diese Fragen gab es keine Antworten. Doch mit jedem Schritt fiel mir mehr über Schwertkampf ein. Es war mir schon als Kind beigebracht worden, ein Schwert zu führen. Wie war es nur möglich gewesen, das zu vergessen? Andererseits hatte ich all die Jahre kein Schwert mehr in Händen gehalten. Vielleicht wären die Erinnerungen dann früher gekommen. Doch wahrscheinlicher war es, dass die Magie des Drachen sie mir zurückgebracht hatte.

Als ich den Wald verließ, in Richtung Lager ging, reckte ich kämpferisch das Kinn vor und presste entschlossen die Lippen aufeinander. Jetzt, da dieser Knoten geplatzt war, war ich meinem Ziel, eine Kriegerin zu werden, ein großes Stück nähergekommen. Nun musste ich an meinen magischen Fähigkeiten arbeiten. Vielleicht kamen mit der Magie auch meine Erinnerungen zurück. Wenn dieser Fluch von mir genommen war, würde ich in meine Heimat zurückkehren und herausfinden, was geschehen war. So sah mein Plan aus, ob Cadan mir dabei half oder nicht.

Wir durchquerten die Ebene. Egan lief neben mir her, und ein leises Klimpern erregte meine Aufmerksamkeit.

»Was ist das für ein Geräusch?«, fragte ich ihn.

»Geräusch? Meinst du den Wind?«

»Nein, ich meine das Klimpern. Wie Goldmünzen. Zeig deine Tasche!« Ich packte ihn am Arm, zwang ihn zum Anhalten.

»Was ist los?«, fragte Faol.

»Gibt es Probleme?« Hal gesellte sich zu uns.

»Egan soll mir den Inhalt seiner Manteltasche zeigen.« Ich stemmte die Arme in die Hüften.

»Na gut.« Er holte ein paar Münzen hervor.

»Du hast dem Drachen sein Gold gestohlen?«, zischte ich.

»Na, er hatte doch so viel davon. Der wird das gar nicht vermissen.« Egan sah zu Boden.

»Einen Drachen zu beklauen, ist keine gute Idee. Die sind da extrem eigen, denn sie hängen sehr an ihren Schätzen«, mischte sich Cadan ein.

»Bei den Göttern, da haben ihm die Sterblichen wieder gezeigt, dass man ihnen nicht trauen kann«, sagte ich und ballte die Fäuste. »Hat vielleicht noch jemand lange Finger gehabt?« Streng blickte ich von einem zum anderen. Gael, Faol und Declan konnten mir nicht in die Augen sehen, und ich schickte einen Fluch zu den Göttern.

»Was willst du jetzt tun, Máire, zurückgehen und ihm das Gold bringen?«, fragte Hal sarkastisch. »Der Drache wird es verschmerzen. Lass uns weiterziehen.«

»Mehr willst du nicht dazu sagen?« Ich rannte Hal hinterher, der seinen Worten Taten folgen ließ und weitermarschierte.

»Wir sind Diebe. Was hast du erwartet bei einer Höhle voller Gold?«, gab er zurück. Damit schien für ihn alles gesagt zu sein, denn er setzte den Weg ohne ein weiteres Wort fort.

~~~

Mit einem kräftigen Hieb schlug ich Faols Holzschwert entzwei. Wie immer nutzten wir die Rast zum Üben. Was ich einst erlernt hatte, wurde zunehmend präsenter und die Klinge mehr und mehr zu einer Verlängerung meines Armes, wie es mein Vater mich gelehrt hatte.

»Das war gemein, sie hat ein Schwert aus Metall, ich nur ein selbstgeschnitztes aus Holz. Kein Wunder, dass Máire immer siegt.«

»Also gut, vielleicht solltest du ebenfalls mit einem Schwert kämpfen.« Cadan zog seines. Er hielt es Faol entgegen.

»Ich kämpfe.« Hal ging an Cadan vorbei und nahm ihm das Schwert ab.

»Bist du sicher? Du hast kein einziges Mal mit uns geübt«, wandte ich ein.

»Außerdem ist Máire wirklich gut«, gab Gael zu bedenken.

»Dann müsste ich ja leicht zu besiegen sein«, erwiderte Hal. Er ging in Position und suchte einen festen Stand. Ich musste zugeben, er machte seine Sache schon ganz gut. »Na los«, forderte er mich auf. Das musste er mir nicht zweimal sagen. Ich ließ mein Schwert auf ihn herniederfahren. Hal stoppte es mit seinem. Nach einer gekonnten Drehung flog seine Klinge auf meinen Hals zu, meine bremste sie aus. Er attackierte die empfindliche Stelle weiter. Erst links, dann rechts, mit Ausfallschritten wich ich aus, schlug seine Waffe weg. Jetzt griff er meine Beine an. Beherzt rammte ich die Klinge in den weichen Steppenboden, hielt seine auf. Ich drehte mich um die eigene Achse, zog dabei das Schwert wieder heraus und ging zum Gegenangriff über. Mit kraftvollen Schlägen in Höhe seiner Kehle trieb ich ihn vor mir her. Hal parierte sie gekonnt. Doch dann zögerte er einen Wimpernschlag. Meine Klinge streifte seine Hand, er ließ das Schwert fallen. Die Spitze meiner Waffe deutete auf seinen Kehlkopf. Mein Puls raste, hastig zog ich Luft in die Lungen. Was war da gerade passiert?

»Das war beeindruckend«, sagte Faol.

»Hal, woher kannst du das?« Gael trat zu uns.

»Ich sagte doch, dass ich nicht üben muss.« Hal drehte sich um und ging. Erstaunt blickte ich ihm nach, während ich Cadans Schwert aufhob.

»Woher kann er das?«, fragte mich der Krieger, als ich ihm seine Waffe reichte.

»Das wüsste ich auch gerne.« Ich schob mein Schwert in die Scheide, überwand den Abstand zu Hal, der sich einige Schritte vom Lager entfernt hatte, und blieb neben ihm stehen.

»Du blutest. Das tut mir leid, ich wollte dich nicht verletzen.« Ich griff nach seiner Hand, doch er entzog sie mir.

»Ist nur ein Kratzer«, antwortete er.

»Wo hast du zu kämpfen gelernt?«, wollte ich wissen. Er sah zu mir.

»Manchmal saß ich auf dem Dach des Rathauses. Im Hinterhof übten die Söhne des Stadthalters mit ihrem Lehrer. Als sie einmal ihre Waffen vergessen hatten, kletterte ich in den Hof und nahm eines der Schwerter. Ihr Lehrer erwischte mich dabei, er dachte, ich wollte es stehlen, und griff an. Ich verteidigte mich. Er sah mein

Potenzial, und von da an gab er mir die eine oder andere Lektion. Bis ein neuer Stadthalter eingesetzt wurde und der alte mit seinen Söhnen samt Lehrer wegzog. Ich hatte gehofft, wenn ich gut genug wäre, könnte ich Soldat werden und uns so von dem schäbigen Dachboden herunterholen. Eben ehrbar werden und ....« Hal sah seufzend zu seiner Hand. Aus dem feinen Schnitt tropfte noch immer Blut auf den Boden.

»Davon hast du nie etwas erzählt«, sagte ich vorwurfsvoll.

»Ich versprach dem Lehrer, keiner Menschenseele auch nur ein Wort zu verraten, dass er einem Dieb den Schwertkampf beigebracht hatte. Ich pflege mich an meine Versprechen zu halten.« Das Letzte sagte er mit einem leicht anklagenden Unterton.

»Was unterstellst du mir? Ich habe meine Versprechen auch immer gehalten«, gab ich barsch zurück.

»Früher hast du mich mit diesem Blick angesehen, der mir Hoffnung machte, dass du irgendwann die meine wirst. Dies war auch ein Versprechen. Aber jetzt siehst du den verdammten Krieger auf diese Weise an.«

»Nein, Hal, dieses Versprechen habe ich dir niemals gegeben. Du bist wie ein Bruder für mich, und auf diese Weise habe ich dich angesehen. Ich will dich nicht verlieren, doch was du dir wünschst, kann ich dir nicht geben. Nur Freundschaft.«

»Ich weiß nicht, ob mir das genügt«, antwortete er und ging. Eine kühle Brise spielte mit meinem Haar, zog am Umhang und drückte die langen Grashalme zu Boden. Mein Blick glitt über das Meer aus sich wiegenden Gräsern zu den Wäldern am Horizont. Das alles war so verzwickt. Der eine Mann zog einen Kodex mir vor, dem anderen konnte ich nur geschwisterliche Gefühle entgegenbringen. In Tremain war alles einfacher gewesen.

»Máire, wir ziehen weiter«, rief Cadan. »Bis zur Nacht sollten wir lieber die Wälder erreichen. Dort sind wir geschützter.« Mit einem Seufzer kehrte ich zum Lager zurück.

Kapitel 13

Drei Tage folgten wir der Richtung, die uns Aidan empfohlen hatte, durch dichte Wälder. Nadelgehölz dominierte hier das Bild. In den Forsten des Südlandes gab es wesentlich mehr Laubbäume. Je weiter wir in den Norden vordrangen, desto kälter wurde es. Ich fröstelte und zog den Umhang enger um den Körper.

»Die Sonne geht bald unter. Sollten wir jetzt nicht auf die Stadt stoßen?«, fragte Gael.

»Sieh doch, da hinten wird es hell. Das könnte der Waldrand sein.« Declan beschleunigte und kämpfte sich eilig voran. Er mochte die Dunkelheit der Wälder nicht. »Schnell, kommt«, rief er.

Als der Rest von uns aus dem Unterholz brach, standen wir auf einer Anhöhe und blickten auf Äcker und Felder. Sie dienten mit großer Wahrscheinlichkeit der Versorgung der zugegebenermaßen sehr beeindruckenden Stadt, die auf dem Plateau inmitten einer Schlucht erbaut war. Die stark befestigte Siedlung sah wie eine Inselstadt aus, nur dass sie nicht von Wasser, sondern von einem tiefen Abgrund umgeben war. Die Felder hatten, neben dem Zweck der Nahrungsversorgung, auch den Vorteil, dass man Feinde herannahen sah. Durch in die Stadtmauer integrierte Aussichtstürme konnte man die Umgebung genau im Blick behalten. Das aus hellem Stein erbaute Mauerwerk selbst verschmolz mit dem Abgrund, und lange Steinbrücken verbanden die Stadt in verschiedenen Himmelsrichtungen mit dem umgebenden Land. Auf der anderen Seite der Schlucht lag eine weite Grasebene. Ein edler Palast, dem das Rathaus in Tremain wahrlich nicht das Wasser reichen konnte, thronte auf einer Anhöhe und war der Mittelpunkt dieser massiven Festungssiedlung.

»Wo haben die bloß die ganzen Steine her?«, fragte Gael.

»Ich dachte ja, Tremain wäre beeindruckend, aber das hier ist viel schöner und nicht so grau«, stellte Irven fest.

»Lasst uns hier nicht weiter herumstehen. Dort erwarten uns Sicherheit und Betten.« Voller Vorfreude hüpfte Declan die Anhöhe nach unten.

»Schaut euch nur die Mauern an, die sehen aus, als wären sie aus Alabaster erbaut. Die müssen hier ganz schön reich sein«, meinte Egan.

»Dieses Mal behaltet ihr eure Finger bei euch«, sagte ich streng.

»Die können nicht aus Alabaster sein, das wäre zu weich«, widersprach Irven.

»Ich hab ja nur gesagt, es sieht so aus. Keiner mag Klugscheißer.« Egan flüchtete regelrecht, doch Declan folgte ihm, um über Alabaster zu referieren. Ich blieb stehen und warf fassungslos die Arme in die Luft.

»Hat mir überhaupt jemand zugehört? Es wird in dieser Stadt nichts gestohlen. Ich hoffe, ihr habt mich verstanden. Wir sind auf fremdem Terrain, haben keine Ahnung, welche Strafen uns erwarten.«

»Ist schon gut, Máire. Wir lassen uns einfach nicht erwischen. Der Drache hat ja auch nichts gemerkt.« Gael schlug mir auf den Rücken, als sie mich passierte, und ich verdrehte mit einem lauten Seufzer die Augen.

»Ich hoffe sehr, die bringen uns nicht in Schwierigkeiten«, meinte Cadan neben mir.

»Leben hier Werwölfe? Du sagtest zum Drachen, dass wir ins Land der Werwölfe reisen. Ist so eine Stadt voller Werwölfe nicht gefährlich?«

»Nein, das ist es nicht. Die Werwölfe in den Nordlanden sind vollkommen anders als die im Süden. Die Nordwölfe wurden als magische Wesen geboren und sind keine wilden Bestien wie diejenigen, die durch die Wälder des Südlandes streunen. Die sind einmal Menschen gewesen, die durch Bisse infiziert wurden. Das macht sie zu unberechenbaren Monstern. – Aber in dieser Stadt spielen Werwölfe noch keine Rolle. Wir sind in Armosa. Hier in den Landen am Fuße des Eras leben Menschen. Erst, wenn wir sie durchquert haben, erreichen wir die Reiche der Wolfsclans. Komm jetzt, lass uns zu den anderen aufschließen.« Cadan setzte sich in Bewegung.

⤳∾

Wir hielten auf eine der Brücken zu. Vor uns fuhr ein Karren über das steinerne Bauwerk.

»Seid ihr sicher, dass hier nicht einstürzt?«, fragte Irven, als wir die Brücke betraten. »Ich vermag mir gar nicht zu erklären, wie so ein Ding halten kann. Es sieht fast so aus, als würde sie nur von gutem Willen getragen, und es geht verdammt tief nach unten.«

»Wenn sie den Wagen vor uns aushält, wird sie wegen uns wohl kaum einstürzen«, erwiderte Hal.

»Seht mal, man kann kaum den Boden des Abgrunds erkennen.« Faol beugte sich über die Brüstung.

»Wer traut sich, zu balancieren? Der kriegt ein Drachengoldstück.« Egan stellte sich neben seinen Bruder und blickte nach unten. Im nächsten Moment sprang Gael auf das steinerne Geländer und mir stand das Herz still.

»Das ist leicht verdient«, trällerte sie und hüpfte mit schlafwandlerischer Leichtigkeit über das hüfthohe Gemäuer. Die Zwillinge liefen neben ihr her, um sie klatschend anzufeuern. Ich schloss einen Wimpernschlag lang die Augen und rieb mir genervt die Nasenwurzel. Das war wie einen Sack Flöhe zu hüten.

»Komm da sofort runter. Du musst nicht jede Torheit, die den Zwillingen in den Sinn kommt, sofort ausprobieren«, fuhr Hal Gael an.

»Ich möchte das auch tun.« Keena steuerte das Geländer an, doch ich hielt sie am Arm fest.

»Jetzt reicht es, komm runter«, stimmte ich Hal zu. Cadan schüttelte den Kopf. »Das sind alles einfältige Kinder«, murmelte er dabei. Gael gab zum Glück nach.

»Das Goldstück habe ich aber verdient.« Sie lief rückwärts und streckte Egan grinsend die flache Hand entgegen. Er kramte in seiner Umhangtasche herum und gab ihr mit missmutigem Gebrumm den versprochenen Gewinn.

Endlich gelangten wir zu dem massiven Tor aus Metall, das für den Wagen geöffnet wurde. Der Wächter blickte uns mürrisch an. Es wirkte nicht so, als würde er uns einlassen wollen.

»Bleibt hier, ich mach das.« Cadan ging auf den Mann zu. Ich konnte nicht verstehen, was er zu ihm sagte, da ich zu weit weg war und der Krieger ganz leise sprach. Dann steckte Cadan dem Wächter etwas zu, worauf dessen Miene sich schlagartig aufhellte.

»Kommt.« Cadan winkte uns.

»Geht bis zur nächsten Kreuzung, dann links, dort gibt es ein hervorragendes Gasthaus mit Übernachtungsmöglichkeiten. Es heißt *Zum goldenen Eber*«, meinte der Wächter äußerst freundlich, als wir ihn passierten. Mit versonnenem Blick strich er dabei über die goldene Feder in seiner Hand.

»Seht euch das mal an, die ganze Stadt ist mit Steinen gepflastert und versinkt nicht im Morast wie Tremain«, meinte Irven. Der Karren, der vor uns in die Stadt gelassen worden war, rumpelte über die grauen Steinvierecke, die dicht an dicht eine breite Fahrbahn bildeten. Vor ihm fuhren weitere Wagen. Fackeln an den Hauswänden erhellten die Stadt. Das war auch nötig, denn obwohl es bereits dunkel wurde, herrschte ein geschäftiges Treiben. Auf den ausgehängten Fensterläden vor den Häusern boten die Handwerker ihre Waren feil, die von Kaufwilligen begutachtet wurden.

»Über die Dächer möchte ich mal laufen. Die sind wirklich aus Stein.« Gael war sichtlich beeindruckt.

»Das sind Ziegel«, erklärte Cadan.

»Ziegel?«, wiederholte Declan.

»Sie sind aus gebranntem Ton.«

»Wie Bierkrüge?«, fragte Irven.

»Ähnlich.« Cadan nickte.

»Hübsche Dame, meine Stoffe würden Euch gut zu Gesicht stehen«, rief ein Mann, auf dessen Laden Stoffe in allen vorstellbaren Farben ausgestellt waren, die an die seidenen Gewänder von Aidan erinnerten. Ob sie sich auch so schön auf der Haut anfühlten?

»Ihr jungen Herren, geht nicht einfach nur vorbei. Ich habe die besten Messer der Stadt«, rief jemand von der gegenüberliegenden Seite. Von irgendwoher drang Fiedelmusik zu uns. Es roch nach geräuchertem Fleisch und frischen Brot.

»Knurrt euch auch so der Magen?« Faol hielt seine Nase in den Wind. Wir gelangten zu der vom Wachmann erwähnten Kreuzung, und die immer lauter werdende Musik wies uns den Weg zur Gaststätte. Alsbald trafen wir auf eine Tür, über der ein Schild mit einem goldenen Eber hing. Also gut, ein mittlerweile schwarzer Eber – doch bestimmt war er einmal golden gewesen. Cadan öffnete die Tür.

Zum zweiten Mal in meinem Leben, zumindest so weit meine Erinnerungen zurückreichten, betrat ich eine Schenke als zahlender Gast und nicht, um Reste einzuheimsen. Der große Raum war gut besucht. Öllampen auf Konsolen an den Tragbalken sorgten für die Beleuchtung. In der Mitte der Schenke gab es einen freien Platz für die Musiker, die voller Hingabe aufspielten. Sofort umhüllten uns Tabakrauchschwaden und das Aroma von schalem Bier. Cadan schritt voran. Der Krieger erregte sogleich die Aufmerksamkeit der Anwesenden, aber er war ja auch eine beeindruckende Erscheinung. Verstohlene Blicke begleiteten ihn auf seinen Weg zu einem Tisch, der noch frei war. Unsere Proviantbeutel deponierten wir, wo gerade Platz war, die Umhänge darauf, dann setzten wir uns.

»Was wollt ihr?«, fragte eine Schankmaid mit üppigem Vorbau, der einige an unserem Tisch zum Grinsen brachte. Doch sie hatte nur Augen für Cadan neben mir. Ich rutschte auf der Bank näher an ihn heran. Jetzt sah sie zu mir und zog eine blonde Braue hoch.

»Was gibt es hier für Speisen?«, wollte Cadan wissen.

»Getreideeintopf mit Kochwurst und Brot.« Sie lächelte honigsüß.

»Das hört sich gut an, nehmen wir«, kam Faol Cadan zuvor. »Für alle«, fügte er hinzu.

»Dazu Bier«, sagte Hal, den die Maid offensichtlich jetzt erst bemerkte.

»Mit großem Vergnügen, mein hübscher Herr.« Sie schenkte ihm das gleiche honigsüße Lächeln wie Cadan.

»Habt ihr hier gesüßten Kräutertee für die Kleine?«, meldete ich mich zu Wort. Ich bekam kein Lächeln, nur ein schnippisches »Natürlich!« als Antwort.

»Hier sollen Zimmer zu vermieten sein«, sagte Cadan – und da war es wieder, ihr Lächeln.

»Ihr habt Glück, drei sind noch frei.«

»Die nehmen wir.« Er schob eine goldene Feder über den Tisch, die sie ergriff. »Sie werden sofort für euch vorbereitet werden.« Damit machte sie sich auf den Weg zur Theke, schlängelte sich gekonnt durch die feiernde Meute. Ihre Hüften wogten dabei aufreizend hin und her. Mit den Schankweibern war es doch überall das Gleiche. Wahrscheinlich sorgte die Turtelei mit den männlichen Gästen für Umsatz, und wenn die Gäste so ansehnlich waren wie Cadan, machte es mit Sicherheit auch noch Spaß.

»Was für ein Weib.« Egan lehnte sich auf seinem Stuhl zurück und streckte die Beine unter dem Tisch aus.

»Die ist doch viel zu vulgär«, fuhr ihn Gael an.

»Vulgär muss nicht schlecht sein.« Er grinste von einem Ohr zum anderen und legte die Arme hinter den Kopf.

»Trottel«, fauchte Gael.

»Noch einen Bissen und ich platze.« Faol strich über seinen Bauch. Mittlerweile war es draußen Nacht geworden und unsere Mägen voll.

»Komm, Bruder, iss, ich will dich platzen sehen.« Egan lachte.

»Na, was macht ihr heute Abend noch?« Die Schankmaid sammelte die leeren Eintopfschalen zusammen.

»Geht dich nichts an«, erwidert Gael barsch, doch die Maid reagierte auf die Anfeindung nicht, sondern wandte sich Egan zu.

»Ihr alle seht aus, als wärt ihr weit gereist. Ein Stück weiter gibt es ein Badehaus. Es gibt nach einer langen Reise nichts Schöneres als ein wohltuendes Bad«, erklärte sie. Wollte sie damit sagen, dass wir streng rochen? Das war ja wirklich charmant. Ich verschränkte die Arme.

»Gehst du da oft hin?«, fragte Egan mit schmachtendem Blick.

»Vielleicht heute nach Feierabend.« Sie zwinkerte ihm zu und trug das Geschirr davon.

»Oh ja, ich will dorthin.« Keena klatschte in die Hände. »Ich bin noch nie in einem Badehaus gewesen.«

»Ich denke, das können wir alle gebrauchen. Lasst uns zuerst unser Gepäck auf die Zimmer bringen«, meinte Hal. Er erhob sich und die anderen folgten seinem Beispiel. Keena hüpfte voller Vorfreude wie ein aufgeregtes Rehkitz herum. Ich blieb neben Cadan sitzen.

»Wenn ich das Badehaus aufsuche, wirst du wohl auch baden müssen«, sagte ich, als wir allein waren. Ich knuffte ihn amüsiert in Seite. »Schließlich bist du mein Wächter und darfst mich nicht aus den Augen lassen.«

Cadan wollte nur Freundschaft. Ich versuchte, das Beste daraus zu machen, bemühte mich, ihn wie einen Kameraden zu behandeln. Doch dann sah er mich mit einem Blick an, der mir eine Gänsehaut verursachte, denn es lag dieses schmerzliche Verlangen darin, von dem Aidan gesprochen hatte. Mein Herz sprang in der

Brust herum wie Keena eben in der Schenke. Jetzt wusste ich, dass Aidan recht behielt. Cadan sehnte sich nach mir, und seine Selbstbeherrschtheit war dabei, zu zerbröckeln. Mein Stolz war vergessen und eines stand fest: Ich würde nicht aufgeben.

Etwas später betraten wir das Badehaus am Ende der Straße, an der unser Gasthaus lag. Hitze schlug uns entgegen, die von wohlriechenden Aromen durchdrungen war. Rosenduft umschmeichelte meine Nase. Aber da lag noch so viel mehr in der Luft, das ich gar nicht einzuordnen vermochte. Die Bezeichnung *Badehaus* war eine Untertreibung – es war ein wahrer Badetempel. Der Raum hatte etwas von einer Arena. Weiße Steinstufen, von einer rosa Maserung wie feine Adern durchzogen, führten nach oben zu etwas, das wie kleine Zelte aussah. Eines drängte sich an das andere. Mittelpunkt der Arena war eine Feuerstelle, in der Kräuter verbrannt wurden. Durch eine Öffnung in der Kuppeldecke, die genau darüber lag, zog der Rauch ab. Aus den Zelten vernahm man vergnügtes Gelächter und das Platschen von Wasser. Die Menschen hatten ihren Spaß, so viel stand fest. Das Arenarund war jedoch nicht durchgängig, sondern wurde gegenüber unterbrochen, bevor es sich fortsetzte. Es sah aus, als hätte jemand ein Stück aus einem runden Laib Brot geschnitten. In dem Ausschnitt fand ein Brunnen Platz, der das alles wahrscheinlich mit Wasser versorgte, denn mittels eines Seilzugsystems unter der Decke konnte man das Nass bis zu den Zelten befördern.

»Willkommen«, sagte eine Maid, die komplett in Weiß gewandet war, sogar das Haar wurde von einem weißen Kopftuch verdeckt. Ihre Kolleginnen wuselten im gesamten Raum herum, brachten Tücher zu den Zelten und kümmerten sich um das Feuer in der Mitte. »Ihr seid Reisende und würdet bestimmt gerne baden. Herren und Damen getrennt?«, wollte sie wissen.

»Natürlich«, erwiderte Gael empört.

»Warum denn? Wir alle zusammen, das macht bestimmt Spaß.«
Ethan kicherte leise.

»Idiot«, flüsterte Gael.

»Ich würde gerne allein ein Bad nehmen«, meldete sich Cadan
zu Wort. Ihm stand förmlich ins Gesicht geschrieben, was er gerade dachte: *Beim Baden brauche ich die Kinder nicht auch noch.*

»Sehr wohl. Hier entlang, bitte, zu unseren Tjalds.« Sie lächelte
und schritt voran. Wir passierten einige dieser Zelte, dann erstieg
sie die Stufen. Oben angekommen, zog sie den Vorhang zurück,
und ein in den Boden eingelassenes Wasserbecken kam zum Vorschein.

»Dies hier ist für die Damen. Und hier ist ebenfalls frei.« Sie
deutete zu dem Tjald neben unserem.

»Die nehme ich.« Cadan steuerte es an. Hals Miene verfinsterte
sich wieder mal.

»Dann habe ich für die anderen Herren noch ein freies Tjald
auf der gegenüberliegenden Seite. Wenn ihr mit mir kommen würdet.« Damit wartete sie eine Stufe tiefer. Die Jungs folgten ihr.

»Ich hoffe nur, das Wasser ist angenehm«, sagte Faol. Die Gruppe nahm die Stufen in Richtung Feuerstelle.

»Das Wasser in allen Becken hat eine perfekte Badetemperatur.
Die ganze Anlage wird durch ein Röhrensystem beheizt«, vernahm
ich noch die Antwort der Bademaid, dann waren sie außer Hörweite. Hier oben sammelte sich die Hitze noch mehr. Schweiß lief
meinen Rücken hinunter.

»Gehen wir hinein, bevor wir schmelzen.« Damit ließ ich Keena
und Gael den Vortritt. Die Stoffwände wurden von einem hölzernen Gerüst getragen, genau wie Zelte, nur dass sie kein Dach hatten und man bis zur Decke sehen konnte. Aus den Augenwinkeln
sah ich Cadan in dem Tjald nebenan verschwinden, dann betrat
ich unseres und zog den Vorhang zu.

»Was ist das?«, fragte Keena und kniete sich vor die kleinen
Fläschchen, die am Beckenrand neben den Leinentüchern bereit-
standen.

»Ich denke, dies sind Zusätze für das Badewasser«, mutmaßte ich, denn bisher hatte ich noch kein Badehaus von innen gesehen, auch wenn das in Tremain im Vergleich zu diesem eher eine Badehütte war.

»Máire, der Zusatz hier duftet so wundervoll nach Rosen. Können wir den nehmen?« Sie hielt mir eine rote Phiole entgegen.

»Meinetwegen«, erwiderte ich und nahm meinen Mantel ab.

Keena goss den gesamten Inhalt ins Wasser. Der darauffolgende Schwall Rosenaroma traf mich heftig, und ich schnappte nach Luft.

»Vielleicht hätte man etwas weniger nehmen können«, sagte Gael vorwurfsvoll, während sie sich ihres Oberteils entledigte.

»Aber es riecht so fantastisch.«

»Komm, Kleines, ziehen wir dich aus.« Ich kniete mich zu Keena, um ihr beim Entkleiden zu helfen. Neugierig schaute ich mich in dem Badezelt um. Der Sichtschutz zu den benachbarten Becken war aus demselben schweren Stoff wie der Vorhang, der den Eingang verschloss, die Rückwand dagegen aus massivem Stein. Eine Öllampe, die in einer kleinen Nische stand, tauchte das Tjald in ein warmes Licht. Alles in allem wirkte es hier sehr gemütlich. Mein Blick glitt zur Stoffwand, die Cadans Tjald von unserem trennte. Nur etwas Stoff lag zwischen dem Krieger und mir. So nah und doch so fern. Ich seufzte.

»Ich glaube, ich bin gestorben und sitze jetzt zu Seiten der Götter.« Genüsslich streckte sich Gael in dem Becken aus. Sie hatte natürlich ihre Kleidung nur auf einen Haufen hingeworfen.

»Kann ich auch ins Wasser gehen?«, fragte Keena.

»Natürlich.« Mit einem Lächeln nickte ich ihr zu und legte die Sachen zusammen, bevor ich das Schwert abnahm und mich ebenfalls auszog.

»Das hier ist so schön, da komme ich nie wieder raus.« Keena spritzte Gael Wasser ins Gesicht.

»Hör auf damit«, schnaubte sie verärgert.

»Kleines, bitte nicht«, sagte ich und gab mich ebenfalls dem wohltemperierten Nass hin. Mit einem Seufzer rutschte ich neben Gael und lehnte den Rücken gegen die Beckenwand.

»Wir hätten schon sehr viel früher in den Norden gehen sollen. Tremain ist gegen diese Stadt ein wahres Drecksloch«, meinte Gael. »Ist dir aufgefallen, dass man hier nicht einen Bettler sieht?« Ihr Blick begegnete meinem. »Die sind alle offensichtlich so reich, dass keiner betteln muss.«

»Lass dich nicht täuschen, es gibt kein Licht ohne Schatten.« Ich legte den Kopf auf den abgerundeten Rand und schloss die Augen.

»Bisher habe ich nur Licht gesehen«, erwiderte Gael.

»Schaut mal, wie lange ich die Luft anhalten kann«, meinte Keena, dann hörte man es blubbern.

»Nimm dein Gesicht da raus, du bist kein Fisch«, sagte Gael ungeduldig. Eigentlich hätte ich nachsehen müssen, was Keena so trieb, aber ich vermochte meine Lider einfach nicht zu heben, als würden Bleigewichte sie herunterdrücken. Nur Augenblicke später vernahm ich, wie die Kleine laut nach Luft schnappte. Somit war alles in Ordnung, ihr ging es gut, und ich konnte weiter entspannen.

»Das war doch wirklich lange? Vielleicht bin ich ja ein Fisch.«

»Nein, bist du nicht, sonst hättest du Kiemen«, brummte Gael. Die weitere Diskussion der beiden trat in den Hintergrund. Ich dachte an Cadan auf der anderen Seite der Stoffwand. Ob er sein Bad genoss? War er überhaupt noch da? Es drang kein Plätschern oder ein sonstiges Geräusch aus seinem Tjald zu mir.

Kapitel 14

»Keena schläft schon fast und meine Haut ist ganz schrumpelig«, meinte Gael. Sie hielt das müde Kind, das sich an sie geschmiegt hatte, in den Armen.

»Jetzt, wo es gerade so gemütlich ist.« Ich seufzte leise. Wenn es nach mir gegangen wäre, hätte ich noch länger in dem Becken sitzen können, doch wie so oft im Leben ging es nicht nach mir. »Du hast recht, wir sollten in das Gasthaus zurückkehren, die Kleine muss ins Bett. Es war ein verflucht langer Tag.« Ich wollte aus dem Becken steigen, doch Gael hielt mich auf.

»Weißt du was, ich geh mit ihr, bleib noch ein wenig da und genieße das Bad eine Weile ganz allein für dich. Das hast du dir verdient.«

»Wirklich? Ist es nicht besser, ich komme mit?«

»Das Gasthaus ist nur wenige Schritte die Straße hinunter, das werden wir schon schaffen. Außerdem bin ich kein Kind mehr. Du kannst mir beruhigt etwas Verantwortung überlassen.« Gael klang ein bisschen beleidigt. »Ich verstehe ja, wenn du den Zwillingen keine überträgst, aber mir?« Sie zog ihre Brauen hoch und streckte entschlossen das Kinn vor.

»Also gut, geht ins Gasthaus, ich komme nach«, lenkte ich ein.

»Kleines, du musst dich ankleiden.« Ich zog Keena von Gael weg. Müde hob sie die Lider.

»Hier ist es so schön. Ich will nicht«, erwiderte sie, verließ aber trotzdem das Becken. Gael stand auf, um ebenfalls herauszusteigen. Sie umwickelte Keena mit einem Leinentuch, dann trocknete sie sich selbst mit einem zweiten ab. Ich gesellte mich zu den beiden und musste feststellen, wenn man erst einmal das warme Wasser gewohnt war, dass einem, das Tjald ziemlich kühl vorkam. Eine Gänsehaut überzog jede Stelle meines Körpers. Also nahm ich mir ebenfalls ein Leinentuch und schlang es um meinen nassen Leib. Das war wesentlich besser. Ich half Keena dabei, sich anzuziehen, während Gael in ihre Kleidung schlüpfte.

»Wir sehen uns im Gasthaus.« Gael blickte zu mir und ich nickte. Ganz wohl war mir nicht bei der Sache, aber ich wollte zeigen, dass ich es ihr zutraute, Verantwortung zu übernehmen. Sie schob den Vorhang zur Seite, verließ mit Keena das Tjald, um hinter sich den Stoff wieder zuzuziehen, und ich hatte das Becken für mich allein. Ich war selten allein. Unschlüssig stand ich da. Vielleicht hätte ich doch mitgehen sollen? In diesem Moment erlosch die Öllampe in der Nische und es wurde finster. Das konnte man jetzt als Zeichen deuten. Durch kleine Spalten zwischen dem Tragbalken und dem Vorhang schimmerte der Schein des Feuers hindurch, das in der Mitte des Badehauses in Gang gehalten wurde. Aber das reichte nicht aus. Wenn ich nur ein wenig besser die Feuermagie beherrschen würde, könnte ich die Lampe vielleicht wieder entzünden. Ich hielt die flache Hand vor mich, versuchte, mich von allen Gedanken zu befreien, und stellte mir eine feurige Kugel vor.

»Du schaffst das«, murmelte ich immer wieder, während ich auf meine Hand starrte. »Biiiitteee«, flehte ich leise, schloss die Augen, atmete durch und konzentrierte mich auf das Feuer. Ich spürte ein Kribbeln auf der Haut, dann Hitze. Zuerst wollte ich die Augen gar nicht öffnen, aus Angst, ich könnte damit, was auch immer hier geschah, beenden. Doch die Neugier war stärker. Mit klopfendem Herzen hob ich die Lider – und über meiner Hand schwebte eine perfekte Feuerkugel. Kein winziges Flämmchen oder gar nur Rauch, sondern ein Ball, so prächtig, wie die von Aidan es gewesen waren. Ich konnte es kaum fassen. Hieß das, meine Magie war stärker geworden? Bei den Göttern, das musste ich Cadan zeigen. Vorsichtig schritt ich zur Plane, die unsere Tjalds voneinander trennte, suchte an der Wand nach einer Möglichkeit, sie zur Seite zu schieben, und wirklich, sie war nicht am Mauerwerk verankert. Ich schlüpfte hindurch.

»Sieh mal«, sagte ich freudestrahlend und hob die Hand mit der Feuerkugel, die ich fasziniert betrachtete.

»Máire, was willst du hier«, fragte Cadan hörbar ungehalten.

»Dir diesen perfekten magischen Feuerball zeigen. Das bedeutet doch, dass meine Magie stärker wird.« Ohne den Blick von der Kugel zu nehmen, machte ich zwei Schritte nach vorne, hörte noch, wie Cadan: »Vorsicht, meine Stiefel«, rief, aber da war es zu spät. Ich stolperte über sein Schuhwerk, landete auf Knien und Händen im Becken. Wasser spritzte in alle Richtungen.

»Das hat wirklich verflucht wehgetan«, zischte ich durch meine zusammengebissenen Zähne, rappelte mich auf, sodass ich hockte, und rieb mit den Händen über meine lädierten Knie.

»Ist alles in Ordnung?«, fragte Cadan besorgt. Er machte keine Anstalten, mir näher zu kommen, sondern blieb, wo er war, und hielt die Hände über die Körpermitte.

»Frag mich das noch mal, wenn der Schmerz nachlässt«, erwiderte ich. Das Leinentuch um meinen Leib sog sich langsam mit Wasser voll und wurde zunehmend schwerer. Die Feuerkugel war natürlich weg.

»Du solltest jetzt wieder in dein Tjald zurückkehren«, sagte Cadan mit rauer Stimme und rutschte noch ein Stück weg, ohne die Hände von seinem besten Stück zu nehmen.

»Natürlich.« Ich drehte mich zum Beckenrand und wollte seiner Aufforderung nachkommen, aber dann sah ich wieder zu Cadan, der so viel Abstand, wie es möglich war, zwischen uns gebracht hatte. Als hätte er Angst vor mir. Verbarg er sein Verlangen unter den Händen? Ich wusste, was in diesem Bereich eines Mannes geschah, wenn er sich nach einer Frau sehnte und unter seinen Händen schien sich einiges zu tun. Das bedeutete, ich ließ ihn ganz und gar nicht kalt. Aidans Worte kamen mir in den Sinn: *Der Phönix ist dir vollkommen verfallen, und es kostet ihn alles an Willenskraft, sich zurückzuhalten.* Gerade in diesem Augenblick schien Cadans Selbstbeherrschung massiv zu bröckeln. Vielleicht war mein Handeln verwerflich, doch niemand konnte mich glauben machen, dass ein Kodex, den irgendjemand einmal vor Hunderten oder gar Tausenden Jahren aufgestellt hatte, wichtiger war als Empfindungen. Das war nicht richtig. Aber wenn er mich heute abwies, würde ich ihm niemals wieder zu nahekommen.

»Was ist, wenn ich hierbleiben will?«, fragte ich und krabbelte in seine Richtung, ging zum Angriff über. »Nach was riecht es hier? So holzig und männlich. Ich mag das.«

»Máire, komm bitte nicht näher«, sagte er beinahe flehentlich.

»Weißt du was, in diesem Becken gefällt mir es besser. Du könntest ja gehen. Als mein Wächter musst du tun, was ich sage. Außerdem glaube ich, dass ich hier sicherer wäre als nebenan.« Was natürlich eine einfältige Behauptung war. Aber es machte mir einen Heidenspaß, ihn herauszufordern.

»Im Moment kann ich nicht aufstehen.« Seine Stimme war so dunkel, dass sie mir wie warmer Honig über den Rücken strich. Stück für Stück kam ich ihm näher. Obwohl ich noch Jungfrau war, wusste ich genau, was Männer und Frauen miteinander machten. Zu oft, wenn ich mich nach einem missglückten Beutezug vor Soldaten verborgen hatte und in meinen Verstecken ausharren musste, bis sie weg waren, hatten es Dirnen vor meiner Nase mit ihren Freiern getrieben. Manchmal sogar mit den Soldaten, die nach mir suchten. Was ich durch mein unfreiwilliges Beobachten nicht erfahren hatte, wusste ich von Briana. Sie hatte keine Einzelheiten ausgelassen, weder die guten noch die schlechten, da sie mich immer davon hatte überzeugen wollen, ich könnte damit viele Münzen verdienen. Laut Briana tat das Entjungfern weh. Aber wenn man es mit einem Mann tat, den man liebte, war es gar nicht so schlimm, und nachdem man die Unschuld verloren hatte, konnte es ihrer Aussage zufolge mit einem liebevollen Gefährten mitunter sogar wunderschön werden. Was aber im Leben einer Dirne eher die Seltenheit war.

Die Aussicht auf Schmerz machte mich schon etwas nervös und ich zitterte vor Aufregung, doch das hielt mich nicht davon ab, meinen Plan weiterzuverfolgen. Cadan war der Mann, dem ich meine Unschuld schenken wollte. Hier und jetzt.

»Máire, bitte.« Cadans Stimme war rau. Genauso hörten sich die Männer an, wenn ihnen die Dirnen Vergnügen bereiteten.

»Du bist ein starker Mann, halte mich doch auf«, sagte ich herausfordernd. Doch er tat nichts dergleichen. Nicht einmal, als ich mich über seinen Schoß kniete. Er nahm die Hände weg und strich sanft über meine Arme. Ich spürte zwischen meinen Schenkeln, was er zu verbergen versucht hatte. Er wollte mich so sehr wie ich ihn. Ich musste mich nur noch auf seinen Schoß setzen und würde ihn in mir spüren. Mein Herz trommelte gegen die Rippen. Der Mut drohte mich zu verlassen. Da waren der Schmerz und meine Unerfahrenheit. Nein, ich war kein Feigling. Ich konzentrierte mich auf Cadans wundervolle goldschimmernde Augen und das Begehren, mit dem er mich anblickte. Doch ich wollte ihm die letzte Entscheidung überlassen. Sanft schob ich eine lange Strähne hinter sein Ohr.

»Sag mir, dass ich aufhören soll, dann werde ich es tun. Es reicht ein einfaches Nein, ich kehre in mein Tjald zurück und werde dir niemals mehr zu nahekommen.« Ich beugte mich zu ihm, meine Lippen waren einen Fingerbreit von seinen entfernt.

»Das kann und will ich nicht«, sagte er und überwand den Abstand. Voller Hunger küsste er mich. Seine Leidenschaft raubte mir schier den Atem, gab mir den Mut, mein Becken zu senken, um ihn in mir zu spüren. Ein spitzer Schmerz durchzuckte mich. Cadan löste sich von mir und keuchte laut auf. Ein Zittern lief durch seinen Leib. Er umfasste meine Hüften, gab mir vor, wie ich mich bewegen sollte. Was dann geschah, darauf war ich nicht im Mindesten gefasst. Der Schmerz wurde zu purer Lust. So etwas wie das, was hier gerade passierte, hatte ich noch niemals zuvor gefühlt. Cadan zog meinen Kopf zu sich, gierig küsste er mich, während ich auf etwas Unglaubliches zutrieb. Ich wurde zunehmend schneller, seine Küsse fordernder. Dann stand die Welt einen winzigen Augenblick still, ehe ein Sturm voller Wonnen über mich hinwegfegte. Ich stöhnte in Cadans Mund, das berauschende Pulsieren zwischen meinen Schenkeln wollte gar nicht aufhören. Cadans ganzer Leib erbebte. Noch nie war ich einem anderen Menschen so nahe gewesen wie in diesem Moment. Die Worte: *Mit einem liebevollen Gefährten ist es mitunter sogar wunderschön,* hallten durch meinen Kopf. Oh ja, das war es. Das Lustgefühl ebbte ab. Atemlos sank ich zusammen, berührte seine Stirn mit meiner.

»Wirst du jetzt wieder so tun, als wäre nichts passiert?«, fragte ich heiser. Mein Blut rauschte durch meinen Körper. Er umfasste meinen Kopf, drückte mich ein kleines Stück weg, sodass ich ihm in die Augen sehen konnte.

»Wenn ein Phönix sein Herz verschenkt, ist das für immer. Das tun wir nicht leichtfertig. Du bist jetzt meine Gefährtin.« Er sah mich eindringlich an.

»Ja, das möchte ich sein, deine Gefährtin.« Sanft strich ich mit den Fingerspitzen über seine Lippen. Ich jubilierte innerlich. Ich rutschte von seinem Schoß und schmiegte mich an ihn.

»Was ist das?« Ich schob sein langes Haar zur Seite. Dort war ein Handabdruck, der aussah, als wäre er mit einem glühenden Eisen in die Haut gebrannt worden.

»Der Abdruck des Meisters. Wenn ein Phönixkrieger seine Ausbildung beendet hat, legt ihm sein Meister die Hand auf die Schulter und hinterlässt dieses Brandmal. Das soll stets an die Lektionen erinnern, die er uns gelehrt hat.«

»Das sieht schmerzhaft aus.« Zart strich ich über die vernarbte Stelle.

»Es ist auszuhalten. Im Gegensatz zu anderen Verwundungen verheilt es jedoch niemals.«

»Wirst du dieses Mal auch bei mir hinterlassen? Oder …« Ich setzte mich auf. »Oder wirst du mich nicht mehr ausbilden?« Obwohl ich von all dem, was zwischen uns passiert war, nicht den winzigsten Augenblick bereute, wollte ich weiter von ihm lernen. Ich wollte eine Kriegerin werden – jetzt noch mehr denn je.

»Natürlich werde ich dich weiter ausbilden. Aber erwarte keine Gnade.« Er grinste und zog mich wieder zu sich.

»Erwarte von mir auch keine«, erwiderte ich mit einem leisen Lachen, während meine Hand über Cadans Schenkel zu seiner empfindlichsten Stelle glitt.

Als wir in den Gasthof zurückkehrten, lehnte Hal mit finsterem Blick neben der Tür, die zu Keenas, Gaels und meinem Zimmer führte. Sofort verspürte ich ein unruhiges Kribbeln.

»Was ist passiert?«, fragte ich besorgt.

»Wo warst du?«, stellte er die Gegenfrage mit eiskalter Stimme, die mein Herz zerschnitt.

»Ich wollte noch ein wenig länger im Bad bleiben als die beiden. Sag mir doch, was passiert ist. Geht es Keena und Gael gut?« Was wenn die Antwort *Nein* war? Schon die Vorstellung schnürte mir die Kehle zu.

»Sprich endlich«, mischte sich Cadan ein, und ich griff nach seiner Hand. Hals Blick verdüsterte sich noch mehr.

»Jetzt geht es den beiden gut, ja. Gael hat Keena auf dem Weg vom Badehaus zum Gasthof aus den Augen verloren. Zum Glück haben wir die Kleine gefunden. Aber das hätte auch anders ausgehen können. Wieso warst du nicht bei den beiden?«, zischte Hal. Ich fühlte mich so schuldig. Während ich mich mit Cadan in dem Becken vergnügt hatte, wäre Keena beinahe in der großen Stadt verloren gegangen.

»Wieso ist die Kleine weggelaufen?«, wollte ich wissen. Meine Stimme war ganz rau. Ich ließ Cadan los und machte einen Schritt in Hals Richtung.

»Gael hat sich Haarspangen bei einem Händler angesehen. Da hat Keena wohl ein Kind entdeckt. Es hatte irgendein Fellding bei sich, das die Kleine noch nie zuvor gesehen hatte. Sie wollte sich das Tier anschauen und ist den beiden nachgelaufen. Gael suchte völlig aufgelöst nach Keena. Dabei traf sie auf uns. Zusammen haben wir das Mädchen schlussendlich in einer kleinen Seitengasse gefunden. Sie hatte sich verirrt und wusste nicht, wie sie wieder zurückkommt.« Hal stieß sich von der Wand ab und drehte sich zu mir.

»Du hast recht, ich hätte bei den beiden sein müssen«, gab ich kleinlaut zu.

»Ich dachte, das solltest du wissen. Außerdem hat Gael euer Zimmer verriegelt, um zu vermeiden, das Keena noch mal abhandenkommt. Du musst dir einen anderen Schlafplatz suchen. Aber da wirst du wohl kein Problem haben.« Hals Blick streifte Cadan und kehrte zu mir zurück. »Dann eine gute Nacht.« Damit öffnete er die Tür neben dem Zimmer der Mädchen und verschwand in dem Schlafraum, den er sich mit den Jungs teilte.

»Komm, Máire, du kannst nichts mehr tun. Es ist alles gut ausgegangen.« Cadan nahm meine Hand und zog mich mit sich. Er hatte die Kammer, die der gegenüberlag, in der ich eigentlich hatte übernachten sollen.

»Aber es hätte auch anders enden können. Da muss ich Hal recht geben. Es wäre meine Schuld gewesen«, sagte ich leise. Cadan drehte sich zu mir und nahm mich in die Arme. Unter uns tobte das Leben. Die Leute feierten ausgelassen im Schankraum, tranken, tanzten und sangen lauthals.

»Du bist nicht für den Unbill aller Welten verantwortlich. Der Kleinen geht es gut, das ist das Wichtigste.« Cadans Lippen trafen auf meine. Sein Kuss war sanft und liebevoll und viel zu kurz.

»Lass uns schlafen. Morgen müssen wir den Weg zu der Magierin, die dich heilen kann, in Erfahrung bringen«, sagte er.

»Ist sie hier in der Stadt?«, wollte ich wissen. War ich dem Ziel schon so nah? Warum hatte Cadan nichts gesagt? Hoffnung keimte.

»Nein, aber hier finden wir mit Sicherheit jemanden, der mit ihr zu kommunizieren vermag«, antwortete er und dirigierte mich in sein Zimmer.

Kapitel 15

Nach einer unruhigen Nacht hob ich müde die Lider und sah auf die Wand. Cadan lag direkt hinter mir, seine Hand ruhte auf meiner Hüfte. Ich hatte nur Umhang, Stiefel und Schwert abgelegt. Aus irgendeinem Grund hatte ich bereit sein wollen, um in der Nacht schnell aufstehen zu können, falls es nötig war, obwohl mir hier eigentlich keine Gefahr drohte, schon gar nicht mit Cadan an meiner Seite. Doch gestern war ich zu sorglos gewesen, das würde mir nie wieder passieren.

Ich drehte mich vorsichtig auf den Bauch und hob den Kopf. Hinter den kleinen, runden Scheiben, die durch bleierne Einsätze zusammengehalten wurden und den gesamten Fensterrahmen ausfüllten, konnte man die Morgenröte erahnen. Das Licht, das hereinkam, reichte gerade so aus, um ein wenig erkennen zu können.

»Du bist wach?«, sagte Cadan, und ich wandte mich ihm zu. »Du hast heute im Schlaf nach Keena gerufen.« Er strich mir das Haar aus dem Gesicht.

»Ich hatte wirre Träume. Dass sie wegläuft und von einem Monster mit riesigen Reißzähnen verschlungen wird.«

»Es waren nur Träume.« Cadan küsste mich. Er löste sich wieder von mir und ich schmiegte mich an ihn. Auch er hatte zum Schlafen nicht viel ausgezogen, sondern trug Hemd und Hose.

Mein Magen knurrte laut.

»Lass uns den Schankraum aufsuchen. Die Gastleute breiten schon das Mahl zu, das rieche ich deutlich«, schlug Cadan vor und schwang die Beine aus dem Bett. Er schlüpfte in seine Stiefel, die direkt vor ihm standen, daneben hatte er Schwert und Dolch deponiert. Anschließend erhob er sich, um erst seinen Harnisch, dann die Waffen anzulegen. Ich folgte seinem Tun, denn ich würde sowieso keinen Schlaf mehr finden. Dass Keena gestern beinahe verloren gegangen wäre, ließ mich einfach nicht los. Immer wieder hallten die Worte »*Deine Schuld*« in meinem Kopf wider.

»Hier, dein Umhang.« Cadan legte ihn mir um die Schultern. Mehr gab es in dem Zimmer nicht. Meine Habe war bei Gael und Keena. Cadan führte kein Gepäck bei sich. Wir verließen den Raum und folgten dem Flur. Aus dem Schankraum drang Gemurmel zu uns. Wir stiegen die Wendeltreppe hinab, die hölzernen Stufen knarrten. Der Geruch von abgestandenem Bier und kaltem Rauch begrüßte mich. Das war wie ein Faustschlag in den Magen. Öllampen brannten in der Gaststube, denn der Sonnenschein war um diese Zeit noch zu zaghaft, um den Raum ausreichend zu beleuchten. So früh hatte sich nur eine Handvoll Schenkenbesucher hier eingefunden. Vielleicht handelte es sich dabei auch um von heute Nacht übriggebliebene Gäste, die nun nahtlos vom Feiern zur ersten Mahlzeit des neuen Tages übergingen. Auf jeden Fall stammten die laut schnarchenden Männer in den Nischen der Schenke mit Sicherheit von letzter Nacht. Wahrscheinlich waren sie zu betrunken gewesen, um es nach Hause zu schaffen, oder es handelte sich um Reisende, die sich kein Zimmer leisten konnten.

Ein Kerl mit deutlichem Bauchansatz, der offensichtlich gerne vom Bier naschte, wischte die Tische ab. Sein Bart verdeckte das halbe Gesicht, was die Säufernase zwischen dem dunklen Haar noch roter leuchten ließ.

»Edle Gäste. Ihr möchtet bestimmt mit einem ordentlichen Mahl in den Morgen starten«, empfing er uns mit überschwänglicher Freundlichkeit. »Nehmt hier Platz. Dies ist mein bester Tisch.« Er wischte mit seinem fleckigen Lappen über die Platte, die in ihrem Leben eindeutig zu viel Bier gesehen hatte.

»Wir haben heute Morgen schon einen Kessel Haferbrei zubereitet, dazu Früchte und Kräuterbier. So muss ein Tag beginnen.« Er lächelte. Seine Zähne waren nicht im besten Zustand.

»Ich nehme nur gesüßten Tee«, antwortete ich.

»Bring mir auch einen«, sagte Cadan, worauf das Lächeln aus dem Gesicht des Mannes verschwand.

»So kann man doch den Tag nicht starten. Vor allem ein stattlicher Krieger sollte ordentlich essen«, sagte er ernst. »Wir hätten auch noch kalten Braten, falls das mehr nach eurem Geschmack ist. Ihr könnt ja noch mal darüber nachdenken. Wie dem auch sei, ich hole den Tee.« Er klemmte eine Ecke des Lappens unter seinen Gürtel und machte sich auf den Weg zur Theke, hinter der eine rundliche Frau stand.

»Weib, zwei Tee«, schrie er ihr zu, worauf sie hinter einer Tür neben dem Tresen verschwand. Währenddessen nahm der Mann ihren Platz ein.

»Wahrscheinlich hat er gedacht, er könnte an uns noch ein wenig verdienen. Er scheint dich für sehr wohlhabend zu halten, nachdem du gestern mit einer Goldfeder bezahlt hast«, sagte ich zu Cadan.

»Ich bin äußerst wohlhabend. Mein Goldvorrat ist unendlich, denn er wächst immer wieder nach.« Er lehnte sich zurück, streckte die Beine unter dem Tisch aus und verschränkte die Finger über seinem Harnisch, unter dem sich ein äußerst muskulöser Bauch verbarg, wie ich gestern hatte feststellen dürfen.

»Unendlicher Goldvorrat, du weißt, was eine Frau hören möchte«, erwiderte ich. Cadan lachte. Das stand ihm sehr gut, denn er lachte wirklich selten. Seit unseres Zusammenseins in dem Becken schien er irgendwie gelöster zu sein. Auf jeden Fall besser gelaunt.

»Nun ja, die Zwillinge werden den guten Mann erfreuen, deren Appetit ist wirklich grenzenlos«, meinte er mit einem knabenhaften Grinsen, das die Elfen in meinem Bauch zum Tanzen brachte.

Als der Wirt mit zwei tönernen Bechern zurückkehrte, aus denen kleine Dampfschwaden aufstiegen, griff Cadan in den Beutel am Gürtel und holte eine Feder heraus. Der Wirt stellte die Becher vor uns und wischte sich anschließend die Hände mehrmals an der Hose ab, um für das wertvolle Schmuckstück bereit zu sein, das er ganz unverhohlen begehrte.

»Als Wirt wirst du in der Stadt gute Verbindungen haben«, vermutete Cadan und legte die Goldfeder auf den Tisch.

»Natürlich.« Der Mann fuhr sich beim Anblick der goldenen Feder mit der Zunge mehrmals über die Lippen. Er wollte sie wirklich haben. Wahrscheinlich würde er dafür sogar sein Weib herschenken.

»Gibt es hier jemanden, der etwas von Magie versteht?«, fragte Cadan. Der Mann stutzte.

»Nun, einen offiziellen Magier haben wir nicht«, erwiderte er, worauf Cadan die Feder wieder an sich nahm.

»Aber ich hörte, Wilfred, der Apotheker, soll in Magie bewandert sein. So wurde mir zumindest berichtet«, sagte der Wirt schnell.

»Wo finde ich Wilfred?«

»Folgt einfach der großen Straße in Richtung Palast. Kurz vor dessen Toren werdet ihr Wilfred finden.«

»Hier, für dich« Cadan schob die Feder über den Tisch. »Damit ist auch die Zeche unserer Reisebegleiter bezahlt. Sie bekommen, was auch immer sie heute essen möchten«, fügte er hinzu, ehe er die Hand von dem goldenen Geschmeide nahm.

»Es wird ihnen an nichts mangeln.« Schneller als eine Schlange ihr Gift verspritzte, griff der Wirt zu und schob die Feder in die Geldtasche an seinem Gürtel, sonst hätte Cadan es sich ja anders überlegen können. »Wenn Ihr noch irgendetwas braucht, egal was, dann ruft nach mir.« Damit verließ er uns. Cadan nahm einen Schluck Tee und sah sehr zufrieden aus.

»Wieso suchst du jemanden, der etwas von Magie versteht?«, fragte ich.

»Weil die Magier in der Lage sind, durch ihre Gedanken zu kommunizieren, und Wilfred für uns auf diese Weise mit der magischen Heilerin, die ich finden will, Kontakt aufnehmen kann«, erklärte er.

»Aber was, wenn er die Magierin nicht kennt?«, wandte ich ein.

»Glaub mir, er wird sie kennen. Dessen bin ich mir gewiss. Sie ist in den Landen jenseits des Eras berühmt, um nicht *berüchtigt* zu sagen.« Cadan trank von seinem Tee.

Wenig später folgten wir der Hauptstraße, wie es der Wirt geraten hatte, und konnten die Tore des Palastes schon bald vor uns sehen.

»Dort.« Cadan deutete zu einem Schild, auf dem eine Schlange abgebildet war: das universelle Zeichen für eine Apotheke, weil häufig Gifte die Grundlage von Heilmitteln waren. Es kam nur auf die Dosierung an. Auch eine Sache, die ich von Briana wusste. Wozu sie dieses Wissen brauchte, hatte ich mich nicht zu fragen getraut.

Cadan zog die Tür auf, die laut stöhnte. Der Geruch von Salbei war unverkennbar. Dann gab es unangenehmere Aromen, die fast die Nasenhaare verätzten. Dazu eine säuerliche Note. War das Stechapfel? Ich kannte mich mit Kräutern nicht aus. Der kleine Raum war überfüllt mit Tischen und Regalen voller Tiegeln, Phiolen, Fläschchen und anderen Gefäßen, in denen man Tinkturen, Pülverchen oder was auch immer lagern konnte, dazu Stapel von Pergamentrollen. Hinter dem Tisch uns direkt gegenüber stand ein Mann und zerrieb etwas in einem Mörser.

»Was wünscht Ihr?« Er stellte den Mörser auf den Tisch und ließ den Stößel darin, dann klappte er das Buch zu, das daneben lag.

»Seid Ihr Wilfred?«, wollte Cadan wissen.

»Ja, der bin ich. Was kann ich für Euch tun?«

»Wie ich erfahren habe, seid Ihr in Magie bewandert.«

»Magie?« Der Mann zog die Braue hoch, und Schweiß trat unter der schwarzen Haube hervor, die sein Haar verbarg. »Magie wird hier nicht praktiziert. Dazu benötigt man eine beurkundete Erlaubnis und natürlich erst einmal die Fähigkeiten, die ich nicht habe. Ich bin nur ein Kräuterkundiger, mehr nicht.« Unruhig wich er zurück und strich fahrig über sein bodenlanges Gewand, das die Farbe der Haube besaß. Den schneeweißen Kragen tränkte ein Schweißtropfen nach dem anderen. Als Cadan den Tisch erreichte, stieß sein Gegenüber mit dem Rücken gegen ein Regal. Die Fläschchen klirrten bedrohlich.

»Das will nichts heißen. Ich habe auch keine Erlaubnis.« Cadan hob die Hand, auf der Flammen tanzten. »Ich war immer der Meinung, hier in den Nordlanden wären die Menschen nicht so kleinlich, wenn es um Magie geht, wie in den südlichen Gefilden.«

»Da seid Ihr wohl falsch informiert«, sagte der Apotheker.

»Dann bin ich wohl auch falsch darüber informiert, dass Ihr mit der Magierin Sindris Kontakt aufnehmen könnt?« Die Flammen auf Cadans Hand erloschen.

»Ich habe keine Ahnung, von wem Ihr sprecht, Herr.«

»Wenn es Euch wieder einfällt, dann zeigt ihr dies.« Cadan nahm das Buch.

»Herr, das ist sehr wertvoll«, wandte der Mann ein. Doch davon ließ sich Cadan nicht beeindrucken. Er nahm die Feder, die in einem Tintenfässchen steckte, schlug das Buch auf und schrieb etwas hinein. Mit seinem Körper verdeckte er meine Sicht auf das, was er tat. Anschließend hob er das Buch hoch und hielt es dem Mann vor die Nase. »Zeigt dies Sindris, wenn Ihr sie zufällig doch auf die eine oder andere Weise seht, und falls Redebedürfnis vorhanden ist, findet Ihr mich im Goldenen Eber.« Cadan klappte das Buch zu und legte es wieder auf den Tisch zurück. Er drehte sich zu mir um.

»Wir sind hier fertig, lass uns ins Gasthaus gehen. Ich glaube, jetzt habe ich doch Hunger.«

»Was hast du ins Buch geschrieben?«, fragte ich, als ich hinter Cadan die Apotheke verließ.

»Das ist eine Sache zwischen Sindris und mir«, erwiderte er und besah sich Messer, die auf einem Laden auslagen, als wären sie das Interessanteste auf der Welt. Der Handwerker war gerade mit einem Kunden beim Verhandeln und schenkte uns keine Beachtung.

»Warum willst du es mir nicht sagen?« Seine Geheimniskrämerei machte mich so langsam wütend.

»Sagst du mir dann auch, was du nach dem Schwertkampf mit Hal zu bereden hattest?« Cadan hob ein Messer hoch und fuhr sanft über die Klinge. Ich schluckte. Hal hatte mir gestanden, dass er sich mehr erhofft hatte, was unsere Beziehung anging. Das wollte ich nicht offenbaren.

»Nein«, antwortete ich kleinlaut.

»Na also, so hat jeder von uns seine Geheimnisse.« Cadan legte das Messer wieder hin, und wir setzten den Weg fort.

»Dann sag mir wenigstens, warum du dir so sicher bist, dass Sindris deine Nachricht erhält«, beharrte ich.

»Weil durch die Adern des Mannes Magie floss. Das spürte ich deutlich. Für so etwas hat ein Phönix einen ausgeprägten Sinn. Es gibt nur wenige Wesen, die ihre Magie vor uns verbergen können.«

»Wer kann das zum Beispiel? Einhörner?«

»Ja, die sind dazu in der Lage.«

»Daher musstest du damals von meinem Blut kosten?«, schlussfolgerte ich.

»Deshalb, und um den Grund herauszufinden, warum du keine Selbstheilungskräfte besitzt. Diese Vergiftung macht dich leider verwundbar. Du solltest im Moment keine allzu großen Risiken eingehen.« Er hielt mich fest, zwang mich zum Stehenbleiben. »Bitte, hör einmal auf mich.« Er legte die Hand auf meine Wange. Ich blickte in seine goldenen Augen, die im Licht der Morgensonne glitzerten.

»Ich werde mich bemühen, vorsichtig zu sein«, antwortete ich und setzte den Weg fort. Ich wusste nicht, wie freizügig die Menschen im Nordland waren, aber im Süden war der Austausch von Zärtlichkeiten in der Öffentlichkeit nicht gerne gesehen.

Kapitel 16

Als wir die Schenke betraten, begrüßte uns schon der Rest der Reisetruppe. Inzwischen war die Gaststube gut besucht. Von den betrunkenen Übernachtungsgästen hingegen fehlte jede Spur. Die schienen nun doch nach Hause gefunden zu haben.

Vor den Zwillingen standen vier leere Schüsseln, und sie waren mit Essen ganz offenkundig noch nicht fertig.

»Wo kommt ihr denn her?« Gael schnappte sich den Löffel aus der großen Breischüssel in der Mitte des Tisches und füllte ihre Schale auf, anschließend nahm sie eine Handvoll Beeren von dem Teller daneben, die ebenfalls in ihrer Schale landeten, während Keena, seit ich die Schenke betreten hatte, unentwegt dabei war, aus einem kleinen Tonbecher Honig zu schaufeln, um damit ihren Brei zu süßen.

»Das reicht jetzt, Kleines.« Ich nahm ihr Löffel und Becher weg und stellte beides neben den Beerenteller.

»Aber das schmeckt so gut.«

»Irgendwann wird es zu süß, glaub mir.«

»Máire, komm doch zu uns.« Gael rückte näher an Keena heran. Ich umrundete den Tisch und setzte mich auf die Bank neben sie.

»Nimm dir einen Stuhl, ich mach Platz«, meinte Irven zu Cadan und wollte ein Stück zur Seite rutschen. Der Krieger hielt ihn an der Schulter fest.

»Da hinten ist ein freier Tisch.« Er steuerte eine Nische an, von der aus man eine hervorragende Sicht auf den Eingangsbereich hatte und die zudem von den anderen Tischen separiert war, sodass sie einen gewissen Schutz vor neugierigen Zuhörern bot.

»Mag er uns nicht mehr?«, fragte Keena mit vollem Mund.

»Nein, er wartet nur auf jemanden«, antwortete ich, ohne den Blick von Cadan zu nehmen.

»Auf wen?«, wollte Hal wissen.

»Da bin ich mir nicht so sicher«, gab ich zurück, und das war die Wahrheit, denn ich war mir wirklich nicht so sicher, ob er auf die Magierin wartete, einen Boten oder jemand ganz anderen.

»Willst du etwas Brei?«, fragte Gael. »Der ist gut.« Bevor ich antworten konnte, hatte sie eine Schüssel genommen und diese mit einer ordentlichen Portion befüllt.

»Danke schön«, entgegnete ich und sah zu Cadan, der sich etwas bestellte. Der Wirt eilte zur Theke. Lustlos stocherte ich in meinem Brei herum, während ich immer wieder Cadan anblickte. Was hatte er in dieses Buch geschrieben? Wie funktionierte so eine Kontaktaufnahme unter Magiern überhaupt?

»Das war gestern eine ganz schöne Aufregung«, riss mich Hal aus meinen Gedanken. Stimmt, da gab es noch etwas zu bereden. Jetzt lenkte ich meine Aufmerksamkeit auf Keena.

»Warum bist du gestern weggelaufen? Das war wirklich dumm. Was hast du dir dabei nur gedacht?«, wollte ich wissen.

»Das Tier, das dieses Mädchen bei sich hatte, war so niedlich. So klein wie eine Maus, aber es war keine Maus. Ich wollte es mir nur ansehen.« Sie senkte reumütig den Blick.

»Das nächste Mal binde ich dir einen Strick um den Bauch. Wegen dir habe ich mein erstes graues Haar bekommen.« Gael bedachte sie mit einem strafenden Blick, worauf Keena noch mehr zusammensackte.

»Tut mir leid«, nuschelte sie in ihre Breischüssel.

»Das war doch auch irgendwie ein Abenteuer«, mischte sich Faol ein.

»Das ist nicht hilfreich«, gab ich zurück.

»Auf diese Weise haben wir jedenfalls etwas von der Stadt …«, argumentierte er weiter, doch ich hörte ihm nicht mehr zu, denn mein ganzes Interesse galt dem Mann, der gerade die Schenke betreten hatte und jetzt zu Cadans Tisch ging. Es war der Apotheker. Die beiden tauschten ein paar Worte aus, dann nahm der Mann Cadan gegenüber Platz und sie unterhielten sich angeregt. Hatte der Apotheker wirklich Nachricht von Sindris?

»Wer ist das?«, fragte Declan.

»Jemand, der vielleicht helfen kann.« Ich stand auf und durchquerte die Schenke.

»Da ist sie ja«, begrüßte mich der Apotheker. Seine Stimme klang jetzt irgendwie anders. »Sie ist wirklich sehr hübsch, Krieger. Bitte, setz dich zu uns.« Das richtete sich an mich, und ich wählte den Platz auf der Bank neben Cadan.

»Was ist nun, gehst du auf mein Angebot ein?«, fragte der den Apotheker. Auch die Farben der Iriden des heilkundigen Mannes hatten sich verändert. Heute Morgen waren sie dunkel gewesen, doch jetzt schimmerten sie grün, fast wie Aidans.

»Deine Augen, sie haben eine andere Farbe. Wie ist das möglich?«, meinte ich irritiert.

»Das hier ist nicht Wilfred, der Apotheker, sondern Sindris. Oder sagen wir besser, ihr Geist, der von Wilfreds Geist Besitz ergriffen hat.«

»Genau genommen habe ich mir mit seinem Einverständnis seinen Köper ausgeliehen«, verbesserte sie ihn. »Nun gut, Phönix, das ist ein verlockendes Angebot, dem ich nicht widerstehen kann.

Folgt dem Stern der Wahrheit, bis Armosa endet und Thalos, das Reich der grauen Wölfe, beginnt. Haltet nach einem Sumpf Ausschau. Dort werde ich auf euch warten.«

»Wieso kannst du deinen Sumpf nicht gleich vor die Tore Mykastroms transportieren? Das würde uns sehr viel Zeit sparen«, meinte Cadan.

»Sie kann einen ganzen Sumpf versetzen?«, staunte ich.

»Das kann ich, meine Liebe. Aus ihm beziehe ich meine Magie. Ich verlasse ihn nur selten«, erklärte Wilfred, äh, Sindris. Das war so verwirrend. Er oder sie wandte sich wieder Cadan zu. »Das Gebiet der Menschen ist tabu. Akzeptiere das oder finde jemand anderen.« Sindris in Gestalt des Apothekers streckte ihm die Hand entgegen.

»Also gut, wir sehen uns an der Grenze Armosas.« Cadan schlug ein. Jetzt schenkte die Magierin mir ihr Interesse. »Gib mir deine Hand, Schätzchen.« Sie – also in Wilfreds Körper – streckte seine aus. Etwas unsicher kam ich der Aufforderung nach und legte meine Hand in die des Mannes, worauf dieser, nein, ich musste mir bewusst machen, dass es Sindris war, einen leisen Pfiff ausstieß. Mein Gegenüber hob überrascht die dunklen Brauen. Sein Blick glitt zu Cadan. »Phönix, du hast gar nicht gesagt, was sie wirklich ist. Nun ja, eigentlich hätte ich mir das denken können, wenn sie einen Phönixkrieger an ihrer Seite hat. Aber diese wundervollen Wesen sind so unglaublich selten geworden. Viele deiner Brüder verdingen sich mittlerweile als Söldner und beschützen alle, die gut zahlen.« Wilfred sah wieder zu mir. »Es ist mir eine Ehre, dich kennenzulernen, Beschützerin des Waldes. Deine Kräfte sind beeindruckend stark. Sie kämpfen gegen die Vergiftung, sind daher zu sehr gebunden, um dir in ihrer ganzen Macht zur Verfügung zu stehen. Es ist eine wahrlich dunkle Magie am Werke, die da in deinen Adern ihr Unheil anrichtet. Jedes andere Wesen wäre ihr schon längst erlegen. Aber du hast noch ausreichend Zeit, um das Ziel zu erreichen.«

»Selbst, wenn wir die Strecke zu Fuß zurücklegen, weil sich jemand hier nicht von menschlichen Begleitern trennen möchte?«, fiel ihr Cadan mit vorwurfsvollem Unterton, der an mich gerichtet war, ins Wort.

»Darüber werde ich nicht verhandeln. Du hast gesehen, was gestern Abend geschehen ist, als ich Gael und Keena nur die paar Schritte allein zur Schenke gehen ließ. Was wird wohl passieren, wenn ich sie auf sich gestellt in der Stadt zurücklasse? In was für Schwierigkeiten könnten sich die Zwillinge bringen? Oder Gael? Wir nehmen alle mit, mehr gibt es dazu nicht mehr zu sagen.« Entschlossen reckte ich ihm das Kinn entgegen, und Cadan schüttelte seufzend seinen Kopf.

»Ehrlich gesagt bin ich davon überzeugt, dass die Liebe zu diesen Menschen und dir ihr die enorme Stärke verleiht, sich der Vergiftung entgegenzustellen«, mischte sich Sindris ein. »Phönix, ich bin zuversichtlich, dass sie das schaffen wird und ich ihr mit deiner Unterstützung helfen kann. Natürlich vermag ich erst Genaueres zu sagen, wenn ich das Blut untersucht habe. Ich bereite schon einmal ein paar Dinge vor. Das Gegenmittel kann ich jedoch erst brauen, wenn ich weiß, mit was Máire genau vergiftet wurde. So, jetzt gebe ich Wilfred seinen Körper zurück, und keine Sorge, er wird sich an nichts, das hier gesprochen wurde, erinnern können.« Die Iriden des Mannes wurden von einem Moment auf den anderen wieder dunkel. Er zog hastig seine Hand zurück, als hätte er sich verbrannt, und schien etwas verwirrt zu sein.

»Ich muss jetzt gehen.« Eilig stand er auf und verließ fast fluchtartig die Schenke.

»Was für ein Angebot hast du ihr gemacht?«, fragte ich Cadan, als wir in unserer Nische allein waren.

»Eine ordentliche Menge an Phönixfedern. Die Sterblichen sehen nur das Gold, aber Magiebegabte wissen deren Energie für sich zu nutzen. Für dich lasse ich gerne Federn.« Er grinste dieses unverschämt anziehende Grinsen, und sofort sprang ihm mein Herz entgegen.

»Hast du das in das Buch geschrieben? Dass du Federn für ihre Dienste anbietest?«

»Ich musste Sindris einen guten Grund geben, um sich zu zeigen, und wie man sieht, war ich erfolgreich.«

»Hattest du Angst, das Federnlassen würde sich auch auf dein schönes Haar auswirken, und ich fände dich nicht mehr anziehend genug? Wolltest du mir deshalb nicht sagen, was du ihr angeboten hast?«

»Mein Haar würde ich gerne behalten. Doch ich hoffe, du wirst mich auch ohne lieben«, erwiderte er vergnügt.

»Es würde mir wirklich fehlen.« Ich ließ eine seidene Strähne durch meine Finger gleiten. »Aber es ist mein Herz, das mich zu dir zieht, und das ist für Äußerlichkeiten blind. Ich liebe dich, mein Phönix, mit oder ohne Haar.« Stürmisch zog Cadan mich an sich, um mich vor allen Anwesenden zu küssen. Ihn kümmerte offensichtlich nicht im Geringsten, ob sich das im Nordland schickte. Ich traute mich gar nicht, zu den anderen zu schauen. Vor allem Hals Blick wollte ich mir ersparen. Den konnte ich mir lebhaft vorstellen, ohne mich davon überzeugen zu müssen.

Also gut, jetzt wussten sie es, und ich würde mich mit Sicherheit einer Menge Fragen stellen müssen. Schon in dem Moment, in dem Cadan mich wieder freigab, sehnten sich meine Lippen nach seinen.

»Wenn die anderen mit dem Frühstück fertig sind, sollten wir aufbrechen. Umso schneller du bei Sindris bist, desto besser.« Zart glitt sein Daumen über meine Unterlippe.

Hals Blick brannte förmlich in meinem Nacken und ich seufzte innerlich. Das würde bestimmt noch ein Nachspiel haben.

»Wann seid ihr ein Paar geworden? War das in der Drachenhöhle? Früher?« Gael hörte nicht auf, mich mit Fragen zu löchern. Wir standen am Ende der Brücke, die zur nördlichen Grasebene führte, beladen mit unserem Gepäck und noch etwas mehr, denn wir hatten in der Stadt unsere Vorräte kräftig aufgestockt. Auf dieser Seite der Schlucht gab es keine Felder, nur eine weite Steppe. Vielleicht war hier der Boden nicht fruchtbar genug? Auf jeden Fall wurde diese Landschaft zur Viehwirtschaft genutzt. Unweit von uns grasten Rinder mit langem Zottelfell, bewacht von Hirten. Eine leichte Brise wehte den unverkennbaren Kuhgeruch zu uns hinüber.

»Wie lange dauert das noch?« Egan trat gegen einen Stein, der in den Abgrund flog, und spielte dabei am Griff des Schwertes an seinem Gürtel herum, das er sich von einem Teil des Drachengolds geleistet hatte, wie auch Faol und Gael. Die anderen waren, Cadans Meinung zufolge, noch nicht gut genug, um Schwerter zu führen. Hal war zwar ein hervorragender Kämpfer, hatte jedoch nicht genügend Gold gehabt, da er die Finger vom Drachenschatz gelassen hatte, und bevor er von Cadan Gold annahm, würde er sich wahrscheinlich eher die Hände abhacken lassen.

»Der Phönix wollte noch etwas erledigen, und ohne ihn können wir natürlich nicht weiterziehen«, erwiderte Hal genervt.

»Vielleicht besorgt er Brautschmuck.« Gael strahlte mich an.

»Nein«, erwiderte ich rau. »Wieso sollte er das tun?« Meine Stimme klang plötzlich so seltsam schrill. Hufgeklapper verschonte mich vor weiteren nervtötenden Fragen. Acht gesattelte Rösser schritten in unsere Richtung. Hinter Cadan traben zwei her, deren Zügel er in den Händen hielt. Ihm folgten drei Knaben, von denen jeder ebenfalls zwei Pferde führte.

»Pferde?«, sagte Irven entgeistert.

»Oh je, ich bin noch niemals geritten«, jammerte Declan.

»Das wird ein Spaß.« Egan stieß Faol mit dem Ellenbogen in die Rippen.

»Ob das ein Spaß wird, wird sich zeigen.« Gael machte keinen sehr begeisterten Eindruck, obwohl sie sonst zu jeder Schandtat bereit war.

»Was denkt der sich. Von uns ist noch niemand geritten«, meinte Hal barsch.

»So kommen wir schneller voran«, erklärte Cadan, als er uns erreicht hatte. »Nehmt den Jünglingen die Zügel ab.« Die Zwillinge waren sogleich zur Stelle. Auch ich ergriff die Zügel zweier Rösser. Mit ihnen umzugehen, kam mir vertraut vor.

»Ich danke euch.« Cadan drückte einem der Knaben eine Feder in die Hand.

»Herr, das ist sehr großzügig.« Die Jungen hörten gar nicht auf, sich zu verbeugen.

»Ist schon gut, ihr könnt gehen.« Cadan deutete mit dem Kopf in Richtung Stadt.

»Das war wahrscheinlich der Lohn mehrerer Jahre, was du den Jungen gerade gegeben hast.« Ich blickte den Knaben nach, die jubelnd über die Brücke rannten.

»Reiten, großer Krieger? Ist das dein Ernst?«, fragte Hal schnippisch.

»Natürlich. Dies hier sind die lammfrommsten Rösser in der ganzen Stadt. Die könnte sogar ein Kleinkind reiten. Gebt mir das Gepäck.« Cadan ließ die Zügel seiner Tiere auf den Boden fallen. Die Rösser bemerkten gar nicht, dass sie keiner mehr führte, denn die Grashalme waren wesentlich interessanter und offensichtlich sehr lecker. Der Krieger zurrte einen Beutel nach dem anderen an den Sätteln fest, an denen bereits Säcke und Trinkflaschen baumelten.

»Jetzt sitzen wir auf«, meinte er, nachdem der letzte Beutel seinen Platz gefunden hatte. Schon das Aufsteigen hatte seine Tücken, und Cadan musste nicht nur Irven dabei helfen. Hal hingegen war so schnell auf seinem Ross, dass es den Eindruck machte, er wäre doch schon einmal geritten. Die Zwillinge meisterten es auch ziemlich gut. Cadan trat zu mir.

»Das werde ich schon schaffen«, lehnte ich sein Unterstützungsangebot ab.

»Ich würde dir wirklich gerne helfen.« Er stand direkt hinter mir und ich spürte seine Wärme. Sofort kam mir unser Bad in den Sinn. Ein lustvolles Kribbeln lief meinen Rücken hinunter. Am liebsten hätte ich mich zu ihm umgedreht und ihm einen Kuss gestohlen. Nein, das waren der falsche Ort und die falsche Zeit.

»Das schaffe ich schon«, wiederholte ich, ohne mich umzudrehen, »hilf den anderen.«

»Wie du willst.« Seine zarte Berührung brachte mich fast dazu, mich ihm doch zuzuwenden. Aber dann ging er, und ich konzentrierte mich auf das Tier vor mir, einen wunderschönen Rappen. Als ich den ersten Fuß im Steigbügel hatte, war es, als hätte ich nie etwas anderes getan. Ich zog mich hoch und saß sofort fest im Sattel. Es war wie etwas, das man in seinem Leben so oft gemacht hatte, dass man es ohne viel Nachdenken einfach so tun konnte.

»Wo ist mein Pferd?«, fragte Keena.

»Du wirst bei mir mitreiten.« Cadan hob sie auf seinen Schimmel, um dann selbst aufzusteigen. Die Kleine hockte hinter ihm und umklammerte seine Taille wie ein hilflos im Wasser Treibender den rettenden Ast.

»Wenn ihr mit den Hacken die Flanken der Tiere berührt, laufen sie los«, erklärte Cadan. Die Zwillinge brachten ihre Rösser sehr schnell dazu, sich in Gang zu setzen. Irvins Brauner hingegen drehte sich im Kreis.

»Kann jemand das vermaledeite Vieh dazu bringen, geradeaus zu laufen?«, zeterte er, woraufhin Cadan sich etwas nach vorn beugte, um das Tier am Halfter zu packen, und ihm auf diese Weise die Richtung vorgab.

»Irven, du lenkst es mit dem Zügel. Wenn du willst, dass es geradeaus geht, dann lass sie locker, und wenn es nach links oder rechts soll, dann zieh einfach an der betreffenden Seite etwas.«

»He, nicht so schnell«, rief Gael, deren Fuchs davon trabte. Sie wackelte auf dessen Rücken wie ein aufgebundener Sack hin und her und hoppelte so direkt auf die Rinderherde zu.

»Aus dem Weg«, schrie sie. Die Kühe machten nur widerwillig Platz. Ich musste die Lippen zusammenpressen, um nicht zu lachen. Die ersten Reitversuche der anderen waren wirklich lustig anzusehen. Leicht trat ich meinem Ross, dessen Fellfarbe der meines Haares glich, in die Flanken, und es lief los. Auch wenn ich mich nicht daran erinnern konnte, schon einmal geritten zu sein, war ich es anscheinend, denn ich fühlte mich vom ersten Augenblick an im Sattel sehr wohl. Erstaunlicherweise machte Hal ebenfalls eine gute Figur. Hatte er mir noch mehr verschwiegen?

Nach einer Weile gewöhnten sich alle an das Reiten, sogar Irven, und wir kamen gut voran. So weit das Auge reichte, lag Steppe vor uns. Am Horizont konnte man Berge erahnen. Das war Cadan zufolge unser Ziel. Bei jeder Rast übten wir mit den Schwertern, und ich erinnerte mich immer deutlicher an das, was mir mein Vater beigebracht hatte.

Kapitel 17

Nach Tagen auf den Rücken unserer Rösser waren alle richtig sattel-
fest geworden. Sogar Declan und Irvin, der mittlerweile regelrecht
vernarrt in seinen Braunen war. Mit jeder Meile, die wir zurück-
legten, wurde die Kälte bissiger. Dass uns stetig ein eisiger Wind
begleitete, machte es nicht besser. Die Stadt lag weit hinter uns, wir
konnten sie lange nicht mehr sehen, aber die Berge schienen nicht
näherzukommen, und schon wieder war die Sonne dabei, sich zur
Ruhe zu begeben. In der Nacht wurde die Kälte noch angriffslustiger.

»Wir übernachten hier«, beschloss Cadan und stoppte sein Ross.

»Wir übernachten hier – das sind die schönsten Worte, die ich
heute gehört habe.« Irven rutschte aus dem Sattel. Kaum, dass er
stand, ließ er sich nach hinten fallen und lag ausgestreckt auf dem
Boden. »Mein Hintern bringt mich noch um.«

»Steh wieder auf. Zuerst wirst du dich um dein Tier kümmern.«
Cadan blickte streng auf den Jungen herab. Als würde das Ross
ihm zustimmen wollen, beschnupperte es Irvens Gesicht.

»He, Brauner, das kitzelt.« Lachend schob er den Kopf des Pferds von sich.

»Steh jetzt auf«, wiederholte Cadan ungeduldig.

»Ein Stück Drachengold für den, der das übernimmt.« Irvin holte es aus der eingenähten Tasche in seinem Mantel heraus und hielt es in die Höhe.

»Da sag ich nicht nein.« Egan, der gerade dabei war, abzusatteln, kam herüber und nahm ihm das Gold ab. Cadan knurrte etwas Unverständliches, lenkte sein Pferd ein Stück weg und saß ebenfalls ab, anschließend hob er Keena herunter. Wir alle waren nach dem langen Ritt froh, den Boden unter unseren Stiefeln zu spüren. Nachdem die Tiere versorgt waren, entzündete Cadan ein paar Glühsteine und wir machten es uns gemütlich. Im warmen Schein des Feuers ließen wir uns die Vorräte schmecken. Ganz allmählich erschienen die ersten Sterne über uns.

»Wie lange werden wir noch unterwegs sein?«, fragte ich Cadan, der direkt neben mir saß.

»Falls uns der große Krieger überhaupt richtig führt. Ich habe den Eindruck, dass wir uns im Kreis bewegen«, mischte sich Hal ein.

»Da liegst du falsch. Seht ihr den Stern?« Cadan deutete auf einen, der sehr hell war und rötlich schimmerte.

»Dies ist der Stern des Verdis«, sagte Irven.

»Genau, der Stern der Wahrheit. Er heißt so, weil er niemals seine Position verändert, und ist daher Verdis, dem Gott der Wahrheit, geweiht«, fügte Declan hinzu.

»Götter«, schnaubte Cadan abfällig.

»Glaubst du nicht an Götter?«, fragte ich.

»Natürlich glaube ich an sie, denn die Phönixkrieger sind Kinder der Armis, der Göttin des Lichts. Aber ich halte nicht viel von den selbstsüchtigen Bastarden«, erwiderte er.

»Es ist mir noch nie in den Sinn gekommen, an ihnen zu zweifeln«, erwiderte ich nachdenklich.

»Das wäre auch Blasphemie«, brauste Hal auf. »Wer an den Göttern zweifelt oder sie gar beleidigt, der wird ihren Zorn spüren. Du solltest deine Zunge im Zaum halten, Krieger.«

»Wenn ihr sie so kennen würdet wie ich, wüsstet ihr, dass es sie nicht kümmert, was irgendwelche Sterblichen über sie sagen.« Cadan klang verbittert.

»Dieser Stern führt uns also direkt zu unserem Ziel?«, fragte Keena und blickte nach oben.

»Ja, ihm müssen wir folgen«, bestätigte Cadan.

»Er ist wirklich schön«, erwiderte die Kleine und beendete so das aufkeimende Streitgespräch.

»Ich schätze, wenn wir in diesem Tempo weiterreiten, brauchen wir längstens einen halben Mond, wahrscheinlich weniger«, beantwortete Cadan schlussendlich meine Frage. Ein unangenehmes Schweigen stellte sich ein. Um dem zu entkommen, erhob ich mich und ging ein paar Schritte. Ich hatte mir nie Gedanken darüber gemacht, an was Cadan glaubte. Er hatte einmal angedeutet, dass er sehr alt war. Nachdenklich hob ich den Kopf und betrachtete den abendlichen Himmel. Der Mond, der Nacht für Nacht dabei war, seine alte Stärke zurückzugewinnen, gesellte sich nun zu den Sternen. Noch schickte die Sonne ihre letzten Strahlen auf die Erde, doch bald würde der Mond das hellste Gestirn am Nachthimmel sein. Einer Legende zufolge war dies die Stunde der Liebenden, wenn Mond und Sonne zusammen am Firmament zu sehen waren.

»Hat dich jetzt mein Verhältnis zu den Göttern erschüttert?« Cadan blieb neben mir stehen. Der Wind zerrte an meinem Umhang, kroch wie eisige Schlangen darunter, und ich zog den Stoff enger um den Leib.

»Ich habe noch nie jemanden so über die Götter reden hören. Normalerweise haben die Menschen zu viel Angst vor ihrem Zorn, um etwas Schlechtes zu sagen. Eines würde ich gerne wissen – was bedeutet: *Phönixkrieger sind die Kinder der Armis?*« Cadan hob das Gesicht dem Himmel entgegen und schloss die Augen. Ich musterte sein ebenmäßiges Profil.

»Sie hat uns geschaffen, so, wie Aod, der Herrscher des Feuers, die Drachen geschaffen hat, und Silvain, der Gott der Natur, die Einhörner, die Hüter seiner Wälder. Und da die Schöpfer der Drachen und der Einhörner zu den mächtigsten unter den Göttern zählen, sind auch deren Geschöpfe die mächtigsten. Máire …« Sein Blick begegnete meinem. »Im Grunde sind wir so etwas wie Halbgötter, auf die Erde gesandt, um für ein Gleichgewicht der Elemente zu sorgen. Doch dann haben die Götter ihre Geschöpfe alleingelassen, weil sie seit jeher zu sehr mit sich selbst beschäftigt waren. Sie ließen zu, dass die Menschen uns ausrotteten. Die Götter waren nicht einmal imstande, ihre eigenen Geschöpfe zu schützen, das war ihnen nicht wichtig genug. Wie wichtig, denkst du, sind ihnen dann wohl die Menschen? Wenn du schon so lange wie ich auf dieser Welt wandeln würdest, glaube mir, dann hättest du ebenfalls eine ganz andere Einstellung zu den Göttern.«

»Wie alt bist du?« Ich drehte mich zu ihm um, und er sog hörbar Luft ein, doch statt zu antworten wandte er sich von mir ab. Aus Richtung des Lagerfeuers drang Gelächter zu uns.

»Hätte ich das nicht fragen dürfen?«, wollte ich wissen.

»Bitte schweig.« Er machte zwei Schritte nach vorn, schien etwas wahrzunehmen. Plötzlich packte er mich am Arm und zog mich mit sich.

»Steigt auf die Pferde, wir müssen schnell weg«, brüllte er, während er mit mir im Schlepp zu unserem Lager zurückkehrte. Ich hatte Mühe, mitzuhalten. Irritiert kamen die anderen auf die Beine. Sie schienen gar nicht zu wissen, wie ihnen geschah.

»Was ist los?«, fragte Faol.

»Keine Zeit für Erklärungen.« Cadan hob Keena auf sein Pferd. »Rauf mit dir«, sagte er zu mir und half mir beim Aufsteigen, denn ohne Sattel war das nicht so leicht. Ungeduldig drängte er: »Ihr müsst fliehen, sitzt endlich auf.« Die Pferde wieherten und tänzelten unruhig auf der Stelle.

»Wovor müssen wir fliehen?«, fragte Hal.

»Ich glaube, davor.« Gael deutete zum Horizont und ging rückwärts. Mein Herz stolperte. Schwarze Bestien, deren Reißzähne im Mondlicht schimmerten, jagten in Scharen auf allen vieren über die Ebene.

»Ich dachte, die gibt es hier nicht.« Entsetzen erfasste mich.

»Verfluchte Scheiße«, zischte Hal. »Steigt auf!«

Jetzt brach Panik aus.

»Máire, halte dich an der Mähne fest.« Cadan schlug meinem Ross auf das Hinterteil. Es sprintete los. Keena klammerte sich an meine Taille. Hinter mir verwandelte sich Cadan in einen Phönix. Er stellte sich den Werwölfen entgegen, setzte sie in Brand, um unsere Flucht zu sichern. Doch es gelang ihm nicht, alle Feinde aufzuhalten. Einige der widerlichen Kreaturen schafften es an ihm vorbei. Sie hetzten uns wie hungrige Hunde einen Hasen.

»Halte dich gut fest, Keena.« Ich richtete den Blick nach vorn, trat dem Schimmel in die Flanken, und er beschleunigte. Hastig schaute ich über die Schulter. Die Nacht war hereingebrochen, was den Kreaturen in die Karten spielte. Trotzdem entdeckte ich direkt hinter uns einen schwarzen Schatten. Mein Herz schlug im Takt der trommelnden Hufe. Ein Knurren auf der anderen Seite. Das Mistvieh war schon auf gleicher Höhe. Hektisch trieb ich mein Ross an. Ich verlor die Bestie aus den Augen. Hatten wir sie abgehängt? Fieberhaft versuchte ich, sie auszumachen. In diesem Moment hechtete wie aus dem Nichts ein schwarzer Schatten auf mich zu, schlitzte den Hals des Schimmels auf und brachte ihn zu Fall. Ich landete hart auf dem Boden und rollte ein Stück. Fast jede Stelle meines Leibes pochte, doch für Schmerz blieb keine Zeit. Hastig zog ich mein Schwert, zwei Bestien schlichen auf mich zu.

»Keena, wo bist du?«, rief ich laut. Ich konnte mich nicht nach ihr umsehen, denn ich durfte die Monster nicht aus den Augen lassen. Die Kreaturen erhoben sich, sie liefen jetzt auf zwei Beinen wie Menschen und überragten mich um gut zwei Köpfe. Die Angst drohte, mir die Luft zu rauben. Hinter mir war ein Wimmern.

»Keena?« Langsam ging ich rückwärts.

»Hier«, schluchzte das Mädchen.

»Bist du verletzt?«, wollte ich wissen. Die Wölfe folgten mir mit gefletschten Reißzähnen. Es kam keine Antwort. Nackte Furcht drohte, mein Herz zu zerquetschen. Welche Verletzungen auch immer der Sturz bei der Kleinen verursacht haben mochte, ich konnte ihr jetzt nicht helfen. Aber diese verfluchten Kreaturen würden sie nur über meine Leiche erreichen. Eine schnappte nach mir. So ein verdammtes Mistvieh. Zorn schoss heiß durch meine Adern. Diese Monster würden mich auf keinen Fall kriegen, ohne selbst zu bluten.

»An mir werdet ihr nicht vorbeikommen«, schrie ich und festigte meinen Griff. Die Bestie drückte sich vom Boden ab, messerscharfe Klauen flogen auf mich zu. Doch jetzt war ich nicht unbewaffnet wie damals am Fluss. Ich machte einen schnellen Ausfallschritt, das Vieh sprang ins Leere. Erbarmungslos schlitzte ich ihm die Seite auf. Die Bestie rutschte über den Boden und blieb regungslos liegen. Jetzt war nur einer übrig. Nein, ich entdeckte noch eine Kreatur, dann eine weitere. Was für ein verdammter Mist. Hätte ich nur meine Kräfte. *Feuerball*, schoss es mir durch den Kopf. Wenn ich das jetzt nicht hinbekam, war ich am Ende. Während ich mit einer Hand das Schwert zum Kampf bereithielt, hob ich meine andere. Tatsächlich erwuchs darin eine Feuerkugel.

»Geht doch.« Nervös lachte ich auf. »Nimm das!« Ich schleuderte sie auf eine der Bestien. Deren Fell brannte binnen eines Wimpernschlags lichterloh. Das Monster jaulte, doch es half alles nichts: Das Feuer kannte keine Gnade.

»Na, damit habt ihr nicht gerechnet.« In meiner Hand wuchs die nächste Kugel. Die Wölfe wichen zurück. Plötzlich hörte ich über mir mächtige Schwingen schlagen. Der Mond verschwand hinter einem Schatten, dann traf ein Feuerstrahl, der direkt vom Himmel herabfuhr, die Werwölfe, die kopflos in alle Richtungen flohen. Doch der Drache kannte keine Gnade, er zog seine Runden, und eine Bestie nach der anderen brannte. Bei den Göttern, das musste Aidan sein. Ein Schniefen erregte meine Aufmerksamkeit. Keena! Schnell rannte ich zu ihr. Weinend saß sie neben dem Pferdekadaver im Gras.

»Kleines, hast du dir wehgetan?« Ich kniete mich zu ihr, legte das Schwert zur Seite und tastete den Kinderkörper nach Verwundungen ab.

»Wenn ich ehrlich bin, nein«, sagte sie in einem seltsamen Ton, der mich stutzen ließ. »Mir geht es wirklich gut«, fügte sie hinzu.

»Den Göttern sei Dank«, erwiderte ich erleichtert.

»Das ist eigentlich nicht so sehr der Verdienst der Götter. Die Werwölfe würden mir keinesfalls etwas antun, denn ihre Meisterin ist auch meine.«

»Meisterin? Was redest du da?«, fragte ich irritiert.

»Sie sucht schon sehr lange nach dir und ich hab dich gefunden. Die Meisterin möchte, dass dein Herz unversehrt bleibt.« In Keenas Hand blitzte etwas auf. Ein scharfer Schmerz durchzuckte mich. Ich fasste an die Stelle, spürte etwas Feuchtes und roch Blut. Ein Messer – sie hatte mir ein Messer in den Bauch gerammt. Stöhnend drückte ich die Hände auf die Wunde.

»Wieso hast du das getan?«, fragte ich. Ein Schwindelgefühl erfasste mich.

»Es dauert lange, bis man an einer Bauchwunde verblutet ist. Lange genug, damit die Magier dich einsammeln und zur Meisterin bringen können, denn dein Herz muss noch schlagen.« Hinter Keena erschien ein blau schimmernder Ring, der denen ähnelte, die Cadan zu erschaffen vermochte.

»Nimm deine dreckigen Finger von ihr, verfluchter Wechselbalg«, brüllte Cadan. Keenas kleiner Körper wurde von einem Feuerschwall getroffen. Flammen schlugen hoch, verschlangen den Kinderleib. Ihr schrilles Kreischen ging mir durch Mark und Bein. Ich hielt meinen Arm vor das Gesicht, um es vor der Hitze zu schützen. Cadan packte mich unter den Achseln und zog mich weg. Schmerz, als würde mir ein weiteres Messer in den Leib gestoßen werden, ließ mich aufschreien. Ich biss die Zähne zusammen. In dem blau schimmernden Kreis erschien eine Gestalt. Cadan ließ von mir ab und vernichtete das Portal mit einem Feuerschwall.

»Was immer da auch hindurchkommen wollte, ist jetzt Asche«, sagte er. Meine Sicht verschwamm, ich wurde so unglaublich müde. Jeder Herzschlag pumpte mehr Blut aus der Wunde.

»Máire, bleib bei mir.« Cadan kniete neben mir nieder und legte die Hände auf meinen Bauch. Es wurde unerträglich heiß, als würden meine Eingeweide brennen. Ich bog mich durch, brüllte vor Schmerz. Cadan hörte mit dem, was immer er auch tat, auf. Er fluchte wütend, beleidigte jede Gottheit. Wenigstens war der furchtbare Schmerz vorbei. Erschöpft senkte ich die Lider.

»Verdammt, wieso vermagst du die Wunde nicht zu verschließen? Ein Phönix kann doch so was!« Das war Aidan. Seine Stimme schien meilenweit entfernt zu sein.

»Ich hab's versucht. Der Dolch des Wechselbalgs muss in einem Gift getränkt worden sein, das die Wunde offenhält und meine Magie abwehrt«, erwiderte Cadan verzweifelt. Er strich zart über meine Stirn. Auch er schien weit weg zu sein, doch ich spürte seine Hände auf mir. Warum hörte ich nur die beiden, wo waren Hal und die anderen?

»Geht es allen gut?«, flüsterte ich.

»Máire, nicht sprechen.« Cadan strich über mein Gesicht.

»Alles in Ordnung«, beantwortete Aidan meine Frage. »Ein paar Schrammen, mehr nicht. Die Werwölfe hatten sich auf dich konzentriert. Es war offenbar ihr Ziel, dich von den anderen zu separieren. Alle sind wohlauf, bis auf das Kind. Was immer mit der Kleinen auch geschehen sein mag.«

»Verdammter Wechselbalg. Eine der wenigen Kreaturen, deren Magie ich nicht zu spüren vermag«, knurrte Cadan. »Sindris«, rief er plötzlich. »Ich muss sie zu Sindris bringen, und zwar so schnell wie möglich. Wenn jemand helfen kann, dann sie.«

»Ich werde mich um die Sicherheit eurer Begleiter kümmern, und du, Phönix, schaffst Máire zu dieser Frau«, erwiderte Aidan entschlossen. Cadan ließ von mir ab. Ein gleißend helles Licht blendete mich, trotz meiner geschlossenen Lider, und ich versuchte,

den Kopf wegzudrehen, doch ich war zu schwach. Vogelfänge umfassten meinen Leib, ich wurde in die Luft gehoben, dann umfing
mich Dunkelheit.

Kapitel 18

»Die Blutung am Bauch ist gestoppt. Das war alles andere als einfach, dieser Wechselbalg hat ein sehr hinterhältiges Gift eingesetzt. Es hat nicht nur deine Heilungsversuche verhindert, sondern auch die magische Vergiftung beschleunigt.« Die Stimme einer Frau drang zu mir. Ich hörte sie nur gedämpft, als stünde sie hinter tausenden Schleiern. Wer war das? Mit wem sprach sie? Und wo war ich? So sehr ich es versuchte, ich konnte meine Lider nicht heben, geschweige denn sonst irgendein Körperteil. Ich lag einfach nur da, bewegungslos wie ein Stein, auf irgendetwas Weichem. Es roch nicht nach Gras, sondern nach Kräutern und etwas Blumigem, also war ich nicht mehr in der Steppe. Kein Wind wehte, es war angenehme warm. Ich musste in einem Haus sein. Cadan hatte mich nach meiner Verwundung zu dieser Magierin Namens Sindris bringen wollen. Dies musste sie sein.

»Wird das Gegenmittel wirklich helfen können?« Mein Herz jubilierte: Das war Cadan, und ich hatte nur einen Wunsch – ich wollte zu ihm. *Verfluchte Lider, hebt euch!* Verzweifelt konzentrierte ich alles an Kräften darauf, meine Augen zu öffnen, doch nichts tat sich.

»Es wird viel Zeit beanspruchen. Das Gegengift muss in gewissen Abständen verabreicht werden. Die erste Dosis hat sie in diesen Schlaf versetzt. Wenn wir nicht die Abstände genau einhalten, kann dessen Wirkung eine ganz andere sein.«

»Das verstehe ich«, sagte Cadan. »Aber sie ist so bleich, sie sieht beinahe aus, als wäre sie tot. Das bricht mir das Herz.« Ich spürte seine sanfte Berührung auf meiner Stirn. Dass es seine Hand war, wusste ich genau, auch mit geschlossenen Augen. Wenn ich jetzt meine Lider hob, würde ich in seine wunderbaren goldschimmernden Iriden blicken.

»Sieh nur, Sindris, ihre Lider zucken«, rief Cadan. »Máire, kannst du mich hören? Ich bin hier.« Er strich über meine Wange.

»Sie kommt zu sich, dann ist Zeit für die zweite Gabe des Gegenmittels. Hilf mir«, befahl Sindris. Cadan schob vorsichtig seine Hand unter meinen Hinterkopf und hob ihn leicht an. Ein Gefäß berührte meine Lippen und öffnete sie ein Stückchen. Die lauwarme Flüssigkeit, die in meinen Mund tropfte, schmeckte süßlich nach Mandeln, doch als sie die Kehle herunterrann, wurde sie bitter.

»Sie wird jetzt wieder einschlafen«, sagte Sindris. Cadan bettete meinen Kopf vorsichtig auf etwas, das nur ein Kissen sein konnte.

»Schlaf gut, ich werde hier auf dich warten«, sagte er und hauchte einen Kuss auf meine Stirn. Dann entfernten sich Schritte. Ich wollte protestieren, sagen, dass er bei mir bleiben sollte. Aber ich wurde in eine Art Tunnel aus Licht gesogen, und als ich die Augen aufschlug, lief ich durch einen marmorgetäfelten Saal, den weiße Säulen zu beiden Seiten flankierten. Eine Frau … sie kam mir vertraut vor. Es war mir, als würde ich sie mein Leben lang kennen. Gundis, schoss es mir durch den Kopf. Jetzt fiel es mir ein. Es war Gundis, meine Amme. Sie führte mich an der Hand. Wieso war sie so groß? Irritiert blickte ich an mir herab. Ich war klein wie ein Kind, trug ein besticktes Seidenkleid und mein Phönixamulett. Zart strich ich mit den Fingern über die ausgebreiteten Flügel. Das war Cadan. Ein Räuspern brachte mich dazu, nach vorne zu sehen. Am Ende des Saals, vor buntbemalten Bogenfenstern, die die ganze Wand einnahmen, erkannte ich meinen Vater. Er trug einen Bart, der nicht so grau war wie in meiner letzten Erinnerung an ihn. Er musste weitaus jünger sein. Neben ihm stand eine Frau in einem prächtigen Kleid. Sie lächelte mich freundlich an. Das war die wunderschöne Dame, die ich damals auf dem Dachboden in meinen Erinnerungen gesehen hatte.

»Da bist du ja, Tochter«, begrüßte mein Vater mich, als ich die beiden erreichte. »Darf ich dir Aurelia vorstellen? Ich beabsichtige, sie zu ehelichen. Sie wird dir eine gute Mutter sein.« Aurelia ging vor mir in die Hocke.

»Ich freue mich, dich kennenzulernen, Shanell. Du bist ein sehr hübsches Mädchen. Was hast du da?« Sie nahm das Amulett.

»Dies hat sie von ihrer Mutter«, sagte mein Vater.

»Das ist sehr wertvoll, passe sorgfältig darauf auf.« Sanft tätschelte sie meine Wange. »Wir werden uns mit Sicherheit gut verstehen.« Zuerst wusste ich gar nicht, was ich denken sollte. Sie würde meine neue Mutter werden? Ich hatte mir schon so lange eine Mutter gewünscht, und sie war wunderschön und freundlich. Ich lächelte zurück. Im nächsten Moment wurde ich wieder durch den Lichttunnel gezogen.

Ich rannte durch einen Garten. Als ich an mir herabblickte, stellte ich fest, dass ich Jungengewänder trug. Aber sie unterschieden sich sehr von denen, die ich sonst anhatte, waren bei Weitem nicht so schäbig. Ich war etwas größer als in meiner vorhergehenden Erinnerung. Das Phönixamulett, Cadan, baumelte um meinen Hals. Schnell krabbelte ich in einen Busch, in dem ich Schutz fand. Mein Herz klopfte wie wild in der Brust.

»Hier bin ich sicher«, flüsterte ich und nahm das Amulett. »Schutzgeist, hilf mir, dass sie uns nicht findet. Das tut sie sonst immer.« Ein Kichern entkam mir, schnell hielt ich mir die Hand vor den Mund. Ich spähte durch die Zweige. Meine Stiefmutter war nur noch wenige Schritte von dem Busch entfernt, in dem ich saß. Ich biss mir auf die Lippen, machte keinen Mucks.

»Kind«, rief Aurelia. »Du sollst nicht in Jungenkleidung herumlaufen. Das geziemt sich nicht für ein Edelfräulein. Ich habe ein wunderschönes Seidenkleid für dich, wie ich eines trage.« Sie trat jetzt direkt neben den Busch, und ich hielt die Luft an.

»Herrin, ich glaube, ich habe dahinten etwas gesehen«, meinte Gundis.

»Zeig es mir.« Aurelia bewegte sich weg. Als sie außer Sichtweite war, krabbelte ich unter dem Busch hervor und flitzte wie vom Herrn der Unterwelt gejagt zum großen Burgtor. In Friedenszeiten stand es stets offen. Jeder Bewohner des Fürstentums durfte hereinkommen und Vater um eine Audienz bitten. Ich rannte, so schnell meine Beine mich trugen, den geschwungenen Weg entlang, an Feldern vorbei zu einem Wald, überwand Sträucher und Gestrüpp, bis ich endlich die Anhöhe am Fluss erreichte. Unter der großen Eiche, die hier schon seit Jahrhunderten wachte, fiel ich auf die Knie und schnappte hastig nach Luft. Meine Seite schmerzte, als würde sie mit kleinen Nadeln traktiert werden.

»Wir sind entkommen.« Ich nahm das Amulett und lachte. Dann hörte ich Pferdehufe, und nur einen Augenblick später brachte mein Vater sein Ross vor mir zum Stehen. Er stieg ab. Sein Hemd, seine Hose und Stiefel waren auch eher einfach. So lief er stets herum, wenn er bei der täglichen Arbeit auf der Burg mithalf.

Ein Fürst sollte sich nicht davor scheuen, seine Hände schmutzig zu machen, lautete sein Motto. Er blieb vor mir stehen, stemmte die Arme in die Seite und bedachte mich mit einem strengen Blick. Doch in seinen Augen entdeckte ich den Schalk.

»Junge Dame, du sollst nicht vor deiner Mutter weglaufen«, sagte er.

»Aber sie will, dass ich so ein dummes Kleid trage. Wie soll ich damit reiten und mit dem Schwert üben?«, fragte ich verzweifelt.

»Ach, Schätzchen.« Er hockte sich seufzend zu mir unter die Eiche. Ich schmiegte mich an den Mann, der für mich der stärkste und klügste in allen Welten war.

»Aurelia meint es nur gut. Du wirst langsam eine junge Dame. Vielleicht könntest du ja ab und zu ein Kleid tragen?«, schlug er vor und strich über mein Haar.

»Das könnte ich«, lenkte ich ein. Er atmete tief durch und hob das Gesicht der Sonne entgegen.

»Dies hier ist der schönste Platz im Fürstentum. Meine Aileen, deine verstorbene Mutter, hat ihn sehr geliebt.«

»Ich hätte sie so gerne kennengelernt.« Ich strich mit dem Daumen über das Amulett.

»Sie wäre sehr stolz darauf, was für eine mitfühlende und tapfere junge Dame aus dir geworden ist.« Er küsste sanft mein Haar. Dann löste er sich von mir, erhob sich und zog mich auf die Beine.

»Wir sollten Aurelia nicht länger warten lassen. Es ist keine gute Idee, ein Weib zu erzürnen.« Damit half er mir auf seinen Rappen, um dann hinter mir aufzusitzen.

»Wenn ich einmal Fürstin bin, dürfen alle die Kleidung tragen, die sie wollen. Das wird Gesetz«, sagte ich, während mein Vater das Ross in Richtung Burg trieb. Er lachte laut auf.

»Du wirst mit Sicherheit eine sehr weise Fürstin werden.«

Wieder wurde ich in den Lichttunnel gezogen.

»… daher befiehlt der König Euch, edler Fürst, zu sich auf den Hof.« Der Bote rollte das Pergament zusammen, aus dem er vorgelesen hatte. Ich stand in meinem schönsten Gewand neben meinem Vater und Aurelia im großen Marmorsaal. Der ganze Hofstaat war versammelt.

»Nun, es ist mir eine Ehre, dem Ruf des Königs zu folgen«, erwiderte mein Vater. Mehr vermochte ich nicht von der Szenerie zu erhaschen, denn einen Wimpernschlag später flog ich wieder durch Licht.

Plötzlich stand ich neben Aurelia, umringt von Rittern, Getreuen und Dienern in der Vorburg. Ich sah zu, wie ein Körper dem

Feuer und damit den Göttern übergeben wurde. Die Flammen schlugen hoch, Hitze brannte in meinem Gesicht, aber ich wollte keinen Schritt zurückweichen. Tränen ließen meine Sicht verschwimmen. Ich wischte sie mit dem Handrücken von den Wangen, und mir wurde schlagartig klar: Dies hier war eine Erinnerung an die Bestattung meines Vaters. Ich verhielt mich so, wie man es von mir erwartete, zeterte oder schluchzte nicht, sondern bemühte mich, Würde zu bewahren.

»Er hat sich in die Klinge eines Attentäters gestürzt, um den König zu retten«, sagte Aurelia. »Dein Vater war ein unendlich tapferer Mann. Es tut mir so leid, dass wir ihn ausgerechnet an deinem Geburtstag bestatten müssen. Sechzehn ist für ein junges Fräulein ein wichtiges Alter.« Aurelia legte die Hand auf meine Schulter. »Dein Vater hatte sich so sehr auf diesen Tag gefreut.« Jetzt bröckelte die Schutzmauer, die ich errichtet hatte, um nicht wie ein altes Weib herumzujammern und meinen Vater damit zu entehren. Ich wollte hier nicht mehr sein und rannte los.

»Shanell«, rief Aurelia, aber ihr Rufen hielt mich nicht auf. Verflucht, ich musste weg. Ohne Rücksicht schubste ich Leute zur Seite, raffte das Kleid und floh aus der Burg in den Wald, bis ich die alte Eiche erreichte. Dort sank ich schluchzend auf die Knie. Die Dämme brachen. Jetzt waren meine Mutter und mein Vater verstorben. Ich war allein. Irgendwann kamen keine Tränen mehr. Kraftlos lehnte ich mich gegen den rauen Stamm und zog die Beine an den Leib, die ich mit beiden Armen umfasste. Dann legte ich den Kopf auf die Knie und schloss die Augen. Ein Pferd schnaubte in der Nähe. Bestimmt hatte Aurelia mir jemanden hinterhergeschickt, der mich zurückholen sollte. Es war mir egal.

»Ach Schätzchen, das ist alles so schlimm für dich.« Das war Aurelias Stimme. Ein Schatten fiel auf mich und ich blickte zu ihr hoch. Obwohl sie damit sicherlich ihr Kleid beschmutzen würde, nahm sie neben mir Platz. Sie öffnete ein Säckchen, das sie bei sich trug, und holte einen Apfel heraus. Ich spielte mit dem Phönixamulett.

»Dies ist von deiner Mutter, nicht wahr?«, fragte sie.

»Ja, sie hat es stets getragen, bis sie bei meiner Geburt starb«, antwortete ich.

»Hier, mein Kind, der Apfel ist für dich. Du hast den ganzen Tag noch nichts gegessen.«

»Ich habe keinen Hunger.«

»Nur einen kleinen Bissen.« Aurelia lächelte und musterte das Amulett. »Darf ich es mir einmal ansehen?« Ich hielt es fest, doch dann kam ich mir töricht vor und streifte das Lederband von meinem Hals, um es ihr zu geben.

»Nimm den Apfel. Nur einen Bissen, Schätzchen, bitte. Für mich.« Während sie das Amulett entgegennahm, ergriff ich den Apfel und biss hinein. Blitzschnell steckte Aurelia das Amulett in den Sack.

»Was macht du da?« Ich wollte nach dem Sack greifen, doch mir wurde plötzlich schlecht. »Es geht mir nicht gut«, sagte ich. Alles begann sich zu drehen.

»Dieser Sack wurde aus magischen Fäden gewoben. Dein Phönixkrieger wird von all dem hier nichts mitbekommen.« Sie hob das Säckchen hoch. Ich versuchte, danach zu greifen, doch meine Sicht verschwamm.

»Was ist mit mir?«, fragte ich panisch.

»Der Apfel war vergiftet. Das Gift unterdrückt deine Magie, die sich heute um Mitternacht vollends entfaltet hätte. Ich musste genau den richtigen Zeitpunkt für mein Manöver abwarten. Anstatt über fast grenzenlose Kräfte zu verfügen, bist du nun so wehrlos wie eine Sterbliche. Ach, auf diesen Augenblick habe ich so lange gewartet.« Aurelias Stimme war eisig. »Hab dir die Nase geputzt und deine Launen ertragen. Doch jetzt endlich ist es so weit. Deine Magie steht kurz davor, zu erblühen, und ich werde sie verschlingen.«

»Verschlingen? Magie? Phönixkrieger?«, wiederholte ich und zog mich am Stamm der Eiche hoch. Alles in mir schrie, dass ich hier wegmusste. Die Beine wollten mein Gewicht nicht tragen, doch ich schaffte es trotzdem irgendwie, einen Fuß vor den anderen zu setzen.

»Du hast wirklich keine Ahnung«, sagte Aurelia verächtlich. »Du bist ein Einhorn, eines der magischsten Wesen aller Welten, und wenn ich nach einem Ritual dein Herz esse, dann geht diese Magie auf mich über. Ich werde unsterblich und die mächtigste Zauberin der Nord- und Südlande. Ach, was sag ich, aller Welten.«

Ich drehte mich zu ihr. In ihrer Hand blitzte ein Dolch. Erschrocken wankte ich rückwärts.

»Mutter, warum tust du das?« Das Sprechen fiel mir zunehmend schwerer, und meine Beine wurden immer schwächer.

»Ich bin nicht deine Mutter«, fauchte sie hasserfüllt. Ich versuchte verzweifelt, mehr Abstand zwischen uns zu bringen. »Wohin willst du? Noch einen Schritt und du stürzt in den Fluss.« Ihre Stimme triefte vor Häme. Ich blieb stehen und schaute mich um. Unter mir floss der Strom wie an jedem Tag ruhig dahin. Aurelia hob das Messer, zum Zustechen bereit. Mit lautem Gekrächze stürzte eine Krähe vom Himmel herab und hackte auf ihren Kopf ein. Sie versuchte schreiend, das Tier mit dem Messer abzuwehren, als ihr Ellenbogen hart meine Brust traf. Ich taumelte nach hinten, verlor den Halt und stürzte in die Tiefe. Erbarmungslos wurde ich unter Wasser gezogen, schaffte es irgendwie, mit dem Kopf die Oberfläche zu durchstoßen, und schnappte hastig nach Luft. Mir wurde schwarz vor Augen. Ein tosendes Rauschen nahte heran, dann riss mich eine mächtige Welle mit sich. Ich wurde wieder unter Wasser gedrückt und presste die Lippen zusammen, als mein Kopf gegen etwas Hartes prallte. Brennender Schmerz durchzuckte mich, dann war ich wieder in dem Lichttunnel. Bei den Göttern, ich trug die Schuld daran, dass Cadan mich nicht zu schützen vermochte, weil ich dieser Hexe das Amulett ausgehändigt hatte. Aber ich wusste damals nicht, dass ein Krieger in dem Talisman steckte. Mein Vater hatte mir nur gesagt, dass es einst im Besitz meiner Mutter gewesen war und dass sie es ihren Schutzgeist zu nennen pflegte. Er dachte, es wäre einfach eine Art Glücksbringer gewesen.

Ich schlug die Augen auf. Über mir war ein nachtblauer Baldachin, bestickt mit kleinen Steinen, die wie Sterne glitzerten. Wo war ich?

»Máire, du bist endlich aufgewacht.« Cadans Gesicht erschien. Einzig die Lider vermochte ich zu heben, der Rest meines Körpers war völlig erstarrt, als wäre er eingefroren, ohne jegliches Gefühl, sodass ich weder Stoff noch etwas anderes spürte. Ich wusste nicht einmal, ob ich noch meine Kleidung trug.

»Es ist meine Schuld«, flüsterte ich heiser.

»Was ist deine Schuld?« Cadan strich mir eine Strähne von der Wange und zog die Decke bis zu meinem Kinn.

»Dass du mich nicht …« Ich schluckte. Das Sprechen fiel mir so schwer.

»Wir müssen fortfahren.« Eine Frau beugte sich über mich, fühlte meine Stirn. Das musste Sindris sein. Verdammt, ich konnte ihre Hand nicht spüren. Sindris̕ Haar floss in goldenen Kaskaden über die Schultern, und die Augen waren so grün wie Aidans. Nein, das traf es nicht. Sie waren einige Nuancen heller als die des Drachen. Noch nie im Leben hatte ich eine so schöne Frau gesehen.

»Sie ist eiskalt. Es wird höchste Zeit, das Ritual zu beenden. Jetzt kommt es auf dich an, Phönix.« Sie richtete sich auf und wandte sich Cadan zu. »Dem Trank fehlt noch die letzte Zutat. Je frischer, desto besser.«

»Ich liebe dich, Máire.« Cadan hauchte einen Kuss auf meine Lippen. Dann richtete auch er sich auf und trat zurück. Er verschwand aus meinem Sichtfeld, doch das konnte ich nicht zulassen. Ich brachte alles an Willenskraft auf und schaffte es, den Kopf etwas zu bewegen. Cadan legte den Harnisch ab. Ließ er jetzt Federn?

»Sindris, du wirst für den Trank so viel davon verwenden, damit er ganz sicher wirkt, und keinen Deut weniger. Der Rest gehört dann dir. Schwöre mir, dass du den Fluch brechen wirst.« Er zog das Hemd auseinander, sodass seine Brust frei lag.

»Ich werde sie von dem Gift befreien. Das schwöre ich, Phönix, und ich pflege meine Schwüre zu halten«, erwiderte Sindris ernst.

»Dann tue es!«, forderte er sie auf, und die Magierin bohrte ihre Finger in seine Brust. Ich schrie, doch es kam kein Ton aus meinem Mund. Immer tiefer grub sich ihre Hand in Cadans Fleisch.

Er biss die Zähne zusammen, stöhnte vor Schmerz. Verflucht, ich musste aufstehen und ihm helfen, die verdammte Hexe aufhalten, aber ich bekam meine Gliedmaßen einfach nicht unter Kontrolle. Nicht einmal den kleinen Finger vermochte ich zu heben. Sindris zog ihre Hand wieder aus seiner Brust und hielt Cadans Herz in die Höhe. Er sah zu mir.

»Ich liebe dich«, waren seine letzten Worte, dann umfingen ihn Flammen. Er wurde zu einer Feuersäule, die einen Herzschlag später erlosch. Cadans verbrannter Körper blieb übrig. Er stand da, einer bizarren Statue gleich, die plötzlich in sich zusammenfiel und zu Asche wurde. Tränen perlten über meine Wangen. Er war tot. Das durfte nicht sein. Er war doch ein unsterblicher Phönix.

»Spar dir deine Tränen. Du wirst sie noch brauchen«, sagte Sindris. Ihr schien völlig gleichgültig zu sein, was sie Cadan eben angetan hatte. Heißer Zorn schoss durch meine Adern. Ich wollte sie anschreien, ihr wehtun, doch es kam nur ein Wimmern aus meiner Kehle.

»Ich mache den Trank fertig.« Sie verließ mit dem Herz mein Blickfeld. Ich konnte nur nutzlos daliegen und den Aschehaufen am Boden anstarren, der einst Cadan gewesen war. Ich hörte, wie etwas zerhackt und anschließend in einem Mörser zerrieben wurde. Es brauchte nicht viel an Vorstellungskraft, um zu wissen, worum es sich handelte: Cadans Herz. Dann roch es nach dem Rauch von Baumharz. Kraftlos senkte ich die Lider. Ich wollte die Augen schließen und sie nie wieder öffnen.

»Nun kommt die letzte Dosis.« Sindris war wieder da. Ich versuchte, meinen Kopf wegzudrehen, aber sie hielt mich fest.

»Der Phönix hat sein Herz für dich gegeben, du wirst es nicht verschwenden«, sagte sie energisch, hob meinen Kopf an und setzte eine Schale an meine Lippen, die ich, so fest ich konnte, zusammenpresste. »Trink, Máire, bitte. Tue es für Cadan. Ich schwöre dir, es war seine Entscheidung, sein Herz zu opfern. Ein Phönixherz ist eines der mächtigsten Zutaten für Heiltränke und Gegengifte. Es verstärkt ihre Wirkung um ein Vielfaches, und genau das braucht es, um dich von dem heimtückischen Gift zu befreien, das deine Magie verschlingt. Dessen war sich der Phönix bewusst. Daher bot er es mir an.«

Ich hörte auf, mich zur Wehr zu setzen, und wandte mich der Magierin zu. Sindris sprach die Wahrheit, das erkannte ich in ihren Augen. Es schmerzte mich sehr, dass er mich so belogen hatte. Offensichtlich hatte er ihr von vornherein sein Herz dargeboten, und niemals nur seine Federn. Aber sie hatte recht: Wenn ich diesen Tank nicht zu mir nahm, dann war sein Opfer völlig umsonst gewesen. Das durfte ich ihm nicht antun.

»Bereit?«, fragte Sindris. Ich öffnete den Mund, so weit ich konnte. Die zähe Flüssigkeit lief hinein. Es brannte auf der Zunge und schmeckte salzig, dann doch eher süß, und darauf ekelhaft bitter. War das der Geschmack von Beeren, nein, Kräutern? Ich konnte die Aromen nicht einordnen.

»Das war brav.« Sindris nahm die Schale von meinem Mund und bettete meinen Kopf auf das Kissen. Anschließend ging sie weg und kehrte mit einer Flasche zurück. Sie hielt das Gefäß mit beiden Händen fest. »Das wird jetzt nicht schön werden«, meinte sie und begann in einer fremden Sprache zu singen. Eine unsichtbare Macht hob mich in die Höhe, und ich schwebte unter dem Baldachin. Die Decke rutschte von meinem Leib. Der kalte Windhauch, der mich streifte, machte mir bewusst, dass ich nackt war. Aber zumindest spürte ich wieder etwas. Doch, wie ich nur den Bruchteil eines Augenblicks später feststellte, war das nichts Gutes. Ich hatte das Gefühl, in glühende Lava getaucht zu werden, die mir das Fleisch von den Knochen schmolz, und ich schrie vor Schmerz. Sindris machte unablässig mit ihrem Singsang weiter. Die Gelenke meiner Hände und Füße wurden grob gepackt, ohne dass es Angreifer gab. Ich bäumte mich auf, versuchte, mich zu entwinden. Aber die unsichtbaren Folterknechte zogen mich ohne Gnade auseinander, als wollten sie mich bei lebendigem Leib vierteilen. Mein verzweifeltes Schreien wurde zu einem panischen Kreischen. Mein Körper war ein einziger Schmerz. Etwas zwang mich, den Mund weit zu öffnen. Sindris wurde immer lauter. Schwarzer Rauch schoss zwischen meinen Lippen hervor. Er schien mir die Kehle herausreißen zu wollen. Ich würgte und keuchte. Tränen liefen über mein Gesicht. Sindris brüllte jetzt die Beschwörungen. Da ließ der Rauch von mir ab, machte einen Bogen und fuhr direkt in die Flasche, die Sindris hastig verschloss. Sanft sank ich auf das Bett zurück. Mein Haar klebte an der schweißnassen Stirn. Ich war so müde wie nie zuvor im Leben. Es gab an meinem Leib keine Stelle, die nicht brannte.

»Wir haben es geschafft, Herrin des Waldes. Jetzt ruhe dich aus.« Sindris deckte mich zu und ich fiel in einen traumlosen Schlaf.

Kapitel 19

»Ist sie tot?«, fragte Egan.

»Nein, Dummkopf, sie atmet noch«, fuhr ihn Gael an. Es gelang mir, die Lider einen Spaltbreit zu heben, und ich erkannte verschwommen den Baldachin über mir. Es war so entsetzlich hell. In meinem Kopf schienen sich Fleischkäfer niedergelassen zu haben, die jetzt ein Festmahl begingen. Solche Schmerzen wünschte man nicht einmal seinem Feind.

»Sie wacht auf.« Declan hörte sich ganz aufgeregt an. Stöhnend versuchte ich, mich aufzusetzen.

»Warte, ich helfe dir.« Irven stützte mich. Die Decke rutschte. Mir fiel ein, dass ich nackt war. Ich wollte sie wieder hochziehen, griff ins Leere und stellte fest, dass ich jetzt ein Untergewand trug. Irven stopfte Kissen hinter meinen Rücken, sodass ich nicht wieder zurücksank.

»Máire, wir sind auf dem Rücken eines Drachen geflogen. Kaum zu glauben, obwohl Aidan so groß ist, kann er uns auch nicht alle tragen«, berichtete Declan. »Hal zierte sich etwas, aber zwischen den qualmenden Kadavern wollte er dann doch nicht allein zurückbleiben. Stell dir vor, diese prächtige Festung liegt mitten in einem Sumpf, den man nur mit Sindris⊠ Erlaubnis betreten kann.« Declan stand mit Egan, Faol, Irven und Gael vor meinem Bett.

»Wir haben gehört, was mit Keena geschehen ist. Ich kann mir einfach nicht vorstellen, dass sie schon immer ein Wechselbalg gewesen ist. Die Kleine kannte ich seit ihrer Geburt.« Das war Hal. Mein verschwommener Blick suchte nach ihm. Wenigstens bekam ich jetzt die Augen ganz auf. Die Käfer in meinem Kopf feierten mittlerweile ein Gelage, und ich griff mir stöhnend an die Stirn. Langsam erfasste ich den Sinn seiner Worte. Keena, die süße kleine Keena, war eine Kreatur der Unterwelt gewesen. Ein Feuerstrahl hatte sie getroffen, und ihr kleiner Körper war vor meinen Augen verbrannt.

»Sie ist tot«, krächzte ich.

»Vermutlich.« Aidan schob die anderen zur Seite und kam zu mir. »Aber das Mädchen in meiner Höhle war ein Kind, kein Wechselbalg. Da bin ich sicher.«

»Was ist dann passiert?«, fragte Gael.

»Sie muss, nachdem ihr mich verlassen habt, auf dieses widerliche Geschöpf getroffen sein«, antwortete er.

»Gael, du hast sie doch in der Stadt aus den Augen verloren, als sie dem Kind mit dem ungewöhnlichen Tier nachlief«, meldete sich Faol zu Wort.

»Das wird der Wechselbalg gewesen sein. Er lockte die Kleine weg, um dann ihren Platz einzunehmen.« Aidan verschränkte die Arme.

»Wo ist dann Keena?«, flüsterte ich heiser und fürchtete die Antwort.

»Der Wechselbalg wird sie getötet und ihre Leiche in den Abwasserkanälen der Stadt entsorgt haben. So gehen diese kleinen Biester meistens vor«, meinte Aidan. Das war genau das, was ich nicht hatte hören wollen. Etwas Nasses tropfte auf meine Hände. Es waren Tränen. Erst jetzt bemerkte ich, dass ich weinte.

»Sie war so ein liebes Kind.« Auch Gael hörte sich an, als stünde sie kurz davor, loszuheulen, und Irven neben mir schniefte. Auffällig war, dass niemand Cadan ansprach. Bestimmt wussten sie alle, was mit ihm geschehen war, doch offensichtlich wollte keiner dazu etwas sagen, und ich wollte das auch nicht. Schon wenn ich daran dachte, wie Sindris ihm das Herz aus dem Leib gerissen hatte, begann ich zu zittern.

»Wir sollten sie nun etwas allein lassen.« Sindris scheuchte alle aus dem Raum. Allmählich kehrte meine Sicht zurück, und ich konnte erst jetzt richtig erkennen, wie prachtvoll es hier war. Mosaiken, die Menschen zusammen mit magischen Wesen beim Feiern zeigten, und edle Bodenfliesen bestimmten das Bild. Ich musste mich in einem Palast befinden. Geradeaus vor den tiefen Bogenfenstern stand ein Tisch, auf dem man sämtliche Dinge finden konnte, die man zur Herstellung von Tränken benötigte. Alles lag durcheinander, sogar mein Schwert entdeckte ich darauf. In der Mitte des Chaos stand eine gläserne Urne, deren Inhalt nach Asche aussah. Mein Herz wollte fast zu schlagen aufhören.

»Ist das Cadan?«, fragte ich.

»Das ist er«, erwiderte Sindris. Jetzt tropften die Tränen nicht nur, sondern rannen in Strömen über mein Gesicht.

»Spürst du etwas?«

»Was soll ich spüren?«, wollte ich wissen, ohne den Blick von der Urne zu wenden.

»Deine Magie.« Sie trat zu mir ans Bett.

»Ich fühle mich nicht anders als zuvor.« Ich schaute zu ihr hoch.

»Probiere es doch einfach aus«, forderte sie mich auf. Ich streckte die Hand aus, starrte sie an und versuchte, einen Feuerball zu formen. Es rauchte nicht mal.

»Mach weiter«, spornte sie mich an, doch so sehr ich mich konzentrierte – es tat sich nichts.

»Vielleicht bin ich nur noch ein Mensch.« Mutlos ließ ich die Hand sinken und sah zu ihr. Sanft fuhr sie über meine Wange.

»Nein, die Magie ist in dir, doch sie wird blockiert. Das Gift kann es nicht sein, davon ist dein Körper gereinigt.

Ich glaube, diese Blockade geht von dir aus. Du musst sie brechen. Das ist wichtig. Versuche es noch mal.« Sie nahm meine Hand. »Bitte.«

Worauf ich ihr den Gefallen tat, doch auch jetzt vermochte ich weder Rauch noch eine winzige Flamme zu erschaffen.

»Vielleicht ist es noch zu früh. Schlaf etwas, das wird bestimmt helfen.« Sindris schritt zu dem Tisch, auf dem Cadans Urne stand, ergriff ein Fläschchen und tropfte daraus etwas in den Kelch daneben. Anschließend nahm sie einen silbernen Schwanenkrug und goss rote Flüssigkeit auf das, was sie auch immer hineingeträufelt hatte. Sie brachte den Kelch zu mir.

»Hier, das wird dir beim Einschlafen helfen«, sagte sie. Mein Blick streifte die Urne. In dieser Welt gab es nur eine Urne voller Asche, in meinen Träumen fand ich vielleicht Cadan. Daher nahm ich ihr den Kelch ab, setzte ihn an die Lippen – der Geruch von Wein stieg mir in die Nase – und trank einen Schluck. Sindris ergriff das goldene Gefäß und stellte es auf ein Tischchen neben dem Bett. Anschließend nahm sie die Kissen hinter mir weg. Nur einen Herzschlag später sank ich zurück, und die Welt verschwamm.

Am nächsten Tag drängte mich Sindris wieder dazu, mich meiner Magie zu stellen.

»Jetzt habe ich hundert Mal oder mehr versucht, etwas zu bewegen, ein Feuer zu entzünden oder sonst etwas Magisches zu tun. Sieh es doch ein, ich bin nur noch ein Mensch ohne jegliche Magie.« Im weißen Seidenuntergewand rannte ich ungehalten auf und ab und blieb dann vor dem Tisch mit der Urne stehen. Ich legte die Hände zu beiden Seiten des Totengefäßes auf den Tisch und senkte den Kopf, fast berührte meine Stirn den Deckel. Cadan fehlte mir so sehr. Schon beim kleinsten Gedanken an ihn drohte die Trauer mein Herz zu zerreißen wie ein Rudel Werwölfe ihre Beute.

»Lass uns eine Pause machen und ein wenig zu den anderen gehen, um den Kopf freizubekommen«, schlug Sindris vor.

»Warum willst du überhaupt, dass ich weitermache?« Ich drehte mich zu ihr. »Ist es in deinen Augen so schlimm, nur ein Mensch zu sein?« Sindris holte tief Luft, als hätte sie etwas auf dem Herzen.

»Es liegt im Bereich des Möglichen, dass das Gift schon zu viel Magie zerstört hat und sie unwiederbringlich verloren ist. Daher hat er mir verboten, dir etwas zu sagen, was du meiner Meinung nach wissen solltest.« Sie sah mich mit ihren großen grünen Augen an und presste die Lippen aufeinander, als hätte sie zu viel ausgeplaudert.

»Wer hat dir was verboten?« Ich machte einen Schritt in ihre Richtung. Sie nestelte nervös am Mieder ihres Kleides herum, das die Farbe ihrer Augen hatte. Dann seufzte sie.

»Durch die Tränen eines Einhorns kann ein Phönix aus seiner Asche wiedergeboren werden. Daher beschützen Phönixkrieger seit Tausenden von Jahren Einhörner. Es ist eine Symbiose. Obwohl die Magie der Einhörner sehr mächtig ist, ist sie doch zum großen Teil heilende Magie, und deinesgleichen will auch niemandem Schaden zufügen. Daher brauchen sie die Krieger, denn deren Magie ist auf Verteidigung ausgerichtet. Wie schon gesagt, es ist eine Symbiose.« Sindris legte die Hände aufeinander. Ich musste ihre Worte sacken lassen. Ich sah zwischen ihr und der Urne hin und her.

»Das heißt also, dass ich Cadan wieder zurückholen könnte?«

»Ja«, erwiderte Sindris leise.

»Warum, bei allen Göttern, weiß ich das nicht?«, brauste ich auf.

»Wie schon erwähnt, Cadan hat mir verboten, es dir zu sagen. Falls deine Magie verloren wäre und du ihn nicht zurückholen könntest, wollte er nicht, dass dies auf dir lastet.« Sie schaute zu Boden.

»Das hat er also beschlossen?« Meine Stimme triefte vor Sarkasmus. Ich ging zur Urne.

»Du bist ein riesengroßer Esel, Krieger«, schrie ich. »Zuerst lässt du dir meinetwegen das Herz herausreißen, dann soll ich nicht wissen, dass ich dich retten könnte. Wenn du jetzt hier wärst, dann … dann …« Ich ballte die Hände zu Fäusten, mir fehlten vor Wut die Worte. »Das war so verflucht egoistisch von dir.« Tränen brannten in meinen Augen. Ich musste hier sofort raus. Wie von einer Spinne gebissen, rannte ich aus dem Raum, den marmorgetäfelten Gang entlang, und erreichte die anderen, die in einem Atrium weilten, dessen Mittelpunkt ein Springbrunnen bildete. Gael lehnte an einem Baum und beobachtete die Zwillinge dabei, wie sie kleine Steine in den Brunnen warfen. Hal hockte in einem der Fensterbögen, die den Hofgarten einrahmten.

»Máire, wie geht es dir?« Irven kam auf mich zu.

»Ich bin verflucht wütend«, fauchte ich ihn an, worauf er erschrocken zurückwich, was mir sofort leidtat. Er war ja nicht das Ziel meines Zorns.

»Bitte, verzeih mir.« Ich zog ihn in die Arme und drückte den Jungen an mich.

»Was ist los?«, fragte Aidan.

»Ich habe es ihr gesagt.« Sindris trat neben mich. Ich gab Irven frei.

»Das erklärt es.« Aidan sah nicht wirklich überrascht aus.

»Du wusstest mit Sicherheit auch Bescheid, Drache. Wahrscheinlich hättest du genauso gehandelt wie Cadan. Drachen, Phönix, alles das Gleiche …« Mitten in meinem Wutgezeter packte er mich und zog mich in den Wandelgang. Doch da blieben wir nicht stehen. Er schleppte mich in einen der vielen Räume, die es in Sindris⊠ Palast gab. Einer war prächtiger als der andere. Nachdem Sindris eingetreten war, schloss er die Tür.

»Ich kann ihn nicht retten«, sagte ich verzweifelt.

»Doch, das kannst du. Aber du hast nicht mehr viel Zeit. Wenn der dritte Tag verstrichen ist, dann wird er Asche bleiben. Daher, Máire, reiß dich zusammen und hör mit dem Selbstmitleid auf«, polterte Aidan los.

»Was, wenn ich nur noch ein Mensch bin«, schrie ich.

»Das bist du nicht.« Er nahm meine Hand. »Ich spüre deine Magie ganz deutlich, und es ist deine Furcht davor, die sie daran hindert, sich zu entfalten. Aber nur, wenn deine ganze Magie erblüht, wirst du dem Phönix helfen können.«

»Weißt du, was du mir damit sagst? Dass ich ihn zu retten vermag, doch zu viel Angst vor meinen eigenen Kräften habe, um ihn zurückzuholen.« Schluchzend zog ich die Hand zurück und wischte die Tränen von meinen Wangen.

»Das trifft es genau, und daher werde ich dich jetzt unterweisen.« Aidan nahm mich in seine Arme, ich ließ es zu. Meine Tränen durchnässten sein Hemd, trotzdem gab er mich nicht frei. »Ein Einhorn und ein Drache, wir sind schon ein seltsames Paar«, flüsterte er in mein Haar. Ohne es zu wollen, musste ich lachen.

»Das gefällt mir schon besser. Jetzt holen wir den Phönix zurück«, sagte er entschlossen.

»Mutter.« Ein kleiner Junge öffnete die Tür. Ich entwand mich Aidan. Sindris umfasste die Schultern des Kleinen, der schätzungsweise so alt wie Keena war, und schob ihn vor sich. Schon der Gedanke an Keena versetzte mir einen Stich. Das hätte ihr hier bestimmt gefallen. Sie war nur wegen mir getötet worden, damit der Wechselbalg ihren Platz einnehmen konnte, und Cadan war wegen mir Asche. Mich sollte man am besten meiden.

»Dies hier ist mein Sohn Njal.« Sindris fuhr mit den Fingern durch seinen blonden Schopf. »Und das ist Máire«, stellte sie mich ihrem Sohn vor.

»Ich hab schon von dir gehört. Die anderen reden über dich«, sagte Njal.

»Ich hoffe, nur Gutes«, meinte ich und schaffte es, zu lächeln, woraufhin der Knabe zurücklächelte. Er erinnerte mich an Keena, was schrecklich wehtat.

»Warum bist du zu mir gekommen?« Sindris drehte den Jungen zu sich.

»Ich bin mit den Übungen fertig und wollte gerne mit den anderen spielen. Wir haben hier so selten Menschen«, sagte er.

»Nun gut, aber keine Magie.« Sindris hob den Zeigefinger. »Versprich mir das.«

»Versprochen!« Damit flitzte der Junge aus dem Raum.

»Sindris sagt, Einhörner verfügen zumeist über heilende Magie, und trotzdem kann mein Blut dich umbringen.« Ich schaute zu Aidan.

»Nun, auch wenn Einhörner von Kriegern beschützt werden, müssen sie in der Lage sein, sich selbst zu verteidigen. Die schönste Blume hat meist die schmerzhaftesten Dornen. Sie greift nicht an, sondern schützt sich damit nur. Aber gleich jedem anderen Gift kann auch das Blut eines Einhorns zur Heilung genutzt werden, man muss es nur richtig zu handhaben wissen. Mit dem richtigen Ritual verleiht das Einhornherz sogar Menschen Unsterblichkeit.«

»Das heißt, meine Art ist ausgestorben, weil sie eine wandelnde Apotheke auf Hufen ist«, fasste ich zusammen.

»Wenn du es so ausdrücken möchtest«, erwiderte Aidan. »Meiner Art wurde ihr Hang zu Gold und wertvollen Dingen zum Verhängnis. Unermessliche Reichtümer sind für Sterbliche sehr anziehend.«

Kapitel 20

»Versuche, diese Frucht schweben zu lassen.« Aidan ging zum Wandtischchen mit den Löwenfüßen und nahm einen Apfel aus der großen Obstschale. Er schob ihn zwischen mich und die Urne, die vor mir auf der langen Tafel stand. Es war spät in der Nacht. Tanzende Kerzenflammen erhellten den Raum. Nur Aidan und ich waren zu so später Stunde noch wach, während die anderen in ihren Betten friedlich schliefen.

Ich zog die Ärmel meines Hemdes zurück, wischte die feuchten Hände an der Hose ab und starrte so konzentriert wie nie den Apfel an. Es musste einfach klappen. Verflucht, es musste einfach. Mir platzten gleich die Schläfen, aber das vermaledeite Mistding bewegte sich keinen Fingerbreit. Bisher war ich nicht einen Deut weitergekommen, was meine magischen Fähigkeiten betraf. Sogar Feuerkugeln, die ich schon beherrscht hatte, vermochte ich nicht mehr zu erschaffen. Das machte mich so wütend. Genau genommen war ich nur noch wütend. Auf Cadan, auf mich, auf Aidan, obwohl er meinen Zorn wahrlich nicht verdient hatte – eben auf die ganzen Welten.

»Der dritte Tag geht bald zur Neige, und ich kann nicht einmal diesen verdammten Apfel mit meiner Gedankenkraft schweben lassen«, schrie ich.

»Máire, dein Zorn hilft dir auch nicht weiter, der blockiert dich noch mehr«, sagte Aidan ruhig.

»Bei den Göttern, ich will zornig sein! Was sollen überhaupt diese Gauklertricks? Das ist doch keine Magie.« Ich ballte meine Hände zu Fäusten und schlug damit auf den Tisch. Jetzt wackelte der dämliche Apfel natürlich, aber auch die Urne, die leicht klirrte. Ich sah zur Asche darin, die einst Cadan gewesen war, dachte an seine Berührungen, Küsse, sein Lachen. Das würde ich nie wieder haben können. Es zerriss mir das Herz und machte mich noch wütender.

»Du verdammter Mistkerl«, brüllte ich die Urne an. Sie rutschte über die polierte Platte aus schwarzem Marmor, stürzte vom Tisch, und es klirrte.

»Warst du das?« Ich sah zu Aidan.

»Nein.«

»Ich?«, fragte ich leise. Mir war plötzlich so schwindlig, ich wankte leicht.

»Ja, aber wie? An was hast du gedacht, als das passiert ist?«, fragte Aidan.

»An Cadan und daran, dass ich ihn niemals wiedersehen werde«, erwiderte ich.

»Gefühle.« Aidan schlug sich gegen den Kopf. »Klar. Wir sind das ganz falsch angegangen. Drachenmagie ist martialisch, geboren aus dem Feuer. So ungebändigt wie ein Vulkan. Deshalb leben wir gerne in unmittelbarer Nähe von Vulkanen, auch wenn sie schlafen, und Metalle, jene Schätze der Erde, die mittels Feuer aus dem Erz herausgeschmolzen werden, können unsere Magie verstärken. Da Gold und Silber dazu noch sehr edel sind, umgeben wir uns damit. Mal ehrlich, kein Drache, der etwas auf sich hält, will in einer

Höhle voller Eisen sitzen. Ihr Einhörner dagegen seid in eurer Magie so verdammt emotional und weich wie ein moosbewachsener Waldboden. Máire, erinnere dich an deine Liebe zu Cadan. An ein Erlebnis mit ihm. Hast du ein Bild?« Ich nickte. Ich dachte daran, wie Cadan mich im Badehaus geküsst hatte, so leidenschaftlich. Es war wunderschön gewesen. »Also gut, jetzt lass den Apfel schweben.« Er schob ihn näher zu mir, und die Frucht stieg langsam in die Höhe. Ihr folgten weitere aus der Schale und schwebten im Kreis. In diesem Moment erfasste mich eine Energie, so machtvoll wie ein reißender Fluss oder ein Gewitter oder die Wurzeln von Bäumen, die sich sogar durch Fels zu graben vermochten, und ich fühlte mich vollständig. Es war ein Teil von mir, von dem ich bisher nicht gewusst hatte, dass er mir fehlte, doch jetzt, da er wieder bei mir war, ergab ich ein Ganzes. Ich streckte meine Hand aus, eine Feuerkugel erschien, dann eine zweite und eine dritte, während die Früchte noch immer über der Tafel schwebten. Alles, was ich mir erdachte, passierte. Die Kugeln erloschen, die Äpfel landeten nach meinem Willen auf dem Marmor. Ich folgte der Tafel bis an ihr Ende und kniete mich zu der zerbrochenen Urne. Zwischen den Glasscherben lag Cadans Asche. Wenn ich ihm jetzt nicht helfen konnte, war das alles, was von ihm übrig blieb. Ich hatte das Gefühl, ein scharfkantiger Brocken säße in meinem Hals fest, der sich trotz unentwegten Schluckens nicht wegbewegen wollte. Meine Kehle brannte.

»Was ist, wenn es ich es nicht schaffe?«, fragte ich Aidan heiser.

»Dann wird er nur noch das sein, was du hier siehst«, antwortete er. Mein Herz war bleischwer. Ich wollte den Mann aus Fleisch und Blut, nicht dieses Häufchen Asche. Cadans Bild erschien in meinen Gedanken, und ich wünschte mir so sehr, er wäre hier. Eine Träne perlte über meine Wange, dann noch eine und noch eine. Sie tropften in die Asche, immer mehr gesellten sich hinzu, aber nichts tat sich. Vielleicht war es bereits zu spät?

»Aidan, nichts geschieht«, sagte ich. Mit zitternden Fingern berührte ich die Asche.

»Ich fürchte …«

»Nein, sag es nicht«, fiel ich ihm schluchzend ins Wort.

»Komm, Máire, steh auf.« Er umfasste meine Schulter. Sanft fuhr er fort: »Jetzt bleibt uns keine andere Möglichkeit mehr, als ihm das letzte Geleit zu geben und ihm eine gute Reise zu den Göttern zu wünschen.«

»Er hasste die Götter«, erwiderte ich leise. Aidan zog mich hoch.

»Wir haben alles versucht«, meinte er und nahm mich in die Arme. Plötzlich wirbelte die Asche herum, höher und höher, ballte sich zusammen, nahm eine Gestalt an, die immer deutlicher zu erkennen war. Aidan ließ mich los und ich streckte die Hand aus, doch ich hielt inne. Mein Herz sprang gegen die Rippen. Vielleicht fiel alles in sich zusammen, wenn ich es berührte? Dann rieselte die Asche ohne mein Zutun zu Boden, und Cadan stand nackt wie ein Menschenkind bei seiner Geburt vor uns. Er sackte zusammen, hielt sich an der Tafel fest, zitterte am ganzen Leib.

»Nimm deine verfluchten Hände von ihr, Drachenbastard«, zischte er.

»Schau an, kaum der Asche entstiegen, ist der Phönix gleich wieder so freundlich, wie man ihn kennt und liebt«, erwiderte Aidan mit einer großen Portion Ironie in der Stimme.

»Cadan«, hauchte ich. Er hatte Mühe, sich auf den Beinen zu halten. Schnell stützte ich ihn. »Pass auf, dass du nicht in die Scherben trittst«, sagte ich. »Wir sollten dich in mein Zimmer bringen, da kannst du dich hinlegen.« Ich strich das lange Haar aus seinem Gesicht. Aidan half mir dabei, ihn in meinen Raum zu schaffen. Als wir eintraten, entzündete er mittels seiner Drachenmagie die Kerzen auf den Wandleuchtern. Wir führten Cadan zum Bett, unterstützten ihn beim Hinlegen, und ich deckte ihn zu.

»Wenn du noch etwas brauchst, rufe nach mir.« Damit verließ uns Aidan. Ich entledigte mich meiner Gewänder, nur das Hemd behielt ich an, und kroch zu Cadan unter die Decke. Als ich neben ihm lag, musste ich ihn unentwegt berühren, um mich zu versichern, dass er es wirklich war.

»Du bist wieder da.« Ohne es zu wollen, heulte ich wie ein Kind los. Aber dieses Mal waren es Tränen unbeschreiblicher Freude. Zart streichelte ich über sein Gesicht, über die Lippen.

»Jetzt musst du keine Tränen mehr für mich vergießen. Das wäre verschwendet«, meinte er und fuhr mit den Fingerspitzen über meine nasse Wange. Alle Wut auf ihn, all das, was ich ihm an den Kopf hatte werfen wollen, war vergessen. Ich lachte und weinte zugleich. Er zog mein Gesicht zu sich, seine Lippen liebkosten meine. Ich fühlte und schmeckte ihn. Bei den Göttern, es war kein Traum. »Willst du dieses Hemd nicht loswerden? Ich möchte dich spüren«, flüsterte er an meinem Mund, woraufhin ich den Kopf hob, um ihm in die Augen blicken zu können.

»Aber du bist gerade von den Toten auferstanden. Was du jetzt brauchst, ist Ruhe«, sagte ich streng.

»Ich hatte genug Ruhe und ich bin nicht auferstanden, ich wurde wiedergeboren. Das ist ein Unterschied.« Da war es wieder, dieses Grinsen, das mich weicher als Getreidebrei werden ließ. Wie hatte ich das vermisst.

»Deshalb solltest du trotzdem etwas schlafen, um wieder zu Kräften zu kommen.« Kaum hatte ich die Worte ausgesprochen, packte er mich, einen Herzschlag später lag ich auf dem Rücken und er auf mir.

»Ich denke, ich habe genug Kraft«, meinte er und küsste mich. Seine Hand strich über mein Bein, die Haut prickelte. Cadan ließ von meinem Mund ab und bedeckte zuerst die Wange mit federleichten Küssen, dann das Kinn und erreichte schließlich den Hals, dem er sehr viel Aufmerksamkeit schenkte. Ich seufzte, als ich seinen Atem auf mir spürte.

»Bitte zieh das Hemd aus«, murmelte an meiner Haut. Wie konnte ich da standhaft bleiben? Ich löste die Schnürung am Ausschnitt. Cadan rutschte neben mich und ich setzte mich auf, wollte es mir abstreifen. Doch Cadan hatte sich ebenfalls aufgerichtet. Er kniete sich vor mich, zog es über meinen Kopf und warf es neben das Bett. Zart strich er über meinen Arm.

»Das ist besser«, sagte er rau. »An dem Ort, an dem ich war, vermochte ich nicht einmal mich selbst zu spüren.« Sanft streichelte er meine Haut, drückte dann meinen Oberkörper auf die Matratze zurück und war sogleich über mir. Er widmete sich wieder dem Hals. Von dort wanderte er zu den Brüsten und hinterließ eine feuchtheiße Spur. Als er die empfindlichen Warzen mit seiner Zunge berührte, bog ich mich ihm keuchend entgegen. Lust prickelte über mich hinweg und fand ihr Ziel zwischen meinen Beinen. Seine Küsse waren wunderbar, aber sie reichten mir nicht. Ich wollte mehr, und Cadan kam dem Verlangen nach, dann erreichte er meine Scham, und was er dann machte, ließ mich nach Luft schnappen. Er tauchte seine Zunge in mich, und ich stöhnte auf. Dass Männer dies mit Frauen taten, davon hatte Briana nie berichtet. Die zarte Berührung der Zungenspitze und Cadans warmen Atem an dieser Stelle zu spüren, versetzte mich in einen unvorstellbaren Rausch. Sein Spiel brachte mich dazu, immer lauter zu stöhnen. Er trieb mich auf etwas was zu, das mir beinahe Angst machte. Aber dann ließ er von mir ab und krabbelte über mich. Während er mich küsste, tauchte ein anderes Körperteil von ihm in mich ein. Zwischen meinen Schenkeln pulsierte es im Takt seiner Bewegungen. Cadan verschränkte seine Finger mit meinen, und dann hörte ich mich selbst vor Wollust laut schreien.

Schwer atmend rutschte Cadan neben mich. Ich wandte mich ihm zu, fuhr mit den Fingern durch sein Haar. Mein Herz war noch immer aufgeregt, und zwischen den Beinen spürte ich ein wunderbares Nachbeben.

»Vielleicht hätten wir das doch nicht tun sollen. Es hat dich offensichtlich über die Maßen angestrengt.« Ich legte die Hand auf seinen Brustkorb, der sich schnell hob und senkte.

»Fordere mich nicht heraus«, drohte er grinsend, wurde dann aber wieder ernst.

»Jetzt bin ich vollkommen zurück«, sagte er rau. »Dich zu berühren, mit dir zu tun, was wir hier getan haben, hat mich zur Gänze von dem eisigen Nichts befreit, in dem ich gefangen war.« In seinem Blick lag Schmerz.

»Willst du mir davon erzählen?«, fragte ich.

»Nein, vielleicht irgendwann einmal.« Er zog mich zu sich. »Jetzt genieße ich diesen Augenblick und deine Nähe.«

»Und ich genieße deine«, antwortete ich und strich sein Haar von der Schulter. Da fehlte doch etwas. Ich stemmte mich hoch.

»Wo ist die Hand des Meisters?«, wollte ich wissen.

»Ich wurde wiedergeboren«, erklärte er. »Alles an mir ist vollkommen, als hätte mich die Göttin selbst neu erschaffen. Auch wenn die Hand des Meisters eine Ehre war, war sie dennoch eine Verletzung.« Das war er – vollkommen, und ich würde ihn nie wieder loslassen. Ich schmiegte mich an seinen warmen Leib.

Kapitel 21

»Wie habt ihr das geschafft, Cadan zurückzuholen? Ich meine, er war nur noch ein Häufchen Asche?«, fragte Gael am nächsten Tag und schob sich einen Löffel Brei in den Mund. Sie presste die goldene Schale, aus der sie aß, an ihre Brust. Wahrscheinlich würde sie das Ding nie wieder hergeben. Gael mochte das edle Metall fast so sehr wie Aidan. Wir saßen alle an der großen Tafel im Speisesaal und genossen ein spätmorgendliches Mahl. Genau genommen saßen wir in dem Raum, der für heute der Speisesaal war, denn Sindris⊠ Palast veränderte sich unentwegt. Er passte sich regelrecht ihren Launen und Stimmungen an, als wäre er ein lebendes Wesen, kein Gebäude, und heute mochte sie ganz offensichtlich Mosaiken, die dem Wein frönende, hundebeinige Halbgötter zeigten.

»Erzähl es ihnen ruhig«, meinte Cadan, der das Mahl bereits beendet hatte. Mit dem Fingerrücken strich er über meinen Arm. Natürlich war er nicht mehr nackt, obwohl ich nichts dagegen gehabt hätte, sondern trug wieder sein Kriegergewand, da er in der

Lage war, sich jegliche Kleidung regelrecht auf den Leib zu zaubern. Deshalb war er, wenn er vom Phönix zum Menschen wurde, stets bekleidet gewesen. Nur nach seiner Wiedergeburt aus der Asche hatte er nicht vermocht, sich Kleidung zu erschaffen, und niemand wurde in Gewändern geboren, nicht einmal ein Phönix. Aber nun standen ihm seine vollen Kräfte wieder zur Verfügung.

»Das werde ich«, erwiderte ich und stellte meine leere Schüssel ab, die sofort verschwand. Sindris musste sich jedenfalls keine Sorgen darüber machen, wer diese Fülle an Obst, Braten, Brot und Gebäck abräumen sollte. Alles, was nicht mehr gebraucht wurde, löste sich in Luft auf.

»Ihr wisst, dass ich ein Einhorn bin und Cadan ein Phönix.« Ich sah zu Hal, der ebenfalls mit Essen fertig war und sich zurücklehnte. Er hatte den Platz an der Stirnseite der Tafel gewählt. Irven zu seiner Rechten beugte sich vor, nahm ein Stück Brot und starrte mich erwartungsvoll an, während er es sich Stück für Stück in den Mund steckte.

»Nun ja, das war jetzt keine wirkliche Neuigkeit«, meinte Declan mir gegenüber und zupfte eine Traube vom Stiel.

»Wenn wir schon die magischen Wesen aufzählen, wollen wir die Drachen nicht vergessen. Die sind so groß und stark und speien Feuer. Etwas Besseres gibt es nicht«, meinte Faol kauend. Das war schon seine dritte Schale Brei.

»Finde ich auch, Bruder«, bestätigte Egan, den Mund nicht minder voll.

»Danke schön«, mischte sich Aidan ein und bedachte Cadan mit einem triumphierenden Grinsen. Der Drache nahm den Becher neben seinem Teller, prostete den Zwillingen zu und trank einen Schluck Kräuterbier.

»Jetzt hört auf, sie zu unterbrechen«, fauchte Gael.

»Wie dem auch sei. Ich habe dank Sindris und Aidans Hilfe meine Einhornmagie endlich zurück. So konnte Cadan durch meine Tränen aus der Asche wiedergeboren werden. Deshalb gehören Einhorn und Phönix zusammen. Phönixe schützen uns Einhörner, und wir können sie wiederauferstehen lassen.« Ich machte eine Pause. Keiner sagte etwas, erstaunte Blicke waren auf mich gerichtet.

»Du hast deine Kräfte wieder? Heißt das, du kannst du dich in ein Einhorn verwandeln? Meine Großmutter hat von einer Begegnung mit so einem wunderbaren Geschöpf im Wald erzählt. Laut den Legenden können sie nur von einer Jungfrau berührt werden. Ich hab sie immer darum beneidet, und jetzt bin ich mit einem sogar befreundet. Ich würde dich so gerne in deiner Einhorngestalt sehen.« Gael stellte die Schale auf den Tisch, rutschte an die Stuhlkante und streckte mir über einen Obstteller hinweg ihre Hand entgegen. Ich beugte mich nach vorne und berührte ihre Fingerspitzen mit meinen.

»Du bist mit mir nicht nur befreundet, du bist meine Schwester«, sagte ich.

»Hör auf, so zu reden, du bringst mich zum Heulen.« Ihre Wangen wurden röter als die Erdbeeren auf dem Obstteller.

»Da ist eine Frage, die mir schon lange ein Loch in die Zunge brennt. Warum mussten wir dich damals aus dem Fal fischen, wenn der da schon seit deiner Geburt dein Wächter ist?« Hal deutete mit dem Kinn auf Cadan, und ich kam zu dem Teil der Geschichte, den ich noch nicht einmal dem Mann erzählt hatte, den ich liebte.

»Weil er es nicht konnte. Ich habe meine Erinnerungen endlich wieder. Es war meine Schuld.« Jetzt sah ich zu Cadan und richtete mich auf.

»Inwiefern?«, fragte er.

»Du hast ja in diesem Amulett geruht, das mir meine Mutter vererbt hatte. Ich wusste dies damals nicht, weil mein Vater keine Ahnung von der Magie meiner Mutter besaß und mich nicht ins Bild setzen konnte. Er heiratete wieder, als ich noch ein Kind war. Seine neue Frau schien eine sehr liebevolle Person zu sein und ich vertraute ihr sehr. All die Jahre war sie wie eine Mutter, dann starb mein Vater. Wir haben ihn an meinem sechzehnten Geburtstag bestattet. An diesem Tag zeigte meine Stiefmutter ihr wahres Gesicht. Sie überredete mich, ihr das Amulett zu geben, und steckte es in einen Sack, der wohl aus magischen Fäden gewoben war. So schloss sie dich ein, dann wollte sie mein Herz …« Ich schluckte, konnte nicht weitersprechen.

»Bei den Göttern, wozu brauchte sie dein Herz?«, fragte Gael.

»Um es zu verspeisen«, flüsterte ich, und sie riss ungläubig die Augen auf.

»Jetzt habe ich echt keinen Hunger mehr.« Faol schob seine Schale von sich.

»Warum tut jemand überhaupt so etwas? Ein Herz essen? Das ist doch widerlich«, brauste Egan auf, schaute in seine Schüssel und verzog den Mund.

»Weil sie unsterblich werden wollte. Wer sich einem ganz bestimmten Ritual unterzieht, das mit dem Essen eines Einhornherzens endet, dem winken das immerwährende Leben und sehr viel Macht«, beantwortete Cadan an meiner Statt die Frage.

»Wie hieß diese Frau?«, fragte Sindris neben mir. Ihr Sohn saß auf der anderen Seite ganz nah bei ihr und drückte sich an seine Mutter.

»Aurelia«, antwortete ich, woraufhin Sindris die Stirn runzelte.

»Du kennst sie?«, fragte ich, und sie nickte.

»Sie ist eine Werwolfsmagierin und von purem Machthunger getrieben. Mit hinterhältigen Giften zu arbeiten, sieht ihr ähnlich. Sie war schon immer im Giftmischen gut. Ich dachte, das Weib wäre längst tot.«

»Das ist sie leider nicht. Keena …« Ich stockte und atmete tief ein, um die Tränen aufzuhalten, die in meinen Augenwinkeln brannten. »Der Wechselbalg, der mich …« Meine Stimme versagte und ich schluckte, sah in Gedanken wieder, wie mir Keena das Messer in den Bauch rammte. Cadan drückte meinen Arm. Seine Berührung gab mir die Kraft, weiterzusprechen. »Der Wechselbalg sagte mir, dass er mich zu seiner Meisterin schicken wolle.«

»Dieses Miststück!«, fauchte Sindris. »Mir kam die Wirkungsweise des Gifts gleich so bekannt vor. Natürlich, das ist ihre Handschrift.«

Ich wandte mich wieder Cadan zu. »Ich bin daran schuld, dass du mich nicht zu schützen vermochtest. Als ich ihr das Amulett gab, vertraute ich ihr wie einer Mutter, da konntest du die Gefahr nicht spüren, und danach war es zu spät.«

»Du trägst ebenfalls keine Schuld, nur diese Hexe.« Cadan ergriff meine Hand, führte sie an seinen Mund und hauchte einen Kuss darauf.

»Ich konnte ihr nur entkommen, weil eine Krähe sie angriff und ich in den Fluss fiel, der mich wegtrug«, fuhr ich fort. »Seltsamerweise war der sonst ruhig dahinfließende Strom an diesem Tag ein reißendes Gewässer. Als ich durch das Wasser gewirbelt wurde, schlug ich mir den Kopf auf und …«

»Und so kam es, dass wir dich aus dem Fal fischten«, beendete Gael meinen Satz.

»Das ist richtig.« Ich nickte. »Eines ist mir aber ein Rätsel. Wieso nur griff der Vogel meine Stiefmutter an und wieso veränderte sich der Fluss? Wenn das nicht geschehen wäre, dann wäre ich jetzt tot.«

»Wo hast du dich befunden?«, fragte Sindris.

»Das Ganze trug sich an meinem Lieblingsplatz zu, einer Anhöhe im Wald, an der der Fluss vorbeizog«, antwortete ich, und sie nickte wissend.

»Der Wald und die Natur haben dich beschützt. Du bist ihre Hüterin«, sagte sie.

»Was wollen wir jetzt tun? Sie wird nicht damit aufhören, dich zu jagen. Ich denke, sie hat die wilden Werwölfe auf euch gehetzt. Als Werwolfsmagierin hat sie die Macht dazu.« Aidan verwob seine Finger miteinander und berührte mit dem Daumen das Kinn.

»Ich habe keine Ahnung«, gestand ich.

»Angriff ist die beste Verteidigung«, sagte Cadan. »Aber wir brauchen einen Plan und müssen herausfinden, wo sie sich aufhält.«

»Niemand auf der Burg meines Vaters weiß, dass sie die Verantwortung an meinem Schicksal trägt und was sie mir antun wollte«, erklärte ich. »Wir waren allein. Wahrscheinlich weilt sie noch immer dort. Nach meinem Verschwinden war es an ihr, seinen Platz einzunehmen. Aber genau weiß ich das natürlich nicht. Sie könnte überall sein. Vielleicht hat sie auch schon den nächsten ahnungslosen Mann in sein Unglück gestürzt.«

»Ich werde andere Magier kontaktieren, die dort leben. Dann wissen wir es genau«, schlug Sindris vor.

»Schön und klug, eine wirklich ansprechende Mischung.« Aidan zwinkerte ihr zu.

»Und ich hatte schon immer eine Schwäche für Drachen.« Sie schenkte ihm ein Lächeln.

»Das muss jetzt wirklich nicht sein, Drache. Weil du eben über Werwölfe gesprochen hattest: Sag uns lieber, wie du uns gefunden hast, als diese Bestien angegriffen haben. Wie sagte Hal so schön: Diese Frage brennt mir schon lange ein Loch in die Zunge.« Gael unterbrach das Geturtel der beiden in ihrer unnachahmlichen Weise.

»Denkst du wirklich, ich hätte nicht bemerkt, dass ihr mein Gold gestohlen habt, ihr diebischen Vögel?« Aidan beugte sich etwas vor. Er sah an Declan vorbei, der offensichtlich schuldbewusst versuchte, sich so klein wie möglich zu machen, Gael direkt in die Augen. »Ich habe zu meinem Gold eine ganz besondere Verbindung, ich kann es überall aufspüren, sogar in den Tiefen der Unterwelt, und ich wusste, dass ihr etwas davon in eure Taschen geschoben habt. Das war mir ganz recht. Glaubt mir, sonst hättet ihr die Höhle damit niemals verlassen, denn so konnte ich euren Weg nachverfolgen. Dann fühlte ich durch das Gold die Magie des Wechselbalgs. Mir war klar: Der Phönix kann dieses Wesen nicht entlarven, aber ich schon, obwohl ich mir noch nicht sicher war, wessen Gestalt er angenommen hatte. Als ich euch erreichte, griffen die Werwölfe an, und Cadan ließ den Wechselbalg in Feuer aufgehen. Die Gestalt eines Kindes!« Aidan knurrte leise. »Diese Kreaturen sind wirklich eine Ausgeburt der Niedertracht. Aber ich bin froh, dass es nicht deine Gestalt war, kleine Diebin, sonst hätte ich dich leider töten müssen.« Er hob seine Hand und eine Feuerkugel erschien. Schlagartig wich die Farbe aus Gaels Gesicht. Sie nahm hastig den Beutel vom Gürtel und warf ihn auf den Tisch. Es klimperte.

»Das ist deines, du kannst es wiederhaben«, sagte sie kleinlaut.

»Behalte es, ich schenke es dir. Etwas geschenkt zu bekommen, ist doch viel besser, als es zu stehlen.« Die Feuerkugel in Aidans Hand erlosch und er lehnte sich selbstzufrieden zurück, während Gael vorsichtig den Beutel wieder an sich nahm.

»Máire, jetzt, da du geheilt bist, zeig uns bitte endlich deine Einhorngestalt«, sagte Irvin plötzlich. Er war die ganze Zeit so still gewesen und hatte mich nur angestarrt.

»Ja, das interessiert mich!«, sagten die Zwillinge gleichzeitig.

»Bitte, ich möchte es auch sehen«, stimmte Declan zu.

»Ich hab mich noch nie verwandelt und weiß gar nicht, ob ich das kann.« Mir wurde ganz flau im Magen. Was, wenn das Verwandeln wehtat? Außerdem war mein Vater ein Mensch gewesen. Vielleicht funktionierte das gar nicht bei mir.

»Jetzt hört auf, sie zu bedrängen. Wenn sie uns ihre Gestalt zeigen möchte, wird sie das tun«, mischte sich Gael energisch ein. Doch in ihren Augen sah ich, dass sie das Einhorn auch zu gerne kennengelernt hätte.

»Also gut, ich versuche es.« Entschlossen rutschte ich mit meinem Stuhl zurück und erhob mich. Ich stellte mich hinter die Stühle – hier schien genug Platz zu sein – und schloss die Augen.

»Du musst es einfach nur wollen«, sagte Cadan.

»So eine Wandlung ist das Natürlichste auf der Welt.« Das war Aidan. Ich holte tief Luft, versuchte, mich zu konzentrieren. Das Natürlichste auf der Welt, hallte es in meinen Gedanken wider.

»Wann geht es endlich los?«, fragte Faol, und die Konzentration war dahin.

»Wisst ihr was? Alle verlassen den Raum«, beschloss Sindris, dann hörte ich Stühle rücken.

»Aber ich würde schon gerne dabei sein«, sagte Egan.

»Geh raus«, blaffte Gael ihn an. Schritte erklangen, die Tür knarrte und wurde wieder geschlossen.

»Wir sind allein«, informierte mich Cadan. Ich hob die Lider.

»Ich bin mir nicht sicher, ob ich das kann.«

»Du kannst das, glaube mir. Wie hast du deine Magie zurückbekommen?«, wollte er wissen.

»Ich habe an dich gedacht. Genau genommen also durch eine schöne Erinnerung an dich.«

»Dann gebe ich dir etwas, an das du dich erinnern kannst.« Er trat zu mir, legte die Finger unter mein Kinn und hob es an. Zart berührten seine weichen Lippen meine. Ich schloss die Augen. Der Kuss war so sanft, er ließ meine Beine weich werden und das Herz wie Schnee in der Sonne schmelzen. »Nun zeig mir deine wahre Natur«, flüsterte er an meinem Mund und gab mich frei. Noch immer spürte ich seine Lippen. Dann veränderte sich mein Körper. Ich sank nach vorne, doch ich stand nicht auf Händen, sondern auf Hufen. Als ich die Augen öffnete, entdeckte ich, dass mich schneeweißes Fell bedeckte, und ich spürte etwas auf der Stirn.

»Die anderen stehen noch draußen vor der Tür, soll ich sie reinholen?«, fragte Cadan. Ich nickte, was in dieser Gestalt gar nicht so einfach war. Tief im Innersten wollte ich losrennen, durch Wälder fliegen und frei sein. Cadan öffnete die Tür. Gael schlug die Hände vor den Mund, als sie hereinkam.

»Du bist wunderschön«, flüsterte sie und hatte Tränen in den Augen. Irven kam zu mir und strich über meine Flanke.

»Dein Fell ist so weich.« Er schmiegte sich an mich.

»Jetzt wissen wir, wer hier die Jungfrau ist«, meinte Egan trocken.

»Nicht zu fassen«, sagte Faol. »Das ist wirklich ein Einhorn. Ich meine, ich hab Máire das damals geglaubt, als sie es erzählt hat, doch wenn man so ein Tier leibhaftig vor sich sieht …«

Bei so vielen Menschen regte sich in mir der Fluchtinstinkt. Es war widersinnig, denn ich kannte sie und vertraute ihnen. Doch in meiner tierischen Gestalt schienen meine Instinkte dominanter zu werden. Als Aidan hereintrat, wich ich etwas zurück. Sein Duft war für mich plötzlich ein anderer – er roch nach Feuer und Eisen. Cadan legte seine Hand an meinen Hals, und ich wurde ruhiger.

»Darf ich auch?« Declan streckte den Arm aus und ich senkte den Kopf. Sanft fuhr er mit den Fingern über meine Stirn.

»Du hast dich mit Sicherheit noch nie selbst in dieser Gestalt gesehen«, sagte Sindris, und ein Spiegel erschien im Raum. Alle traten zur Seite, sodass ich die Tafel entlangschreiten konnte. Meine Hufe klapperten auf dem Steinboden. Vor dem Spiegel blieb ich stehen. Meine Mähne war schwarz wie Ebenholz und glich meinem menschlichen Haar, und das Horn auf der Stirn glitzerte wie frischgefallener Schnee in der Sonne.

»Du bist so schön.« Gael trat neben mich. Ich wandte mich ihr zu und sie berührte mit ihrer Stirn die meine. Natürlich wusste ich, dass ich ihr vertrauen konnte, doch auch mein Instinkt tat es, denn sie roch nach einem lauen Sommerwind, der den Duft von Rosen mit sich trug, während bei den anderen die Aromen von Raubtieren mitschwangen und das Einhorn in mir nervös machten. Außer Cadan, er besaß diesen wunderbaren männlichen Geruch, den ich überall wiedererkennen würde. Aber es war langsam an der Zeit, wieder menschliche Gestalt anzunehmen. Ich ging etwas zurück. Die langen Vorderbeine wurden zu Armen, das Fell verschwand und menschliche Haut kam zu Vorschein. Dann war ich wieder eine Frau.

»Oh je, das mit der Kleidung sollten wir noch üben«, meinte Sindris. Ich blickte an mir herab und versuchte hastig, mich so gut wie möglich mit den Armen zu bedecken, denn ich war völlig nackt. Sindris schnippte mit den Fingern und ich trug wieder meine Gewänder. Ich traute mich gar nicht, die anderen anzuschauen. Dass sie so taten, als hätten sie nichts gesehen, obwohl ich genau wusste, dass sie alles gesehen hatten, machte die Situation nicht besser.

»Der Phönix ist wirklich zu beneiden«, unterbrach Aidan das unangenehme Schweigen, worauf Cadan einen bedrohlichen Ton von sich gab, der sich wie ein tiefes Knurren anhörte.

»Ich denke, ich werde dann mal rausgehen, bevor der Phönix noch etwas Dummes macht«, meinte Aidan und verließ den Raum.

»Was ist das?« Gael schaute zum Spiegel. Mein Blick folgte ihrem. Die Oberfläche wurde matt, als würde darin Nebel aufziehen, und es spiegelte sich nichts mehr. Dann erschien eine Gestalt, und ich erkannte in ihr meine Stiefmutter. Sie sah aus wie in meiner Erinnerung, schien um keinen Tag gealtert.

»Na, wen haben wir denn da? Meine verlorene Tochter«, sagte sie.

»Ich bin nicht deine Tochter.« Zorn, so heiß wie Aidans Drachenatem, stieg in mir auf.

»Was willst du?«, fragte Cadan.

»Wie ich sehe, habt ihr beiden euch gefunden.« Sie lächelte, doch ihre Augen blieben kalt.

»Sag endlich, was du willst, Aurelia«, mischte sich jetzt Sindris ein.

»Hätte ich mir ja denken können, dass du deine Hände mit im Spiel hast. Weiße Magierin, deine Schutzmaßnahmen waren auch schon einmal besser. Dieses Portal konnte ich mit Leichtigkeit erschaffen. Früher wäre das viel schwieriger gewesen. Das enttäuscht mich wirklich. Aber vielleicht bin ich auch nur mächtiger geworden. Spiegelmagie war schon immer meine Stärke, wie du weißt.« Aurelia zog die schmalen Brauen hoch.

»Keine Sorge, sie hält uns nur zum Narren. Das ist kein richtiges Portal, denn sie kann es nicht durchschreiten«, sagte Sindris.

»Nein, das kann ich wirklich nicht. Aber ein Einhorn kann es.« Aurelia wandte sich wieder mir zu. »Ich schätze, sie hat dich von meinem Gift befreit.«

»Ich werde das jetzt beenden.« Sindris nahm eine schwere Schale von einem Wandtisch und holte aus.

»Wenn sie das tut, wirst du nie sehen, wen ich hier zu Gast habe.« Ein Krieger zerrte grob ein Kind vor den Spiegel.

»Stopp«, schrie ich, und Sindris hielt inne. Aurelia packte das Mädchen, schob sie vor sich und umfasste dann dessen Schultern. Die Kleine war so bleich, und tiefe Ringe hatten sich unter ihre Augen gegraben.

»Bei den Göttern, Keena«, sagte Gael. Hinter mir wurde es unruhig.

»Vielleicht ist das wieder ein Wechselbalg«, meinte Cadan.

»Sieh her, Krieger.« In Aurelias Hand erschien ein Dolch. Keena schluchzte, Tränen liefen über ihre Wangen.

»Bitte, tu ihr nichts.« Ich machte einen Schritt nach vorn, mein Herz wollte zu Keena.

»Na, ich werde doch nicht meinen Verhandlungsvorteil töten. Nur ein kleiner Piks.« Sie nahm Keenas Arm und stach hinein. Blut lief aus der Wunde.

»Sie ist ein Mensch«, sagte Cadan.

»Mein Angebot lautet: Du wirst zu mir kommen, ohne deinen Krieger, und dafür lasse ich die Kleine frei. Entscheide dich schnell.« Damit verschwand sie, doch der Rauch blieb. Vorsichtig berührte ich die Oberfläche mit den Fingerspitzen und konnte hinein fassen. Einhörner ließ das Portal wirklich durch.

»Wir werden das jetzt zerstören.« Sindris hob die Schale in die Höhe. Die Äpfel fielen heraus und kullerten über den Boden.

»Nein.« Ich trat ihr entgegen, woraufhin sie innehielt.

»Ich werde nicht zulassen, dass du etwas Dummes tust«, sagte Cadan. Ich sah ihn an.

»Ich werde nichts Dummes tun«, erwiderte ich. Ich setzte meine Magie ein: Zuerst stellte ich mir etwas aus Gaels Besitz vor und spürte es kaum einen Herzschlag später in der Tasche meines Wamses. Dann dachte ich an mein Schwert. Tatsächlich hing es sogleich an meinem Gürtel. Bevor Cadan auch nur mit der Wimper zucken konnte, sprang ich in den Spiegel.

»Máire«, brüllte er, dann hörte ich nichts mehr, und Nebel umfing mich.

Kapitel 22

Wie lange ich in dem Nebel geschwebt hatte, vermochte ich nicht zu sagen. Doch vor mir lichtete er sich allmählich, und der große Marmorsaal erschien, in dem mir mein Vater Aurelia vorgestellt hatte. Sie stand genau an der Stelle, an der sie mich damals erwartet hatte. Doch neben ihr war nicht mein Vater, sondern ein Krieger, der Keena festhielt, und wilde Bestien umringten sie. Ich trat aus dem Nebel, obwohl ich nur fliehen wollte. Aber das war keine Option. Ich würde alles tun, um Keena zu retten – sogar sterben. Erhobenen Hauptes schritt ich durch die brüllende Meute.

»Willkommen zuhause.« Aurelia legte die Hände aufeinander und lächelte. Die bemalten Scheiben hinter ihr waren das einzig Farbenfrohe im Raum, in dem ansonsten Düsternis vorherrschte. Sie waren ein Überbleibsel aus besseren Zeiten. Meine Stiefmutter trug auch nicht mehr diese prachtvollen Kleider wie einst, sondern eines, das besser zu ihr passte: Es war schwarz wie ihr Herz.

»Wenn ich mich so umsehe, ist das nicht mehr mein Zuhause, du hast einen Ort des Grauens daraus gemacht«, sagte ich.

»Dies hier waren einst die tapferen Männer deines Vaters, jetzt sind sie mir treu ergeben. Ich musste nur ihr Aussehen ein wenig verändern. Meiner Meinung nach ist das eine Verbesserung.« Die Bestien um uns knurrten lautstark, als würden sie ihr zustimmen. Keena zuckte zusammen.

»Ich bin da, nun lass das Kind gehen.« Ich reckte ihr mein Kinn entgegen.

»Du warst ja schon immer sehr vertrauensselig.« Der Spiegel, durch den ich gekommen war, zerbarst in Tausende von Stücken. Die Werwölfe wichen zurück, bis die Mauern sie stoppten, denn die Splitter flogen wild umher, sie trafen alles, das in ihrem Weg war, sogar die Wölfe. Nur Aurelia, ihren Krieger und zum Glück Keena schienen sie zu verschonen. Doch nicht mich. Ich versuchte, mein Gesicht zu schützen. Die scharfen Glasscherben bohrten sich in meine Arme, schnitten mir in die Beine und blieben in meinem ledernen Wams stecken. Ich presste die Kiefer zusammen, um nicht aufzuschreien. Diese Genugtuung wollte ich der Hexe nicht gönnen. Das Portal und damit der Weg zurück waren verloren. Die Schnitte brannten, ich verzog keine Miene. Zum Glück verfügte ich über Magie, denn ich spürte, wie das Glas aus den Wunden hinausgedrückt wurde und sie zu heilen begannen. Die Werwölfe blieben weiterhin auf Abstand, als hätten sie Angst, dass ihnen noch mehr Splitter um die Ohren fliegen würden. Aurelia machte ein paar Schritte in meine Richtung. »Trotz deiner Naivität verdienst du meine Bewunderung. All die Jahre gelang es dir, dich vor mir zu verbergen. Das war schon eine Meisterleistung. Es war mir ein wirkliches Rätsel, wie du das geschafft hast. Daher erforschte ich die Gedanken dieses Kindes.« Sie ging zu Keena und strich ihr über das Haar. Die Bestien liefen unruhig zwischen den Säulen hin und her, doch sie hielten sich zurück, warteten offensichtlich auf ein Zeichen ihrer Herrin.

»Lass das Mädchen in Ruhe!« Ich wollte Keena ergreifen, um sie von Aurelia wegzuholen, doch der Krieger zog einen Dolch und hielt ihn der Kleinen an die Kehle. Ich blieb stehen. Ohnmächtige Wut begann sich durch meine Eingeweide zu brennen. Ich ballte die Hände zu Fäusten. Aurelia wandte sich wieder mir zu.

»Wo waren wir? Ach ja. Die Gedanken des Kindes zeigten mir, dass du die ganze Zeit in Tremain gelebt hast. Da du durch mein Gift alle Magie verloren hattest, war es fast unmöglich, dich unter so vielen Menschen auszumachen. Im Grunde warst du so erbärmlich und sterblich wie sie. Ich hatte zwar in jedem Winkel der Welten meine Spione, aber als Diebin lebtest du im Verborgenen, was dein Auffinden ebenfalls erheblich erschwerte, und das trotz der Tatsache, dass du all deine Erinnerungen verloren hattest. Ich denke, du hattest alles in allem mehr Glück als Verstand, und hättest du das Amulett nicht an dich gebracht – wer weiß.« Sie musterte mich voller Triumph, und mein Zorn wurde übermächtig. Ich umfasste den Griff meines Schwerts, wollte es ziehen und ihr das verdammte Herz herausschneiden. Die Klinge des Kriegers presste sich in Keenas Hals. Ein Tropfen Blut lief über ihre bleiche Haut. Sie schluchzte, das Gesichtchen war tränennass, und ich ließ meine Waffe los. Aurelia sah kurz zu dem Krieger.

»Soren, tu der Kleinen nicht weh«, sagte sie streng, und er nahm die Klinge ein Stück weg. »Falls es dich interessiert: Er ist ein Werwolfskrieger und war für die Verwandlung dieser Menschen hier verantwortlich.« Sie deutete zu den Bestien, die nach wie vor an den Wänden entlang streiften. »Er steht mir seit jeher treu zur Seite.« Sie streichelte sanft sein Gesicht und wandte sich wieder mir zu. Da stand für mich fest: Dieser Mann war mehr als ihr Lakai. *Seit jeher*, hatte sie gesagt, und es fiel mir wie Schuppen von den Augen.

»Du hast meinen Vater niemals geliebt«, brüllte ich.

»Ach, Kindchen, er war nur Mittel zum Zweck. Sein Fürstentum war nicht zu verachten, und er hatte eine Tochter, von der er nicht wusste, dass sie ein Einhorn war und die er nicht zu schützen vermochte. Ich musste ihm nur ein paar Jahre lang vorgaukeln, sein liebendes Weib zu sein, dein Vertrauen erlangen, bis du dein sechzehntes Lebensjahr erreicht hattest und deine Magie kurz davorstand, sich voll zu entfalten. Ein kleiner Preis, wenn der Lohn ewige Schönheit und unermessliche Macht ist.« Sie schritt auf mich zu. »Eines noch. Das Attentat, dem dein Vater zum Opfer gefallen war, galt nicht dem König, sondern er war von vornherein das Ziel.« Sie sah mich an wie eine Katze, die gerade einen Vogel verspeist hatte. In meinem Kopf wirbelten die Gedanken herum.

»Du hast meinen Vater ermorden lassen? Dafür wirst du bezahlen.«

»Wenn du darauf hoffst, der Phönix würde dich hier herausholen, dann bist du auf dem Holzweg. Er hat nicht die Macht, dich an diesem Ort zu finden, und könnte er es doch, würde er die magischen Barrieren niemals überwinden, die ich um diese Burg gezogen habe. Dazu braucht es einiges mehr an Kraft, die der erbärmliche Vogel nicht hat.« Diese Schlange kostete ihren Triumph vollends aus. Immerhin schmerzten die Schnitte nicht mehr, dank meiner Magie. Moment. Ich verfügte doch über Magie, war laut Cadan eines der mächtigsten Wesen. Vielleicht konnte ich alle hier sterben lassen, wenn ich mir es vorstellte? Warum hatte ich nicht eher daran gedacht? Weil Magie für mich noch neu war. All meine Gedanken richtete ich auf den Wunsch, dass meine Feinde tot umfielen. Aber nichts tat sich. Dann sollten sie wenigstens einschlafen. Auch das schlug fehl. Warum nur? Ich spürte die Magie in meinen Adern, doch sie wollte sich einfach nicht zeigen.

»Falls du denkst, du könntest uns mittels Magie schaden ...«, Aurelia hatte mein Vorhaben erraten, »... dann muss ich dir leider sagen, dass ich Schutzmaßnahmen ergriffen habe. Die Splitter des Spiegels waren mit einem Gift versehen. Deine Magie ist damit beschäftigt, dich davon zu befreien. Es wird ihr auch gelingen, denn du bist kein junges Einhorn mehr, das kurz vor dem Erblühen seiner Kräfte steht und daher viel verwundbarer ist. Deine Kräfte kehren aber nur wieder, wenn du noch am Leben bist.« Ein Dolch erschien in Aurelias Hand, und ich wich zurück. »Keiner wird dir hier helfen. Du bist ganz allein.« Sie spie mir die Worte regelrecht ins Gesicht.

»Nun, nicht so allein, wie du denkst.« Ich griff in die Tasche meines Wamses – der Werwolfskrieger spannte die Muskeln an – und holte den Inhalt heraus. Dann öffnete ich meine Hand und offenbarte, was darin lag: ein Stück Gold, das vibrierte.

»Was soll das?«, fragte Aurelia verwirrt. In diesem Moment zerbarsten die Scheiben hinter ihr, Steinbrocken wurden herumgeschleudert. Aidan stürzte in Drachengestalt herein. Er zog einen Feuerwall um den Krieger, Keena, Aurelia und mich und verhinderte so, dass die Kreaturen uns erreichen konnten. Dann widmete er sich den Bestien. Es roch nach verschmortem Fell und verbranntem Fleisch. Aidan kannte keine Gnade.

»Ein Drache«, kreischte Aurelia.

»Ja, ein Drache«, erwiderte ich mit Genugtuung. »Er kann seinem Gold überallhin folgen, wenn nötig sogar in die Tiefen der Unterwelt, und er hat offensichtlich auch die Macht, deine Barrieren zu durchbrechen.« Cadan folgte dem Drachen in seiner Phönixgestalt. Noch während er landete, wurde er zu einem Menschen und zog das Schwert. Er griff den Werwolfskrieger an, der Keena grob zur Seite schubste, sodass sie Boden geschleudert wurde, und ebenfalls seine Waffe zückte. Metall klirrte aufeinander, und ein erbitterter Kampf entbrannte zwischen den Kriegern.

Hinter der Feuerwand brüllten die Kreaturen, denen Aidan den Garaus machte. Ich zog mein Schwert, bereit für den Feind. Dann entdeckte ich Keena, die weinend am Boden kauerte. Es war hier heißer als in einem Vulkan. Schweiß tropfte von meiner Stirn, während ich zu ihr rannte.

»Schatz, komm her zu mir«, sagte ich, und sie warf sich in meine Arme.

»Geht es dir gut? Bist du verletzt?« Ich untersuchte ihren Hals, es blutete nicht mehr.

»Pass auf«, schrie Keena. Ich drehte mich auf dem Absatz um, riss das Schwert hoch und schlug Aurelia den Dolch aus der Hand, woraufhin er über die Steinfliesen schlitterte. Aidan hatte die Zahl der Werwölfe um ein Vielfaches dezimiert, und die, die übrig waren, hatten kein Interesse, sich um ihre Herrin zu kümmern, denn sie wollten ihre eigene Haut retten.

»Sieh nur die leuchtende Klinge. Du führst einen Drachentöter. Weiß das der Drache, der an deiner Seite kämpft?«, fragte Aurelia herausfordernd.

»Es wird Zeit, dich für deine Taten zur Rechenschaft zu ziehen«, sagte ich, statt auf ihre Frage zu antworten. Die Spitze meines Schwertes berührte die Kehle meiner Stiefmutter. Neben mir zischte Cadans Schwert durch die Luft, dann rollte der Kopf von Aurelias Krieger vor ihre Füße.

»Bist du unverletzt?«, fragte mich Cadan. Blut tropfte von seiner Klinge.

»Mir geht es gut. Bring Keena hier weg«, befahl ich, ohne den Blick von Aurelia zu nehmen.

»Aber …«

»Tu es.«

»Komm, Kleines.« Cadan wurde zu einem Phönix. Hinter mir erhob er sich in die Lüfte und verließ den Saal durch das zerstörte Fenster. Jetzt, da Keena in Sicherheit war, konnte ich mich um Aurelia kümmern. Unsere Blicke begegneten sich.

»Was hast du nun vor? Willst du mich ermorden?«, fragte sie. Aidan hielt sich dankenswerterweise im Hintergrund. Er wusste: Das war eine Sache zwischen ihr und mir.

»Einmal in deinem Leben solltest du wirklich kämpfen und deinen Feind nicht mittels deiner hinterhältigen Methoden aus dem Weg schaffen«, sagte ich barsch. »Wenn du etwas Ehre im Leib hast, nimm das Schwert deines Kriegers.«

»Was habe ich davon? Falls ich dich besiege, werden dein Phönix oder der Drache mich töten«, erwiderte sie.

»Du hast mein Wort, dass sie dich ziehen lassen.«

»Wenn dem so ist.« Aurelia schritt langsam an mir vorbei, während die Spitze meiner Waffe ihr folgte. Beim Körper ihres Gefährten angekommen, entwand sie ihm das Schwert.

»Du denkst vielleicht, weil ich mit Gift arbeite, könnte ich nicht kämpfen.« Aurelias stellte sich in Position, was mir zeigte, dass sie nicht zum ersten Mal ein Schwert in Händen hielt. Sie hob es hoch und griff schnell wie eine Schlange an, zielte auf meine Kehle. Ich wich aus, wehrte sie ab, drehte mich, hieb in Richtung ihres Beines. Aurelia hielt ihre Klinge dazwischen. Ich zog mich scheinbar zurück, dann wirbelte ich herum, die Schwertspitze streifte ihren Hals und hinterließ einen dünnen Streifen, aus dem Blut quoll. Sie wankte leicht, schien sich nicht richtig unter Kontrolle zu haben, als wäre sie mit Gift in Berührung gekommen. Vielleicht stimmte das auch, denn meine Klinge war ja in Einhornblut gehärtet worden, das sogar einem Drachen schaden konnte. Doch dann straffte sie sich.

»Denkst du wirklich, du könntest mir mit Gift beikommen? Mir, der Meisterin der Gifte? Selbst ein Drachentöter hält mich nicht auf.« Sie wischte das Blut vom Hals.

»Einen Versuch war es wert«, erwiderte ich und trieb sie mit kraftvollen Schlägen vor mir her. Stahl traf auf Stahl. Ihre Gegenwehr erlahmte. Nur durch einen Hechtsprung, gefolgt von einer Rolle, vermochte sie sich mir zu entziehen. Schnell war sie wieder auf den Beinen, ließ ihren Dolch vom Boden hoch schweben und rammte ihn mir allein durch die Macht ihrer Gedanken direkt in die Seite. Ich presste die Lippen zusammen und zog ihn mit einem Ruck heraus. Wenigstens meine Heilkraft funktionierte noch. Das war wahrscheinlich im Moment die einzige Fähigkeit, die mir zur Verfügung stand.

Aber diese magische Attacke war auch interessant. Aurelia griff auf ihre hinterhältigen Kniffe zurück, was wohl bedeutete, dass der Drachentöter ihr mehr zugesetzt hatte, als sie zugeben wollte. Mit dem Dolch in der einen und dem Schwert in der anderen Hand stellte ich mich ihr entgegen.

»Die billigen Zaubertricks helfen dir auch nicht dabei, zu gewinnen«, sagte ich. »Du solltest zielen üben, mein Herz wäre mit Sicherheit effektiver gewesen.«

»Das brauche ich noch.« Aurelia überwand den Abstand zwischen uns und zielte auf meinen Hals. Ich hielt ihre Waffe mit den überkreuzten Klingen von Schwert und Dolch auf. Metall schlitterte über Metall, als wir uns trennten. Mein Herz trommelte gegen den Brustkorb, der sich hastig hob und senkte. Aurelia rang nach Luft.

»Wenn du es haben willst, musst du mich besiegen.« Jetzt ging ich zum Angriff über, schlug mit Dolch und Schwert abwechselnd auf Aurelia ein, wurde immer schneller. Noch wehrte sie mich ab, doch ihre Kräfte ließen merklich nach. Ihr Dagegenhalten war nicht mehr so entschlossen, und dann ließ sie für einen Atemzug ihre Deckung fallen. Der Dolch zerriss ihren Ärmel und schnitt ihr tief ins Fleisch. Blut tropfte auf den Boden. Sie schrie auf und brachte sich mit einer Drehung aus meiner Reichweite. Sofort setzte ich ihr nach. Jetzt, da sie eine Verwundung quälte, durfte ich nicht nachlassen. Sie war am Ende. Ich drehte mich, täuschte einen Schlag gegen ihre Beine vor. Sie hielt die Klinge nach unten, um mich zu stoppen. Der verletzte Arm machte es ihr schwer, zu reagieren, denn statt der Beine war mein eigentliches Ziel ihr Hals. Mein Schwert glitt durch Haut, Fleisch und Knochen, als zerteilte ich nur einen Apfel. Ihr Schädel rollte über den Boden und blieb neben dem ihres Kriegers liegen.

»Mein Herz wirst du heute wohl nicht bekommen«, sagte ich schwer atmend. Meine verletzte Seite pochte heftig. Nur langsam erholte ich mich von der Dolchwunde, aber die Heilung setzte ein. Ich sah zu dem Schädel. Meine Stiefmutter war tot, mein Vater gerächt. Aber das hier war nicht so befriedigend, wie ich gedacht hatte. Cadan landete im Saal und verwandelte sich in einen Menschen.

»Geht es Keena gut?«, fragte ich, während ich in die leblosen Augen meiner Stiefmutter starrte. Ich wusste nicht, warum, aber ich spürte das Brennen von Tränen.

»Die Kleine wird es überstehen«, antwortete Cadan. »Kinder sind stärker, als man glauben mag. Du warst ehrenhaft und mutig. Máire, du hast heute bewiesen, dass du eine wahre Phönixkriegerin bist. Nun lege dein Schwert nieder, es ist vorbei.«

»Ist es wirklich vorbei?«, fragte ich und hob den Kopf. Mein Blick begegnete seinem.

»Ja, das ist es«, bestätigte er. Ich sank erschöpft auf die Knie, ließ Schwert und Dolch los, die scheppernd neben mir auf dem Boden landeten. Tiefe Trauer umhüllte mich. Ich schloss die Augen und ließ den Tränen freien Lauf. Ich hatte heute die Frau getötet, die jahrelang für mich wie eine Mutter gewesen war. Es war mehr als dumm, um sie zu weinen. Sie hatte meine Tränen wahrlich nicht verdient, doch ich vermochte sie nicht zurückzuhalten. Cadan zwang mich mit sanfter Gewalt auf die Beine, um mich in seine Arme zu ziehen. Von Schluchzern geschüttelt, schmiegte ich mich an ihn, während er mir tröstend über den Rücken strich. Er sagte kein Wort, hielt mich nur fest.

Epilog

»Eine Burg? Wir sollen auf einer Burg leben?«, fragte Gael. Wir standen zusammen vor dem Eingang zum großen Saal. Es war ein warmer Frühsommertag. Der Duft von Rosen lag in der Luft. Um uns herrschte geschäftiges Treiben. Handwerker kümmerten sich um die Instandsetzung der Burg, Bedienstete räumten die Verwüstungen auf, die Aurelias Meute hinterlassen hatte. Es hämmerte und klopfte in jeder Ecke.

»Hier ist genug Platz, und wir sind eine Familie. Wo solltet ihr sonst leben?«, stellte ich die Gegenfrage.

»Bekomme ich mein eigenes Zimmer?«, wollte Keena wissen.

»Natürlich, Kleines.« Sanft strich ich ihr über die Wange.

»Ich bleib hier«, beschloss sie.

»Wir bleiben alle hier«, sagte Gael.

»Der Saal ist bald wieder wie neu.« Egan schritt neben Faol die Stufen hinunter.

»Soweit wir das beurteilen können, denn wir wissen ja eigentlich nicht, wie er früher ausgesehen hat«, fügte Faol hinzu, als sie uns erreichten.

»Da gibt es einen wirklich großen Stall, in den viele Rösser passen.« Irven und Declan gesellten sich ebenfalls zu uns.

»Wir werden so bald wie möglich Rösser erstehen«, erwiderte ich. Alle waren da, nur Hal konnte ich nicht entdecken. Doch dann sah ich ihn, er lief mit einem Reisebeutel über den Hof. Wollte er uns klammheimlich verlassen?

»Verzeiht mir«, sagte ich zu meinen Freunden und rannte ihm hinterher. Vor dem Tor konnte ich ihn einholen.

»Willst du wie ein Dieb verschwinden? Ohne dich zu verabschieden?«, fragte ich ihn vorwurfsvoll. Hal blieb stehen und drehte sich zu mir um.

»Du und die anderen habt ein Zuhause gefunden, eine ganze Burg sogar. Mehr wollte ich nicht, als euch in Sicherheit und gut versorgt zu wissen. Nun kann ich mein Glück suchen.«

»Und wenn dein Glück hier liegt?« Ich machte einen Schritt in seine Richtung.

»Bleibt der Phönix auch hier?« Er zog die Schultern hoch.

»Das tut er.«

»Dann gibt es hier für mich kein Glück.« Er wandte sich von mir ab, verharrte jedoch.

»Hal, bitte, verlass mich nicht. Du bist mir nah wie ein Bruder. Die Burg benötigt gute Soldaten, die sie schützen, und ich möchte, dass du mein oberster Befehlshaber wirst. Auf dieser Position brauche ich jemanden, dem ich vertrauen kann und der mir schonungslos die Wahrheit sagt. Jemanden wie dich.« Ich machte noch einen Schritt, war nur noch eine Armlänge entfernt. Hal seufzte.

»Wie kommst du darauf, dass ich der Richtige für so einen Posten bin? Ich war bisher nur ein Dieb und Taugenichts«, sagte er, ohne sich umzudrehen.

»Du kannst kämpfen, bist tapfer und würdest für die, die dir wichtig sind, dein Leben geben. Das sind die besten Voraussetzungen. Bitte, Hal, wir brauchen dich«, versuchte ich, ihn zu überzeugen. Als er nicht reagierte, flüsterte ich: »Ich brauche dich.« Endlich drehte er sich zu mir.

»Glaube aber nicht, dass ich mit dem Phönix jemals Freundschaft schließen werden«, sagte er. Ich fiel ihm um den Hals.

»Das wird er auch nicht wollen.« Ich gab Hal frei und wir gingen nebeneinander zurück.

»Wo wolltest du denn hin?«, fragte Gael streng, als wir das Burgtor durchquert hatten.

»Wir bleiben zusammen, Hal, egal, was passiert«, erinnerte ihn Declan. Die Zwillinge und Irvin kamen hinzu. Alle redeten auf ihn ein. Das hatte er wahrlich verdient. Aidan schlenderte zu mir und hielt mich auf, während die anderen Hal wie eine Leibgarde zur Burg eskortierten, wahrscheinlich, um zu verhindern, dass er sich noch mal davonschlich.

»Ich wollte mich verabschieden«, sagte der Drache.

»Das musst du nicht. Wir finden bestimmt ein schönes, höhlenartiges Plätzchen in den Kellern, in dem du dich wie zuhause fühlen kannst«, erwiderte ich, und er lachte. Doch gleich darauf wurde er wieder ernst.

»Ich möchte in meine Heimat zurückkehren. Es gibt da eine Sache, der bin ich schon zu lange aus dem Weg gegangen. Jetzt ist es an der Zeit, mich dem zu stellen.« Er nahm meine Hand und legte ein Goldstück hinein. »Wenn du meine Hilfe brauchst, dann bin ich da, Einhorn.« Damit schloss er meine Finger um das Gold.

»Ich werde dich vermissen«, sagte ich traurig.

»Jetzt ist es zu spät, du hast dir einen Phönix angelacht, lebe damit. Außerdem: Ein Drache und ein Phönix auf einer Burg, das geht nicht gut.« Er strich sanft über meine Wange. »Ich werde dich auch vermissen. Nun sollte ich aber etwas Abstand zwischen die Burg und mich bringen. Schließlich kann ich mich hier nicht verwandeln, sonst ängstigen sich die meisten deiner sterblichen Untertanen zu Tode, ganz zu schweigen davon, dass Magie in den Südlanden nicht gerne gesehen ist. Wir wollen doch keine allzu große Aufmerksamkeit auf dieses kleine Fürstentum und dessen neue Herrscherin lenken.« Aidan zog seine Hand zurück und schritt zum Tor hinaus, ohne zurückzublicken.

»Wo will er hin?« Cadan blieb neben mir stehen.

»In seine Heimat zurück. Er findet, ein Phönix und ein Drache in einer Burg, das ist einer zu viel.«

»Da liegt er ganz richtig. Hätte niemals gedacht, dass Drachen so weise sein können«, meinte Cadan amüsiert und drehte mich zu sich herum. Er legte die Fingerknöchel unter mein Kinn, hob meinen Kopf sanft an und küsste mich voller Leidenschaft. Mein Herz zersprang fast vor Glück. Endlich hatte ich für meine Familie ein Zuhause gefunden – und dazu den wunderbarsten Mann aller Welten an meiner Seite.

Ende

Rotkäppchen - Werwolfjägerin

Rotkäppchen ist erwachsen geworden.

Einst töteten Werwölfe Elyras Eltern. Nun zieht sie durch die Lande, um die Bestien zu erschlagen.

Als sie der geheimnisvolle und verflucht anziehende Jost zur Jagd anheuert, ist dies der Beginn eines Abenteuers, das Elyras Welt ins Wanken bringt.
Ihr Jägerleben lang dachte sie, ihre Bestimmung wäre es, Werwölfe zu vernichten, doch es stellt sich heraus, ihr wahres Schicksal ist ein ganz anderes.

336 Seiten

Taschenbuch:
ISBN-10: 3751957359
ISBN-13: 978-3751957359

Gebundene Ausgabe:
ISBN-10: 3751957502
ISBN-13: 978-3751957502

Leseprobe

Prolog

Ach ja, ihr kennt also das Märchen vom Rotkäppchen? Nun, ich glaube nicht, dass das Märchen, das euch eure Eltern vor dem Einschlafen vorgelesen haben, wirklich die wahre Geschichte ist, denn dann hätten euch Alpträume den Schlaf geraubt. Wenn ihr nun bereit seid, will ich euch die wahre Geschichte erzählen.

Denn es ist meine Geschichte.

Kapitel 1

»Elyra, nimm endlich die Mütze ab und setz dich auf den Stuhl, damit ich dein Haar kämmen kann. Nach dem Essen ist Schlafenszeit«, sagte meine Mutter.

»Aber Mami, ein Fliegenpilz kann doch seine Kappe nicht absetzen, die ist festgewachsen«, widersprach ich, nahm trotzdem auf dem Stuhl vor ihr Platz.

»Dann wird aus dem Fliegenpilz eben wieder ein kleines Mädchen. Wenn du brav bist, erzähle ich dir das Märchen von Piroschka«, erwiderte Mutter vergnügt, zog mir die Mütze vom Kopf und legte sie auf den Tisch.

»Du hättest ihr dieses Ding niemals stricken dürfen, im ganzen Dorf heißt sie schon Rotkäppchen«, brummte mein Vater und warf ein Holzscheit in das Feuer unter dem Kessel, in dem Gersteneintopf schmorte. »Wenn der Fürst sieht, dass unsere Tochter mit so einer Kappe herumläuft, dann wird er wohl nicht sehr begeistert sein. Wie du weißt, ist die Farbe Rot nur dem Adel vorbehalten.«

»Ach, der soll sich nicht so haben. Elyra wollte wie ein schöner, roter Fliegenpilz aussehen und ich machte ihr die Freude. Sie ist doch noch ein Kind, und außerdem verirrt sich eh keiner dieser feinen Herren in unser Dorf mitten im Wald.« Mutter entflocht meine Zöpfe.

»Wenn man wie ein Fliegenpilz aussieht, sich bewegungslos zwischen die Bäume setzt, dann kommen die Elfen. Bestimmt trug Piroschka deshalb auch eine rote Kappe, als sie durch den Wald zu ihrer Großmutter ging. Nur vor der grünen Fee muss man sich in Acht nehmen, dieser Waldgeist führt meist nichts Gutes im Schilde«, raunte ich meinen Eltern zu, damit die scheuen Waldwesen mich nicht hörten und die List durchschauten. Bisher hatte ich zwar noch keine Elfe gesehen, aber es würde schon sehr bald passieren. Das wusste ich genau.

»Woher hat unser Kind nur diese ganze Fantasie?« Vater fuhr sich mit der Hand über den dunklen Bart und seufzte.

»Du bist etwas Besonderes, Kleines. Der Tag deiner Geburt war für mich der schönste meines Lebens.« Mutter strich über mit ihrer warmen Hand über meine Wange. »Jetzt sieh nach vorn, Rotkäppchen«, sagte sie, und ich drehte ihr den Rücken zu. Sanft glitt der Kamm durch mein Haar.

»Der Wastl hat mir das erzählt.« Ich wollte zu meinem Vater schauen, aber Mutter hielt mit sanfter Gewalt meinen Kopf fest.

»Ich sollte mal mit dem Schmied ein Wörtchen reden. Sein Sohn setzt dir immer solche Flausen in den Kopf. Morgen wirst du zu deiner Großmutter gehen. Dann kommst du auf andere Gedanken und Wastl kann dir nicht noch mehr Unsinn erzählen.« Vater rutschte auf die Bank gegenüber und entzündete seine Pfeife. Aromatischer Rauch zog durch die Stube. Ich mochte den Geruch von Lavendel. Das war der Duft von zuhause.

»Ich habe einen Korb zusammengepackt, den du mitnehmen musst. Oma freut sich schon auf dich«, sagte Mutter fröhlich.

»Ich freu mich auch schon«, erwiderte ich und kratzte nachdenklich meine Nase. »Sag mal, Mama, Oma hat braune Augen.«

»Ja, das stimmt Schatz«, bestätigte Mutter.

»Deine und Vaters sind auch braun. Wieso sind meine türkis?«

»Nun, wir haben auch dunkles Haar, du blondes. So ist das eben. Die Götter haben dich so gemacht«, erwiderte sie. Markerschütterndes Heulen durchbrach die nächtliche Ruhe des Dorfes.

»Was war das?«, flüsterte Mutter und hielt inne.

»Wahrscheinlich Wölfe.« Vater stand auf, ging zur Tür und öffnete sie. Ein noch grauenvolleres Heulen hallte durch die Nacht und dieses Mal stimmten weiter Tiere mit ein. Ich hielt die Luft an, eine Gänsehaut überzog meinen ganzen Leib. So etwas Fürchterliches hatte ich noch nie in meinem Leben gehört.

»Ihr bleibt hier, ich schau mal nach.« Vater ging hinaus und schloss die Tür hinter sich. Mutter legte den Kamm auf den Tisch und machte ein paar Schritte in Richtung Tür. Erschrocken wich sie zurück, als diese nur Augenblicke später aufflog, gegen die Wand knallte und Vater hereinstürmte. Er sah aus, als hätte er etwas Furchtbares gesehen.

»Unser Dorf wird überfallen.« Hastig schlug er die Tür zu und schob den Riegel davor. Keinen Augenblick zu früh, denn jemand warf sich dagegen, das Holz stöhnte. Menschliche Schreie ließen mir das Blut in den Adern gefrieren, mein Herz sprang fast aus der Brust.

»Überfallen?«, wiederholte Mutter panisch und hob mich hoch. Ich schlang die Arme um ihren Hals, klammerte mich an sie. Wieder rumste jemand gegen die Tür, das Holz splitterte.

»Sie wird nicht mehr lange halten.« Vater rannte zur Truhe dem Bett gegenüber, räumte sie aus und warf den Inhalt achtlos daneben.

»Schnell, Elyra da rein«, befahl er und Mutter trug mich zu ihm.

»Nein, bitte, bitte nicht«, flehte ich, als sie mich hineinsetzen wollte, und hielt mich mit aller Macht an ihr fest.

»Sie wird dir hoffentlich Schutz bieten. Ich habe von Räubern gehört, die Kinder verschleppen. Wir suchen uns ein anderes Versteck, mein Kleines.« Vater zerrte mich von Mutter weg und setzte mich in die Kiste. Ich kauerte mich mit wild pochendem Herzen zusammen.

»Bitte, Elyra, du musst jetzt tapfer sein. Egal, was du hörst, sei leiser als ein kleines Mäuschen. Versprich mir das«, sagte er. Ich nickte, anschließend schlug er den Deckel zu. Nur Wimpernschläge später krachte es laut. Ein tiefes Knurren ließ mich das Atmen vergessen.

»Oh Gott, was bist du?«, rief mein Vater voller Panik und Mutter begann, laut zu beten. Ihre Worte wurden von Schluchzern der Verzweiflung verschluckt. Panik schnürte mir die Kehle zu. Doch mein Herz schlug mir nicht bis zum Halse, sondern wurde immer langsamer und mein Atem zunehmend ruhiger.

»Nein, nicht«, bettelte meine Mutter, während Vater schmerzerfüllt aufstöhnte. Die Schreie, die folgten, klangen nach Verzweiflung und Tod und ich erstarrte regelrecht.

Lautes Gekicher riss mich aus meinen düsteren Erinnerungen. Ein junger Handwerksgeselle amüsierte sich mit einem der Freudenmädchen, die in der Schenke nach Freiern suchten. Sie saß auf seinem Schoß und er knabberte an ihrem Ohr, während sie kichernd mit ihrem wohlgerundeten Hinterteil hin und her rutschte. Bald würde sie den Kerl so weit haben, das war unübersehbar. Der süßliche Dunst von Hanf lag in der Luft, vermischte sich mit Schweiß und Alkohol.

»Du warst schon wieder ganz weit weg.« Lene stellte einen Krug Kräutermet vor mir auf den Tisch. »Waren es wenigstens schöne Gedanken?«, fragte sie und beugte sich zu mir, so dass ich gute Einblicke in ihr prall gefülltes Dekolleté bekam. Nicht, dass mich das sehr beeindruckte. Denn ich hatte selbst zwei Brüste, auch wenn sie nicht so üppig waren, und ich sie zudem noch mittels Bandagen an den Körper presste. Gerade im letzten Jahr hatte sich Lenes Leib extrem verändert. Aus dem dürren kleinen Mädchen war wirklich eine Frau geworden. Im Gegensatz zu meiner Schwester, die sich ein reichhaltigeres Trinkgeld versprach, wenn sie mit ihren Reizen nicht geizte, wollte ich so wenig weiblich wie möglich erscheinen. Daher trug ich auch Hosen und ein Wams aus Leder über dem Hemd. Mein Haar war zu einem strengen flachsfarbenen Zopf geflochten und wurde meist von einer Kapuze versteckt, die direkt an die Lederweste genäht war. Allerdings bevorzugte ich jetzt in Sachen Kopfbedeckung nicht mehr Rot, sondern Schlammbraun. Es war eine gute Farbe, wenn man unauffällig bleiben wollte. Rotkäppchen nannte mich schon lange keiner mehr.

»Es waren nicht wirklich gute Gedanken, ganz im Gegenteil«, antwortete ich und nahm den Krug.

»Vielleicht solltest du dir einen anderen Beruf suchen. Bei dem, was du machst, muss man ja düster und grüblerisch werden«, meinte sie.

»He, Schankmaid«, brüllte jemand hinter ihr. Lene ignorierte ihn.

»Einer muss die Viecher zur Hölle schicken«, erwiderte ich und nahm einen kräftigen Schluck Met. Mit dem Handrücken wischte ich mir den Schaum vom Mund.

»Aber das ist so gefährlich.« Lene blicke mich sorgenvoll an. Obwohl wir nicht blutsverwandt waren, liebte ich sie wie eine Schwester.

»Schankmaid, bist du taub, beweg deinen Arsch hierher.«

»Was für ein Esel.« Lene verdrehte die Augen.

»Ich könnte ihm Manieren beibringen«, erwiderte ich und strich über die Halterung an meinen Schenkel, in dem ein Dolch steckte, dessen Zwilling meinen zweiten Schenkel zierte.

»Zur Hölle, muss ich mir meinen Met selber holen?«, pöbelte der Mann lautstark.

»Ich komme auf dein Angebot vielleicht zurück, Schwesterchen.« Damit verließ Lene den Tisch. »Du hast nach mir gerufen, oder vielmehr wie ein Ochse gebrüllt.« Sie blieb vor einem Mann stehen, der, seiner Kleidung nach zu urteilen, ein Söldner war. Wie von einer Schlange gebissen sprang er auf und packte sie an der Kehle. Die Anwesenden verstummten und die Musikanten hörten zu spielen auf. Nur seine drei Söldnerkumpane lachten.

»Wenn ich dich rufe, du Schlampe, hast du zu kommen«, zischte er. Lene versuchte röchelnd, seine Finger von ihrem Hals zu ziehen.

»Lass sie los«, rief ich laut. Wut kroch durch meine Adern, aber ich blieb ruhig. Eine der ersten Lektionen, die ich gelernt hatte, war, immer seine Emotionen zu beherrschen. Blinder Zorn führte nur dazu, dass man Fehler machte.

»Was hast du gesagt, Bürschchen?« Der Söldner verengte die Augen, blickte zu mir.

»Ich glaube, du bist taub«, erwiderte ich und stand langsam auf. Jetzt übernahm die Jägerin in mir vollends mein Handeln. Sämtliche Emotionen wurden ausgeblendet.

»Das ist ja ein Weib.« Er drehte sich lachend zu seinen Kumpanen um, die diese Tatsache ebenfalls sehr zu amüsieren schien.

»Zumindest bist du nicht blind«, sagte ich und durchquerte den Raum. »Jetzt lass Lene los.« Eine Armlänge entfernt blieb ich stehen. Der Mann schubste meine Schwester weg und drehte sich zu mir.

»Du siehst nicht übel aus. Mach die Beine für mich breit und ich will das hier vergessen«, schlug er vor. Worauf ich mein allerlieblichstes Lächeln aufsetzte.

»Na, dann wollen wir mal sehen, was du unter deiner Hose so zu bieten hast.« Blitzschnell zog ich die Dolche, setzte ein paar gezielte Schnitte, und der Mann zog blank. Sein Gürtel landete mitsamt Schwert auf dem Boden. Bevor er auch nur blinzeln konnte, war eine Klinge an seinem Hals und die Spitze des zweiten Dolches zeigte auf seine Juwelen. Er verharrte, wie eine Statue, traute sich nicht einmal, zu schlucken. Seine Begleiter sprangen auf, wollten ihm offensichtlich heroisch zur Hilfe eilen. Ich sah mit hochgezogenen Brauen zu ihnen.

»Na, na, na, soll euer Freund ab heute die hohen Töne im Chor singen? Setzen!«, befahl ich und sie nahmen zögerlich wieder Platz.

»Mit dem Winzling willst du mich beglücken? Da muss der Lümmel aber noch etwas wachsen.« Ich blickte wieder zu dem Pöbler, die Leute im Raum johlten. »Jetzt entschuldige dich für dein Benehmen.« Meine Dolchspitze berührte das zarte Bällchen. Er quietschte erschrocken auf.

»Tut mir leid«, fiepte er.

»Nicht bei mir, bei Lene«, fuhr ich ihn an.

»Verzeihung.« Er sah zu meiner Schwester.

»Nun sollten du und dein klitzekleiner Freund gehen«, sagte ich, nahm meine Dolche weg und wollte wieder zu meinem Platz zurück.

»Verfluchtes Miststück«, brüllte er. Auf dem Absatz drehte ich mich um. Ein Krug flog auf mich zu. Bevor das Gefäß auch nur in meine Nähe kam, rammte ich einen Dolch durch die Hand, die ihn hielt und dem Idioten gehörte. Der Krug krachte polternd auf den Boden. Ich nagelte die Hand an einer der Holzsäulen fest, die das Deckengebälk stützten. Der Mann schrie vor Schmerzen. »Vielleicht war das jetzt eine Lektion.« Ich zog meine Klinge wieder heraus. Blut quoll aus der Wunde. Die drei anderen Söldner griffen an. Einen beförderte ich mit einem gezielten Tritt auf die Bank zurück, die unter ihm mit lautem Getöse zusammenbrach. Katzenhaft ging ich in die Hocke, um einem Schwerthieb auszuweichen, und durchbohrte mit meinem Dolch das Bein des Angreifers, der wimmernd zusammensackte. Während ich wieder hochkam, rammte ich dem vierten Söldner einen Dolchknauf in sein Allerheiligstes, und als er sich heulend nach vorne beugte, das Knie ins Gesicht. Wie ein gefällter Baum fiel er um, wälzte sich jammernd auf den Dielen und hielt sich die blutende Nase. In der Zwischenzeit hatte sich der Kerl, dem die Bank zum Opfer gefallen war, wieder aufgerappelt. Brüllend stürmte er los. Ich holte aus, donnerte den Knauf des Dolches mit voller Wucht gegen sein Kinn, das hässlich knackte. Er torkelte zurück und brach bewusstlos zusammen. Die Zuschauer jubelten und klatschten. Ich hob die Geldkatze auf, die am Gürtel des Pöblers befestigt gewesen war und jetzt, ebenso wie der Gürtel, auf dem Boden lag.

»Hier, unser Freund kommt für den Schaden auf.« Ich warf den Beutel Lene zu. Anschließend trat ich vor meinen neu gewonnenen Freund, der mit der unverletzten linken Hand die Hose festhielt, damit sie nicht mehr herunterrutschen konnte. Die verletzte Rechte presste er gegen sein Wams.

»Jetzt nimmst du diese verdammten Bastarde und ihr verschwindet auf Nimmerwiedersehen«, sagte ich und wischte die blutige Klinge an der Kleidung meines Gegenübers ab, um die Dolche anschließend in den Halterungen zu verstauen. Die Männer kamen ohne weitere Gegenwehr meiner Aufforderung nach, während die anderen Gäste lautstark im Chor »Verschwindet« riefen, bis die Kerle draußen waren. Dann setzte die Musik wieder ein und die Leute feierten fröhlich weiter.

»Ich danke dir, Schwester.« Lene rieb sich den Hals. Ich zog ihre Hand weg, musterte die geröteten Druckstellen.

»Verdammt, ich hätte dem Kerl die Eier abscheiden sollen«, sagte ich wütend.

»Der sah so aus, als hätte er seine Lektion gelernt«, erwiderte Lene. Auf ihrem Gesicht erschien ein schadenfrohes Grinsen.

»Geht's dir wirklich gut?«, fragte ich besorgt.

»Klar, die Bestien haben mich damals nicht unterkriegen können, da schafft das ein dahergelaufener Bastard mit Sicherheit erst recht nicht.« Sie hob stolz ihr Kinn. Dafür bewunderte ich Lene, sie war so unglaublich stark.

»Könnte ich bitte etwas bestellen?«, fragte ein Herr äußerst höflich.

»Siehst du, der hat die Lektion ebenfalls verinnerlicht.« Sie deutete mit den Daumen in dessen Richtung und kicherte. »Jetzt muss ich aber wieder arbeiten.« Lene verdeckte die Male mittels ihrer roten Mähne, dann flitzte sie davon. Ich kehrte an meinen Tisch zurück und nahm Platz. Das heute war wieder einmal ein ganz normaler Abend in Großmutters Taverne gewesen. Eigentlich hieß die Inhaberin der Taverne Freyja und war ganz und gar nicht großmütterlich. Ich sah zur Feuerstelle in der Mitte des Gastraumes, beobachtete die Rauchschwaden, die zur Decke aufstiegen und durch das Strohdach entschwanden, erinnerte mich daran, wie Rauchgeruch in meine Kiste eindrang und ich aus dieser seltsamen Starre erwachte. Es herrschte Totenstille, ich konnte weder Vater noch Mutter hören. Die Bestien waren weg, das wusste ich ganz sicher. Mein Hals kratzte so fürchterlich und ich schnappte nach Luft, doch es wurde nur schlimmer. Mit angehaltenem Atem lauschte ich, ob ich meine Eltern da waren, aber von außen drang kein Laut zu mir, ich vernahm nur das Pochen meines aufgebrachten Herzens. Das ebenfalls aus der Starre erwacht war und jetzt in Panik ausbrach. Das Atmen fiel mir zunehmend schwerer und ich nahm all meinen Mut zusammen. Drückte gegen den Deckel, doch ich konnte ihn keinen Fingerbreit heben, als läge ein Gewicht auf der Truhe.

»Hallo, ich bin noch hier drin«, rief ich. Keine Antwort kam, keine Schritte näherten sich. »Hallo«, schrie ich lauter. »Holt mich bitte raus.« Mein Rufen ging in Husten über. »Bitte, Vater«, flehte ich und schnappte keuchend nach Luft. »Mutter, hilf mir.« Ich klopfte gegen den Deckel. »Bitte.« Heiße Tränen kullerten über meine Wangen. Wie besessen hämmerte ich gegen das Holz, bis die Fingerknöchel schmerzten, hustete mir die Seele aus dem Leib, als eine Last vom Deckel geschoben und er geöffnet wurde. Doch nicht meine Eltern blickten mich an, sondern Jacob, der fahrende Händler. Ein Tuch verbarg seinen bartumrandeten Mund. Über mir war der Himmel und kein Dach mehr.

»Mein armes Kind, was ist hier passiert?«

Ich konnte ihm nicht antworten, Rauch verschluckte meine Worte und biss ohne Gnade in die Augen. Die Sicht verschwamm hinter einem Tränenschleier, ich senkte die Lider. Mir wurde fürchterlich schwindlig. Jacob hob mich aus der Truhe. »Sieh nicht hin, mein Kind«, hörte ich ihn noch sagen, dann verlor ich das Bewusstsein.

Ich kehrte aus meiner Erinnerung ins Hier und Jetzt zurück. Der Verlust meiner Eltern schmerzte auch nach fünfzehn Jahren noch wie damals. Daher jagte ich diese Bestien. Jeder einzelnen von ihnen wollte ich meine Dolche ins verfluchte Herz stoßen.

Kapitel 2

»Kaum bin ich weg, schon mischst du den Laden auf.« Freyja nahm mir gegenüber Platz, musterte mich mit ihren grauen Augen, die so hart wie gütig sein konnten. Sie trug heute keine Weste über ihrem Leinenhemd. Auch sie bevorzugte, wie ich, Männerkleidung. Ein Rock hätte zu Freyja auch gar nicht gepasst, denn sie war keine einfache Frau. In einem früheren Leben war sie eine Kriegerin gewesen. Von ihr hatte ich all das gelernt, was mir jetzt den Kampf gegen die Kreaturen ermöglichte.

»Hab nur ein paar Störenfrieden Manieren beigebracht«, erwiderte ich und trank von meinem Met.

»Du beschützt die deinen.« Sie legte die Unterarme mit den Handflächen nach oben auf den Tisch. Ich stellte den Krug ab, berührte mit meinen Händen ihre.

»Wie du es mich gelehrt hast«, antwortete ich.

»Elyra, sieben Jahre bist du nun schon alleine auf Jagd, ohne jegliche Rückendeckung. Es grenzt fast an ein Wunder, dass du nach jedem Auftrag nahezu unversehrt zu uns zurückkehrst. Dazu kommt noch die Einsamkeit. Ich mach mir unglaubliche Sorgen um dich.« Sie runzelte die Stirn. Die Falte zwischen ihren einstmals blonden Brauen, die jetzt wie ihr Haar ergraut waren, wurde mit jedem Winter tiefer.

»Das musst du nicht. Ich bin zufrieden, wie es ist«, entgegnete ich. Vielleicht war zufrieden das falsche Wort. Ich hatte mich an das Alleinsein während der Jagden gewöhnt.

»Jedes Mal, wenn du gehst und ich hierbleibe, habe ich das Gefühl, dich in Stich zu lassen«, sagte Freyja.

»Nein, dazu besteht kein Grund. Du hast dir einen friedlichen Lebensabend wahrlich verdient und außerdem brauchen Lene und Isa dich.« Mein Blick verfing sich mit Freyjas, die leise seufzte.

»Schon bald werden sie ihrer eigenen Wege gehen«, wandte sie ein.

»Ich denke nicht, dass du die beiden so schnell loswirst.« Ich grinste Freyja an, aber sie verzog keine Miene.

»Bleib doch einfach hier. Die Taverne wirft inzwischen gutes Geld ab. Du hast schließlich auch dein Beutegeld hier hereingesteckt, sie gehört damit ebenso dir wie mir.«

»Nein, sie gehört dir ganz allein.« Ich umfasste Freyjas Hände, zog sie nach oben und verschränkte meine Finger mit ihren. »Das kann die Dankbarkeit, die ich für dich empfinde, bei Weitem nicht aufwiegen. Ohne dich hätte ich niemals meine Bestimmung gefunden.«

»Du bist mir keinen Dank schuldig. An dem Tag, als Jacob dich zu mir gebracht hat, bin ich Mutter geworden. Etwas, das ich niemals für möglich gehalten hätte, Tochter.« In den Augen der harten Kriegerin schimmerten tatsächlich Tränen.

»Ich bin doch nicht deine einzige angenommene Tochter. Nach mir kamen noch Lene und Isa zu dir«, erwiderte ich. »Kannst du dich noch daran erinnern, wie wir die beiden gefunden haben? Ihre Eltern hatten das Lager in jenem Wald aufgeschlagen, in dem wir gerade Werwölfe jagten. Die Biester kannten keine Gnade, richteten diese Menschen so grauenhaft zu, dass ihre Überreste kaum noch als menschliche Körper zu identifizieren waren. Die Mädchen überlebten nur, weil sie sich durch eine Erdspalte gequetscht hatten, die in eine Höhle führte, wo die Wölfe sie nicht erreichen konnten.«

»Wie könnte ich das jemals vergessen.« Freyja ließ mich los und lehnte sich zurück.

»Sie würden dich daher niemals verlassen, du brauchst mich hier also gar nicht.«

»Die beiden sind wundervolle und liebe Mädchen. Aber sie sind nicht wie du. Denn du ähnelst mir so sehr, dass ich manchmal glaube, du bist wirklich von meinem Blut«, erwiderte Freyja.

»Da draußen gibt es noch so viele Lenes und Isas, die auf Rettung hoffen, und denen gegenüber stehen nur wenige Jäger, die diese Bestien töten können. Versteh mich doch, ich kann mein

Schwert noch nicht niederlegen.« Mit dem Daumen strich ich über das lederne Armband. Es verbarg das Mal der Kriegerin. In Freyjas Augen sah ich, dass sie mich verstand.

»Tut mir leid, ich störe nur ungern, aber da will jemand zu Elyra.« Isa spielte verlegen mit dem Rosenamulett, das an ihrer Lederkette hing, und sah von mir zu Freyja. Das Mädchen war das genaue Gegenteil der wohlproportionierten Lene, und ich hatte das Gefühl, sie würde auch so zierlich und schüchtern bleiben. Doch gerade wegen ihrer Zartheit war sie mir ebenso ans Herz gewachsen wie die freche Lene. Damals, als ich in Jacobs Wagen gelegen hatte und er mich von meiner Welt wegbrachte, die die Bestien zerstört hatten, konnte ich nur davon träumen, eine neue Familie zu finden. Jetzt hatte ich eine Mutter und zwei Schwestern. Egal, welch Grauen mich auf meinen Reisen erwartete, hier in Großmutters Taverne fand ich immer einen sicheren Hafen.

»Nun gut, dann widme ich mich wieder meiner Arbeit.« Freyja stand auf und ging zur Theke, während Isa einen Mann herbeiwinkte.

»Das ist Jost, er klopfte an die Hintertür der Küche und hat ein Anliegen«, sagte meine Schwester hastig mit hochrotem Kopf und verschwand. Männer machten Isa immer ein wenig Angst. Vor allem, wenn sie dazu auch noch so verflucht gut aussahen wie der Kerl, den sie mir eben vorgestellt hatte. Ich brauchte ihr gar nicht nachzublicken, um zu wissen, dass die Küche ihr Ziel war. Dort fühlte sie sich am wohlsten. Trotz ihrer Jugend war ihre Kochkunst bereits weit über die Landesgrenzen hinaus bekannt.

»Nun, nimm Platz«, lud ich Jost ein.

»Ihr seid die Jägerin?« Die Überraschung stand ihm ins Gesicht geschrieben. Er hatte offensichtlich etwas anderes erwartet. Aber dem Lächeln nach zu urteilen, das einen Herzschlag später seinen wohlgeschwungenen Mund umspielte, gefiel ihm, was er sah. Sein welliges Haar, das wie das Gefieder eines Raben glänzte, war teilweise im Nacken zusammengebunden und reichte dennoch weit über die Schultern.

»Herrin, mein Fürst schickt mich …«

»Die Höflichkeiten kannst du dir für deinen Fürsten aufheben. Wir sind hier alles einfache Leute, nenn mich Elyra«, unterbrach ich ihn. »Lene, einen Met für Jost«, rief ich, lehnte mich zurück und verschränkte die Arme. »Nun?«

»Wie schon gesagt, mein Fürst schickt mich. In seinen Dörfern geht der Tod um. Jeden Tag wird mehr grausam verstümmeltes Vieh gefunden. Die Bauern haben eh nicht viel, der Fürst muss dieser Plage unbedingt Herr werden. Falls noch mehr Vieh getötet wird, verlieren viele ihre Lebensgrundlage. Und wie lange wird es wohl noch dauern, bis der erste Mensch diesen Bestien zum Opfer fällt?«

»Nun, dein Fürst handelt wohl nicht so uneigennützig, wie du es darstellst. Er muss dieser Plage Herr werden, wenn er weiter seinen Zehnt von den Bauern erhalten möchte. So ist es doch? Wie kommt er überhaupt darauf, dass meine Dienste benötigt werden? Vielleicht sind ja nur profane Wölfe die Übeltäter? Er wird wohl genügend Jäger haben?« Ich musterte mein Gegenüber, das so ganz und gar nicht wie ein Lakai wirkte. Er hatte etwas seltsam Dominantes an sich.

»Hier, mein Hübscher, geht aufs Haus.« Lene stellte einen Krug Met vor Jost ab. »Wenn du ihn nicht mit auf die Kammer nimmst, Schwesterchen, dann krall ich ihn mir.« Sie blinzelte mir grinsend zu. Ich spürte Hitze in meine Wangen steigen. Oh, dieses Luder hatte es doch wieder einmal geschafft, mich verlegen zu machen. Schnell nahm ich meinen Krug und trank, um mich wieder in Griff zu bekommen. Die ganze Zeit hatte ich Josts goldschimmernde Bernsteinaugen ignoriert, die mich so intensiv anblickten, dass ich es fast körperlich spürte, und die von langen, dunklen Wimpern umrahmt wurden. Was seinen Blick noch fesselnder machte. Nein, das interessierte mich auf keinen Fall, denn ich war eine eiskalte Jägerin, kein dummes kleines Mädchen, das gleich ins Schwärmen geriet, wenn sie einem hübschen Jüngling gegenübersaß. Nun gut, er war nicht wirklich ein Jüngling, sondern ein ausgewachsener Mann im besten Alter. Somit viel zu alt für meine Schwester.

»Ich hätte den Kerl sein Werk zu Ende bringen lassen sollen«, zischte ich Lene zu, mein Blick glitt zu ihrem Hals, die Würgemale änderten die Farbe inzwischen von Rot zu Blau. Wahrscheinlich würden sie bis morgen in allen Nuancen schillern. Betont lässig stellte ich den Krug wieder auf Tisch, denn ich hatte Eis in den Adern. Na ja, ich versuchte vor Jost zumindest, so zu wirken.

»Das hättest du niemals, dafür liebst du mich zu sehr, Schwesterchen.« Sie beugte sich zu mir und drückte mir einen Schmatzer auf die Wange. Jost starrte uns an. Ich brauchte keine Gedanken lesen zu können, um zu wissen, was er sich in seinen Fantasien gerade ausmalte.

»Wir redeten über zerfleischte Tiere«, holte ich ihn barsch aus seinem Tagtraum zurück, und er grinste dreckig. Was für ein Idiot, ich verdrehte die Augen.

»Zerfleischte Tiere? Da bin ich weg.« Lene drehte sich um und steuerte einen Gast an, der mit seinem leeren Krug winkte.

»Also, wieso kommst du zu mir?«, wollte ich wissen und Jost zog etwas aus der Tasche an seinem Gürtel. Er legte ein kleines Leinentuchsäckchen auf den Tisch.

»Sag mir, ist das die Klaue eines profanen Wolfes?« Er schob das Säckchen über den Tisch zu mir. Ich wickelte den Inhalt aus und es kam wirklich zum Vorschein, was Jost angekündigt hatte. Eine schwarzglänzende Kralle, die um das Zehnfache größer war als die eines normalen Wolfes. Das war die Klaue eines Werwolfes. Sofort verdoppelte mein Puls den Schlag.

»Wo ist die her?« Ich nahm sie vorsichtig in die Hand. Denn so eine Kralle war schärfer als manche Klinge. Ich drehte sie hin und her. An ihrer Echtheit bestand kein Zweifel.

»Sie steckte im Knochen einer Kuh, die als solche fast nicht mehr zu erkennen war«, erklärte Jost.

»Du hast recht, ihr habt ein Problem. Offensichtlich treiben widerliche Bestien in eurer Gegend ihr Unwesen.« Ich sah von der Kralle zu ihm.

»Du klingst ganz so, als wäre es nicht nur reine Arbeit für dich, diese Kreaturen zu jagen«, stellte er fest.

»Oh, ich hasse sie zutiefst. Es ist mir ein Anliegen, diese verfluchte Brut auszurotten. Doch wenn meine Arbeit bezahlt wird, ist sie noch erfüllender.« Ich lehnte mich zurück und lächelte.

»Der Fürst hat ein Beutegeld ausgelobt.« Wieder kramte Jost in seiner Tasche am Gürtel und zog einen Lederbeutel hervor. Als er ihn auf den Tisch warf, hörte ich Münzen klimpern. »Das sind fünfzig Dukaten. Wenn du die Bestie zur Strecke bringst, gibt es noch mal fünfzig. Wie sieht es aus?«

»Ich würde sagen, wir sind im Geschäft«, erwiderte ich und sah auf die Kralle. Dieser Werwolf musste ein Mordsvieh sein. Kampfeslust rauschte durch meine Adern, wie immer, wenn ich auf Jagd ging. Ich war schon beinahe euphorisch. »Lass uns darauf anstoßen«, sagte ich, legte die Kralle zurück auf das Leinentuch und nahm einen Krug. Erst jetzt fiel mir auf, wie sehr mir das Jagen in den vergangenen Wochen gefehlt hatte. Vielleicht war es zu verurteilen, dass ich für Münzen jagte. Ich sah es zwar als meine Aufgabe an, diese Kreaturen zu töten, aber man musste ja schließlich auch von irgendwas leben, und dieser Fürst würde schon nicht am Hungertuch nagen müssen, wenn ich mir eine erfolgreiche Jagd entlohnen ließ.

»Du bist doch gerade erst gekommen«, schimpfte Lene, die auf meinem Bett saß und mir dabei zusah, wie ich die Ärmel überstreifte. Mittels Schnallen befestigte ich die ledernen Stulpen an der Schulterpartie des Wamses. Ein Tuch versteckte die Würgemale an ihrem Hals. Noch immer kochte die Wut hoch, wenn ich nur daran dachte.

»Das stimmt so nicht, ich bin schon über einen Monat wieder zuhause«, erwiderte ich.

Lene schnaubte nur laut.

»Ach, Schwesterchen, versteh doch. Die Leute haben ein Problem, ich kann helfen.« Ich nahm den Gurt mit der Schwerthalterung, sah zu ihr. Sorge lag in ihrem Blick und ich ging vor ihr in die Hocke.

»Hey, mir passiert schon nichts.« Sanft strich ich ihr die feuerroten Strähnen aus dem Gesicht. »Sag mal, werden das auf deiner Nase immer mehr Sommersprossen?«, scherzte ich, doch Lene verzog keine Miene, sah mich nur traurig an.

»Und was ist mit der fürchterlichen Narbe an deiner Schulter oder der, die quer über deinen Bauch verläuft?«

»Och, das sind doch nur Kratzer.« Ich lächelte sie an.

»Du meinst den Kratzer am Bauch, wegen dem du fast verblutet wärst?«, fragte sie sarkastisch.

»Was soll ich sagen. Ich war damals noch jung und unerfahren, jetzt bin ich besser«, erwiderte ich, ließ den Gurt los und legte beide Hände an Lenes Kopf. Sanft zog ich sie zu mir, bis ihre Stirn die meine berührte. »Ich komme wieder, das verspreche ich«, flüsterte ich.

»Schwöre es«, forderte meine Schwester.

»Ich schwöre es, bei meinem Leben.«

»Bei deinem Leben? Das ist nicht witzig«, erwiderte Lene bissig.

»Ein wenig«, sagte ich mit einem schiefen Grinsen. »Jedes Mal, wenn ich weggehe, führen wir diese Diskussion, und noch immer bin ich wieder nach Hause gekommen.« Ich nahm den Gurt, stand auf und schnallte die Halterung auf den Rücken, um dann das Schwert zu holen, das gegenüber in der Truhe verstaut war. Damit war meine Bewaffnung komplett. Zu dem Schwert und den Dolchen an den Oberschenkeln kamen noch die Messer in jedem Stiefelschaft.

»Bitte, pass auf dich auf.« Lene erhob sich und trat zu mir. Aus den Augenwinkeln sah ich eine Bewegung.

»Komm doch rein, Isa«, sagte ich, ohne meinen Blick von Lene zu nehmen.

»Ich will auch nicht, dass du gehst«, flüsterte meine jüngste Schwester, und ich streckte ihr den Arm entgegen. Hastig lief sie zu mir, ich drückte sie an mich. Sie war einen halben Kopf kleiner als ich und ich küsste sie sanft aufs Haar.

»Mmmmh, Isa, du riechst lecker. Ich hoffe, du hast mir etwas Schmalzgebäck in den Proviantsack gepackt«, murmelte ich an ihrem

Kopf. Lene kam zu uns. Wir standen eng beieinander, hielten uns alle drei in den Armen. »Ich komme wieder, denn ich habe die besten Gründe, zurückzukehren, die man sich nur vorstellen kann: euch beide und Freyja«, sagte ich fest. Sanft hauchte ich erst Isa, dann Lene einen letzten Kuss auf die Stirn und ließ meine Schwestern los. Freyja lehnte im Türrahmen.

»Blume steht fertig, der Proviant ist schon am Sattel befestigt. Frieder hat sich darum gekümmert«, meinte sie. »Ich hab auch Heilsalben und Tinkturen mit eingepackt«, fügte sie hinzu.

»Freyja, du bist die Größte. Seht ihr, ich bin bestens mit Mutters fast magischen Heilmittelchen versorgt«, sagte ich zu meinen Schwestern, die mich nur schweigend mit ihren großen Augen ansahen. Es hatte den Anschein, als würden gleich Tränen fließen. Das war mein Stichwort. »Dann sollte ich Blume nicht länger warten lassen.« Ich packte den Beutel mit ein paar Habseligkeiten, der neben der Truhe wartete und auf die ich auch unterwegs nicht verzichten wollte. Nachdem ich ihn geschultert hatte, war ich fertig. Gefolgt von den Blicken meiner Schwestern schritt ich zur Tür. Als ich Freyja passierte, ergriff sie mein Handgelenk, drückte es kurz und gab mich frei. Sie brauchte zur Verabschiedung keine großen Worte.

»Eine Kriegerin bricht niemals ein gegebenes Versprechen«, sagte sie, als ich den Gang durchquert hatte und bereits an der Tür zum Gastraum stand. Ohne zurückzublicken, nickte ich, straffte die Schultern und betrat die Schenke. Ab jetzt war ich die Jägerin, kalt und effizient. Ich liebte meine Familie wirklich sehr und vermisste sie jetzt schon schmerzlich. Aber wenn ich genügend Abstand zu meinen Liebsten hatte, konnte ich meine Aufträge effektiver erledigen. Im Schankraum erwartete mich ein wahres Schnarchkonzert. Die Übernachtungsgäste schliefen hier im Raum verteilt auf Strohsäcken. Es war früh am Morgen, die Sonne kitzelte bereits die riedgedeckten Dächer. Ein paar Strahlen fanden ihren Weg durch die Frischluftöffnungen unter dem Dach ins Innere der Schenke. Jost konnte ich nirgendwo entdecken. Ich trat vor die

Taverne, sog die frische Luft tief in meine Lungen. Ein sonniger Morgen versprach einen schönen Tag. Mein Blick schweifte über unseren von weitläufigen Wäldern umgebenen Weiler, der auf einer Landkarte so winzig und unbedeutend erschien, dass die Obrigkeit ihn ignorierte. Was den Menschen, die hier lebten, eine gewisse Freiheit gab. Während ich die Kapuze über den Kopf zog, steuerte ich die Stallungen an. Hühner waren bereits laut gackernd mit der Würmersuche beschäftigt, die Schweine quiekten nach Futter und die Ziegen knabberten an allem, was ihnen fressbar erschien. Vom Backhäuschen wehte das verführerische Aroma nach frischem Brot zu mir herüber. Mir lief das Wasser im Munde zusammen. Hoffentlich hatte Isa auch eines ihrer leckeren Brote mit eingepackt. Frieder, unser Junge für alles, verließ den Stall. Dort hielt er sich am liebsten auf.

»Ich habe Blume heute noch ein paar Extraäpfel gegeben«, sagte er. Der Junge mit den strubbeligen Haaren und den blauen Augen kratzte über sein bartschattiges Kinn. Keine Frage, der Knabe reifte langsam zum Manne. Er half schon seit Jahren in der Schenke mit, verdiente so etwas zum Unterhalt seiner großen Familie dazu.

»Du verwöhnst sie wirklich viel zu sehr«, erwiderte ich, klopfte ihm auf die Schulter und setzte dann meinen Weg fort.

»Alles ist gut, Brauner, es geht wieder nach Hause.« Jost war bereits im Stall. Er strich über die Nüstern seines Pferdes, das nervös im Verschlag herumtänzelte.

»Bereit?«, fragte ich, als ich auf ihn zulief.

»Wir können los, wann du willst.« Jost drehte sich zu mir. Sein Pferd war ebenfalls gesattelt, das Gepäck fest verzurrt. Also band ich noch den Reisesack am Sattel meiner Schimmelstute fest und führte sie vor dem Stall. Jost folgte mit seinem Fuchs.

»Du sagtest, die Ländereien deines Fürsten liegen im Lornetal?«, fragte ich, als ich aufstieg.

»Exakt.« Jost saß ebenfalls auf.

»Dann haben wir ein ganz schönes Stück Weg vor uns.« Ich trat Blume leicht in die Flanken und sie trabte los.

Die Schattenreich Chroniken -
Kreaturen der Nacht

Sie sind grausam.
Sie sind zum Sterben schön.
Sie sind Kreaturen der Nacht.

Als der geheimnisvolle Frederic Puiset auf der Burg Hohenstein eintrifft, schwant Viktor, dem Sohn des Grafen, nichts Gutes. Seine Schwester Elisabeth hingegen ist von dem attraktiven Fremden ganz hingerissen, der im Namen seines Herrn um ihre Hand anhalten soll. Eines Tages erwacht Viktor aus einem vermeintlichen Albtraum. Doch nichts ist mehr, wie es war. Er wurde zum Vampir gewandelt und sein Vater sowie die gesamte Dienerschaft von Elisabeth im Blutrausch grausam ermordet. Kann er die Menschen, die im Dorf am Fuß der Burg leben, vor den Vampiren und seiner eigenen Gier nach Blut schützen?

Taschenbuch: 452 Seiten
ISBN-10: 3744873536
ISBN-13: 978-3744873536

Gebundene Ausgabe: 460 Seiten
ISBN-10: 3732285928
ISBN-13: 978-3732285921

Prolog

Lukas hetzte durch die Dunkelheit. Zweige peitschten gegen sein Gesicht, hinterließen beißende Striemen. Mit hastigen Atemzügen pumpte er Luft in seine brennenden Lungen. Plötzlich wurde er zurückgerissen, die Schließe seines Umhangs zerquetschte ihm fast den Kehlkopf, er rang nach Atem. Sein Lodenmantel hatte sich im Geäst verfangen. Panisch zerrte er an dem rauen Stoff, der mit einem Ratsch nachgab. Er musste weg, weg von diesem grauenvollen Ort. Nur spärlich beleuchtete der Vollmond die Umgebung. Lukas hatte keine Ahnung, wo er war oder wohin er flüchten sollte. Er rannte in die unbekannte Finsternis; alles war besser, als das, was ihn verfolgte. Die Bäume schnappten mit ihren knorrigen Krallen nach ihm, kratzten über seine Haut. Er drückte sie zur Seite, ignorierte den Schmerz. Tränen rannen über seine Wangen, brannten in den Striemen. Sein Herz sprang wild gegen den Rippenkäfig. Im Geiste sah er die anderen vor sich. Die Bestie tötete sie erbarmungslos und so schnell, dass das Auge kaum folgen konnte. Der Dämon hatte ihre Kehlen aufgerissen, sich dann an ihrem Blut gütlich getan. Lukas überlebte als Einziger. Galle schoss seine Kehle hoch, zwang ihn zum Stehenbleiben. Keuchend stützte er sich an einem Baum ab. Er zuckte zusammen. War da ein Geräusch? Folgte ihm das Monster? Er musste weiter. Er schob das Geäst zur Seite, setzte seinen Weg ins Ungewisse fort. Hauptsache, er brachte möglichst viel Abstand zwischen sich und diese Kreatur. Hinter ihm brachen Zweige, sein Herz setzte einen Schlag lang aus. Er beschleunigte seine Schritte, doch der Wald wollte ihn nicht vorankommen lassen. Voller Verzweiflung kämpfte er sich durch die Büsche, als er mitten in der Bewegung erstarrte; nicht einmal den kleinen Finger vermochte er zu rühren. Einzig sein Herz flatterte in der Brust. Panik umklammerte ihn mit ihren ehernen Klauen.

»Dachtest du wirklich, du könntest entkommen?« Die Stimme des Mannes, der die ganze Delegation bestialisch getötet hatte, klang weich, fast verführerisch. Einen Wimpernschlag später stand der Fremde vor ihm. Die Augen der Kreatur leuchteten wie glühende Holzkohlestückchen. Verzweifelt versuchte Lukas, seine Beine zu bewegen, aber sie verweigerten ihm den Dienst. Er blieb an Ort und Stelle, ohne sich auch nur eine Handbreit rühren zu können, hilflos wie ein vor Angst erstarrtes Rehkitz.

Bei Gott, was bist du, wollte er die Kreatur fragen, aber es kam nur ein heiseres Krächzen aus seiner Kehle.

»Man gab mir viele Namen, Dämon, Jäger der Nacht oder Vampir.« Die Stimme seines Gegenübers hatte sich verändert, klang nun weit entfernt von menschlich. Unfassbar, die Kreatur las seine Gedanken.

Noch immer konnte Lukas nicht ein Glied seines Körpers bewegen. Nur sein Herz arbeitete noch.

Das Monster packte ihn am Schopf und riss seinen Kopf nach hinten. Schmerzen durchzucken ihn, er keuchte auf.

»Ich rieche dein Blut, wie es durch deine Adern rauscht. Sein Geruch ist süß, so verlockend«, flüsterte die Kreatur in sein Ohr. Lukas hörte, wie sie tief einatmete, als würde sie einen betörenden Duft inhalieren. Schweiß perlte von seiner Stirn. Blanke Furcht legte sich wie eine Eisenkette um seinen Brustkorb, hinderte ihn am Atmen.

Im nächsten Moment spürte Lukas einen stechenden Schmerz an der Kehle. Die scharfen Zähne der Kreatur drangen in sein weiches Fleisch ein. Gierig saugte sie den roten Lebenssaft aus seinen Adern.

Ihm wurde übel und ein Schwindelgefühl übermannte ihn. Er wusste nicht, warum er noch auf den Beinen stand. Seine Gedanken rasten, suchten fieberhaft nach einem Ausweg, während die Kreatur sich an seinem Blut labte. Es gab nichts, was er tun konnte, um sie daran zu hindern, ihm das Leben aus den Adern zu saugen. Alles erschien hoffnungslos. Er erkannte, dass sein Ende unausweichlich gekommen war.

Vielleicht war es diese Erkenntnis, die ihn seltsam ruhig werden ließ. Er musste keine Angst haben, dies konnte nur eine Prüfung Gottes sein, und als guter Christ würde er sie ertragen. Sein ganzes

Leben lang war er ein gottesfürchtiger Mensch gewesen. Lukas wusste, auf ihn wartete das Paradies. In Gedanken sprach er ein stilles Gebet, wie es ihm der Mönch in seinem Dorf gelehrt hatte. Seine Gliedmaßen wurden taub. Eine tiefe Müdigkeit erfasste ihn, sein Verstand dämmerte weg. Er spürte den Schmerz kaum noch, und nur Augenblicke später fühlte er gar nichts mehr.

Der Körper des jungen Mannes sackte leblos in sich zusammen und Frederic ließ sein Opfer los. Wie ein nasser Sack klatschte der Leib auf den Boden.

»Na, hast du das Paradies oder nur Finsternis gesehen, als dein Herz zu schlagen aufhörte?«, fragte er den Leichnam, den er trotz der Dunkelheit hervorragend sah. Er holte das faustgroße, auf Holz gemalte Bildnis, das er dem Boten auf der Burg abgenommen hatte, aus der Innentasche seines Umhangs. Blutspritzer verdeckten einen Teil des hübschen Gesichts. Sanft strich er mit seinen Fingerspitzen über das Mädchenporträt, um dessen Oberfläche vom Blut zu befreien. Dabei spürte er jeden getrockneten Pinselstrich. Der Anblick dieses wunderbaren Geschöpfs verzauberte ihn. Er musste es aufsuchen und für sich gewinnen. Zu viele Nächte verbrachte er schon allein. Dieses Mädchen sollte seine Gefährtin werden. Kostete es, was es wolle.

Alle Informationen, die er benötigte, um sie zu finden, hatte ihm der Abgesandte gegeben. Wenn auch nicht freiwillig. Der würdelose Keil war mit einer Delegation zur Burg Hohenstein geschickt worden. Er sollte im Namen seines Herrn um die Schönheit werben. Genauso leicht, wie Frederic die Körper der Sterblichen kontrollieren konnte, fiel es ihm auch, in ihre Gedanken einzudringen. Mit dem Ärmel seines weißen Seidenhemdes wischte er sich das Blut vom Mund. Er spürte, dass seine Augen hell vor Erregung leuchteten. Diese faszinierende Maid würde bald ihm gehören.

1. Kapitel

Schon vor Sonnenaufgang ritt Viktor mit drei Dienern in den Wald. Sorgsam suchte er den günstigsten Platz, von dem aus er die ganze Lichtung überblicken konnte. Hier hielt sich die Rotwildherde meist früh am Morgen auf. Er hatte es auf den Leithirsch abgesehen, dessen prächtiges Geweih eine wundervolle Trophäe abgeben würde. Immer wieder war es dem Tier gelungen, zu entkommen. Dieser Hirsch hatte viel Glück. Bis heute.

Seine Männer verharrten in Sichtweite im Unterholz. Sie erwiderten Viktors Nicken. Langsam lösten sich die Nebelschwaden auf und die Sonne beschien die kniehohen Gräser. Der Morgentau glitzerte auf den Halmen. Kein Lüftchen regte sich, es herrschte eine lauschige Stille, die nur das leise Summen von Insekten unterbrach.

Ein Rascheln auf der gegenüberliegenden Seite der Lichtung erweckte Viktors Aufmerksamkeit. Angespannt hockte er zwischen den Büschen und wagte kaum, zu atmen. Es knackte im Geäst. Viktor zielte mit seiner Armbrust in die Richtung. Kurz darauf staksten zwei Hirschkühe aus dem Wald. Sie hoben ihre Köpfe, sondierten die Umgebung, verdächtige Geräusche würden sie nicht überhören. Es dauerte eine gefühlte Ewigkeit, bis sie sich entspannten und zu äsen begannen. Wieder konnte man Laute im Gebüsch am Rande der Lichtung vernehmen.

Endlich trat er heraus, ein großer, majestätischer Hirsch. Sein braunes Fell glänzte rötlich im Schein der frühen Morgenstrahlen. Er überragte die Kühe deutlich. Ihm folgten weitere weibliche Herdenmitglieder und Jungtiere vom Frühjahr. Alle Tiere beschäftigten sich jetzt mit der Suche nach zarten Gräsern. Der Hirsch hob zwischendurch seinen Kopf und lauschte. Beim geringsten Anzeichen einer Gefahr würde er mit seiner Herde die Lichtung fluchtartig verlassen. Viktor nickte nochmals seinen Männern zu, hob die Armbrust, sein Finger lag auf dem Abzug. Er wartete darauf, dass das Tier noch etwas näher kam, um einen gezielten Schuss abgeben zu können. Der Hirsch reckte den Hals und witterte. Etwas beunruhigte ihn. Viktor hielt die Luft an. Einen Augenblick lang befürchtet er, das Tier hätte ihn bemerkt und würde wieder entwischen. Doch dann knabberte es weiter die Halme an und näherte sich ihm langsam. Viktor folgte jeder Bewegung mit der Armbrust.

Nur noch ein paar Schritte. Seine Beute tat ihm den Gefallen. Er zog am Drücker, die gespannte Bogensehne schnellte zurück. Ohne Vorwarnung flatterte ein Fasan mit lautem Gezeter in die Höhe.

Auf dieses Signal hin flüchtete die Herde in wilder Panik. Mit einem dumpfen Schlag bohrte sich der Bolzen in einen Baumstamm gegenüber. Fluchend hängte Viktor sich die Armbrust über die Schulter und betrat die Lichtung. Seine Diener folgten ihm. Mattis zog das Geschoss aus dem Baumstamm.

»Den Baum habt Ihr auf jeden Fall erlegt, Herr.« Er grinste, fuhr sich durch seine wirren Locken. Viktor wollte etwas erwidern, als ihn ein Geräusch am Rande der Lichtung innehalten ließ. Er bedeutete seinen Begleitern, still zu sein, spannte seinen Bolzen sogleich wieder ein und zielte auf die Stelle. Vielleicht würde er ja doch noch Glück haben. Flach atmend beobachtete er den Waldrand. Da! Etwas flatterte aus dem Gebüsch. Es war dieser verfluchte Fasan.

»Besser als nichts«, sagte Viktor und Sekunden später lag der tote Vogel im hohen Gras.

Mattis hob das Tier auf. »Na ja, zumindest kehren wir nicht ohne Wild zurück. Auch wenn es kleiner ist, als erwartet.« Er lachte.

»Treib es nicht zu weit Junge, sonst muss ich dir deine Ohren lang ziehen«, entgegnete Viktor, doch Spott in seiner Stimme zeugte davon, dass er die Drohung nicht ernst meinte. Mattis brachte den Vogel zu den Pferden, die sie in der Nähe zurückgelassen hatten. Viktor folgte ihm, die beiden anderen Diener waren dicht hinter ihnen. Nach einem kurzen Marsch durchs Unterholz erspähte er Raja, seinen Schimmel, der sichtlich nervös war. Mattis Fuchs hingegen schien die Ruhe selbst. Viktor näherte sich seinem Pferd vorsichtig, um es nicht zu erschrecken. Als Raja seinen Reiter erkannte, beruhigte er sich.

Vorwiegend wurden hier die ruhigen Kaltblüter gehalten, da sie nicht nur als zuverlässige Reittiere, sondern auch als Arbeitstiere gute Dienste taten. Sein Pferd hingegen taugte wenig zur Feldarbeit. Viktors Vater verstand nicht, wie man an ein solch unnützes Tier Futter verschwenden konnte. Etwas Wertvolleres als dieses Ross besaß Viktor nicht. Es war ein Geschenk von Pfalzgraf Friedrich gewesen, an dessen Hof er einst als Knappe gedient hatte. Viktor war zwar der Sohn des Grafen von Hohenstein, doch die Reichtümer, die sein Vater hortete, würden ihm erst nach dessen Ableben gehören. So fiel Viktors eigener Besitz eher bescheiden aus. Rajas Name kam aus dem Arabischen und bedeutete Hoffnung, etwas, das er niemals aufgeben durfte.

Während Viktor aufsaß, befestigte Mattis den toten Vogel an seinem Sattel, dann kletterte auch er auf den Fuchs. Die zwei Diener taten es ihnen gleich. Als alle bereit waren, trieb Viktor Raja in Richtung Burg. Mattis ritt neben ihm. Viktor betrachtete den jungen Diener. Der Bursche war gut zwei Köpfe kleiner als er, aber das war nicht verwunderlich, denn aufgrund seines hohen Wuchses überragte er die meisten Menschen, die er kannte. Er strich sich eine dunkle Strähne aus dem Gesicht. Die Lederstiefel, die er über einer schwarzen Hose trug, knirschten bei jedem Schritt, den sein Ross tat.

»Wie spät mag es wohl sein?«, fragte Viktor.

»Bald werden die Glocken die Mittagszeit einläuten«, erwiderte Mattis.

»Die Jagd hat länger gedauert als geplant. Das wird Vater nicht gefallen.« Viktor verzog den Mund.

»Ach ja, heute soll uns ein Gast beehren«, erinnerte sich Mattis und hob die Augenbrauen. »Welcher wichtige Edelmann verirrt sich in diese Einöde, fernab der Reichsstadt?«

Viktor antwortete nicht, presste die Kiefer zusammen und blickte geradeaus. Elisabeth sollte unter die Haube kommen. Für seinen Vater war dies nur ein Geschäft, es ging letztlich immer um Geschäfte. Er hatte es nicht allzu eilig, zur Burg zu kommen. Gemächlich trabte Raja den Pfad entlang. Die warmen Strahlen der Septembersonne blitzten durch die zusammengewachsenen Kronen der Bäume, die sich herbstlich zu verfärben begannen. Moosgeruch lag in der Luft.

Eine von dichten Wäldern bewachsene Hügelkette bestimmte die Landschaft. Auf dem Höchsten thronte stolz die Burg Hohenstein. Man erreichte sie nur über einen einzigen schmalen Steig, der sich unterhalb des Berges gabelte. Der eine Weg führte in das kleine Dorf Hohenlohe, der andere zur fünf Tage entfernt gelegenen Reichsstadt Nürnberg.

Als Viktor die Gabelung erreichte, überlegte er kurz, ob er im Dorf nach dem Rechten sehen sollte. Fast alle dort lebenden Familien waren dazu gezwungen, auf der Burg Frondienst zu leisten. Der Graf setzte, zu Viktors Leidwesen, seine Ansprüche unerbittlich durch, ließ die Menschen bis zum Umfallen arbeiten. Ständig geriet er mit seinem Vater darüber in Streit. Heiße Wut schoss durch Viktors Körper. Er presste die Kiefer so fest zusammen, dass sie schmerzten, verwarf aber den Gedanken, das Dorf zu besuchen, und trieb sein Pferd weiter zur Festung.

Der Alte würde ihm die Hölle heißmachen, wenn er noch länger den Tag vertrödelte. Wahrscheinlich hatte er ihn mit seinem morgendlichen Jagdausflug schon genug gereizt.

Viktor sah das rot angelaufene Gesicht des alten Despoten im Geiste vor sich. Wie er schimpfte und zeterte. Oft waren seine Launen nur schwer auszuhalten.

Vielleicht sollte er einfach weit fortgehen.

Das schmale Antlitz seiner Schwester tauchte in seinen Gedanken auf und Viktor bekam ein schlechtes Gewissen. Nein. Energisch trat er seinem Hengst in die Flanken. Er würde sie nicht allein lassen, ihretwegen blieb er auf der Burg und ertrug die Reizbarkeit seines Vaters. Seufzend ritt er den geschwungenen Pfad entlang, der steil zur Festung führte.

Nur wenige Augenblicke später lag die mächtige Burg vor ihm. Eiligst schoben zwei Wächter das hölzerne Tor auf, das laut ächzte. Viktor ritt, gefolgt von seinen Begleitern, hindurch.

Ein vertrautes Bellen erregte seine Aufmerksamkeit. Als er Amica entdeckte, konnte er es kaum erwarten, ihre feuchte Schnauze im Gesicht zu spüren. Der Hündin ging es offensichtlich ebenso, denn sie passierte im Schweinsgalopp die Gesindehäuser, brachte eine Magd, die im Garten Gemüse erntete, aus dem Gleichgewicht, das Mädchen landete zeternd auf seinem Hinterteil, und erschreckte zwei Ochsen, als sie unter ihnen hindurchlief. Nur mit Mühe gelang es den Burschen, die von dem Fuhrwerk Heu abluden, das massige Gespann zu beruhigen.

Viktor erreichte die Ställe zeitgleich mit Amica, die um Rajas Beine herumschwänzelte. Der Schimmel schnaubte laut, versuchte dann, nach ihr zu schnappen.

»Da hat Euch jemand sehr vermisst«, meinte Mattis.

»Zur Fasanenjagd hätten wir sie auch mitnehmen können.« Viktor stieg von seinem Pferd und sogleich war Amica bei ihm. Er kniete sich zu ihr, strich über ihr raues Fell, sie beschnüffelte mit wedelndem Schwanz sein Gesicht.

»Ich hätte dich nicht hier lassen sollen, meine Schöne«, flüsterte er sanft, während er sie hinter den Ohren kraulte. Raja knabberte unterdessen an Viktors langem Haar. »Du hast recht, ich sollte dich von deinem Sattel befreien und abreiben.« Er stand auf.

»Sorge dafür, dass der verhexte Vogel zur Küche kommt«, befahl er Mattis.

»Ja, Herr«, erwiderte dieser sichtlich erheitert.

»Verzeiht mir, dass ich störe, aber der Graf sucht nach Euch«, sagte ein Stallbursche und ergriff die Zügel von Mattis Fuchs.

»Ich danke dir für deine Vorwarnung. Jetzt hat mein Vater so lange gewartet, dann wird er sich wohl noch eine kleine Weile gedulden können, bis ich mein Pferd versorgt habe«, gab Viktor augenzwinkernd zurück. Obwohl damit der Zorn seines Vaters wahrscheinlich ins Unermessliche wachsen würde, wollte er doch noch etwas Zeit schinden.

Er führte Raja zum Stall, Amica wich ihm nicht von der Seite. Da vernahm er aus Richtung der Werkstätten das gleichmäßige metallene Schlagen eines Schmiedehammers. Dies bedeutete nur eines: Johannes befand sich auf der Burg.

»Versorg mein Pferd«, bat Viktor den Stalljungen. Dieser nickte und nahm Rajas Zügel.

Schnurstracks ging Viktor zu den Werkstätten. Amica rannte ein Stück voraus, kam zurück, um dann wieder in Richtung Schmiede zu laufen. Sie schien noch ungeduldiger als Viktor zu sein. Tatsächlich stand Johannes, ein breitschultriger Hüne, in der Schmiede. Seine blonden Locken klebten ihm schweißnass im Nacken. Mit dem Handrücken fuhr er sich über die bärtige Wange. Er blickte von seiner Arbeit auf, seine himmelblauen Augen strahlten.

Obwohl Viktor der Sohn des Grafen war, verband die beiden ein freundschaftliches Verhältnis. Johannes lebte mit seiner Familie im Dorf. Er kam regelmäßig auf die Burg, um Waffen zu reparieren oder Rüstungen auszubessern, und im Gegensatz zu den meisten anderen wurde er vom Burggrafen für seine Dienste bezahlt. Aber die Vorstellungen der beiden, was eine angemessene Bezahlung war, gingen weit auseinander.

Viktor erreichte die Schmiede, hinter Johannes entdeckte er ein Mädchen, das am Boden saß und spielte. Es war Marie, die Tochter des Schmieds. Man konnte bereits jetzt erkennen, dass sie einmal eine Schönheit werden würde. Sie hatte Johannes kluge, blaue Augen und sein helles Haar, das die Farbe von reifem Weizen besaß, geerbt. Ansonsten gab es keine weitere äußerliche Gemeinsamkeit. Mit ihrer zierlichen Figur war sie das genaue Gegenteil ihres Vaters. Marie hob den Kopf und lächelte Viktor zu, als er die offene Schmiede betrat. Amica wuselte schwanzwedelnd durch die Werkstätte, schnüffelte an Johannes, schleckt mit der rauen Zunge über Maries Gesicht, die laut auflachte und den Hund von sich schob.

»Amica.« Viktor deutete neben sich, worauf die Hündin zu ihm trottete und gehorsam Platz nahm. Auch als er weiter ins Innere der Schmiede ging, blieb sie an Ort und Stelle liegen.

»Wo ist Hans? Hilft er dir gar nicht?«, erkundigte er sich.

»Nein, er kümmert sich um die Schmiede im Dorf.«

»Dann ist heute das hübsche junge Fräulein deine Hilfe.« Viktor sah zu Marie. Das Mädchen wurde ganz verlegen, ihre Wangen nahmen die Farbe von reifen Äpfeln an.

»Hast du es dabei?« Viktor schenkte seine Aufmerksamkeit wieder Johannes, konnte die Ungeduld, die unter seiner Haut prickelte, kaum zügeln. Der Schmied nickte, ging in den hinteren Teil der Werkstätte und öffnete eine Truhe, aus der er einen langen Gegenstand herausholte, welcher in ein Leintuch gehüllt war. Er reichte ihn Viktor, der ihn vorsichtig auswickelte.

Ein blank poliertes Schwert kam zum Vorschein. Viktor legte das Tuch weg und schwang das Schwert leicht von einer Seite zur anderen, es fühlte sich gut in der Hand an. Er hielt es mit der Spitze nach oben, vor sein Gesicht, sodass er die Klinge genau betrachten konnte. Filigrane Gravierungen zierten die silberglänzende Oberfläche. Sie war perfekt gearbeitet.

»Du hast dich selbst übertroffen.«

»Herr, das ist zu viel des Lobes, es ist ganz gut gelungen.«

»Sei nicht so bescheiden, mein Freund. Welchen Preis willst du dafür?«

»Das, was wir ausgehandelt hatten, Herr.«

Viktor fasste in die Tasche seiner ledernen Weste, nahm sechs Münzen heraus und drückte sie Johannes in die Hand.

»Das ist viel mehr, als wir vereinbart hatten.«

»Nein, das ist für deine hervorragende Arbeit nur angemessen. Außerdem wissen wir doch beide zu gut, dass mein Vater dich nicht so für deine Dienste entlohnt, wie es dir zusteht. Sieh dies als Ausgleich. Du hast schließlich eine Familie zu versorgen.«

»Dann danke ich Euch, Herr«, murmelte Johannes und steckte die Münzen ein.

Neugierig betrachtete Marie das Schwert, das Viktor auf das Leintuch gelegt hatte.

»Ich glaube, eine Waffe ist nichts für ein Mädchen.«

»Ich möchte auch gerne lernen, mit einer solchen umzugehen. Dann kann ich mich und meine Familie verteidigen.«

»Das fehlte noch«, brummte ihr Vater.

Viktor musste schmunzeln. »Ich könnte dich in die Kunst des Schwertkampfs einweisen.« Dabei kniete er sich vor das Mädchen, sodass er sich mit Marie auf Augenhöhe befand.

»Wirklich?« Sie strahlte ihn an.

»Na ja, um so eine Waffe halten zu können, musst du allerdings noch etwas wachsen«, gab er amüsiert zu bedenken.

»Aber ich bin schon elf Winter alt!«

»Nun, ich glaube trotzdem, du solltest noch etwas größer werden.«

»Marie, jetzt hör auf, dem adligen Herrn die Geduld zu rauben«, unterbrach Johannes seine Tochter barsch.

»Ist schon gut. Wenn du groß genug bist, werde ich es dir vielleicht beibringen«, versuchte Viktor einzulenken. Das Mädchen starrte den Vater finster an und bemerkte so nicht, dass Viktor in seine Westentasche fasste, um eine Münze hervorzuholen.

»Ja, was ist denn da?« Viktor deutete auf das Ohr der Kleinen. Sie fasste sich hin.

»Nichts«, sagte sie verdutzt. Viktor streifte mit seinem Finger leicht Maries Ohr, dann hielt er seine offene Hand vor das Gesicht des Mädchens. Auf der Handfläche lag eine Kupfermünze.

»Sieh an, was ich in deinem Ohr gefunden habe.«

Marie sah die Münze ungläubig an, all der Groll schien vergessen. »Wie habt Ihr das gemacht?«

Viktor musste sich zwingen, nicht zu lachen, als die blauen Augen des Mädchens ihn verwirrt anstarrten.

»Na, Zauberei«, antwortete er und gab Marie die Münze, die diese ungläubig in der Hand hin und her drehte.

»Lasst das bloß nicht Bruder Franziskus hören. Der würde Euch doch glatt den Teufel austreiben«, meldete sich Johannes zu Wort. Viktor stimmte in sein dunkles Lachen mit ein.

»Herr, Herr!«, rief der alte Jakob aufgeregt, während er auf die Schmiede zu rannte. Viktor stand auf, um dem Diener entgegenzulaufen. Jakob rang nach Atem, als er ihn erreichte. »Herr …«, fing er noch mal an, brachte aber kein Wort heraus.

»Nur langsam, alter Knabe, setzt dich und verschnaufe ein wenig«, versuchte Viktor, den Mann zu beruhigen.

Lange, bevor Viktor geboren worden war, stand Jakob schon in den Diensten des Grafen, und war seinem Herrn stets treu ergeben. Nun hatte der schmächtige Mann ein Alter erreicht, in dem er sich etwas Ruhe redlich verdient hatte, fand Viktor. Er musterte den Greis, dessen weißes Haar lichter wurde. Jakobs dünner Körper wirkte gebrechlich und offensichtlich verließen ihn aufgrund des Alters langsam seine Kräfte, denn noch immer japste er heftig nach Luft.

»Der Graf wünscht, Euch zu sprechen«, berichtete er, nachdem er zu Atem gekommen war. »Den ganzen Tag verlangt er schon nach Euch.«

»Na, dann möchte ich meinen Vater nicht länger warten lassen«, erwiderte Viktor. »Bitte bring das Schwert in meine Kammer. Aber erst bleibst du ein wenig sitzen und ruhst dich aus, Jakob.«

»Aber Euer Vater, Herr!«

»Falls er nach dir verlangt, fällt mir schon eine Ausrede für deine Abwesenheit ein. Gehab dich wohl, Johannes. Kleine Maid Marie, ich hoffe, wir sehen uns bald wieder.«

Viktor verließ die Schmiede in Richtung Herrenhaus.

»Amica«, sagte er, als er seine Hündin erreichte, worauf sie aufsprang und voraus sprintete.

»Herr, Ihr habt etwas vergessen.«

Viktor blieb stehen, Marie war ihm gefolgt. Mit gerunzelter Stirn schaute er auf sie herab.

»Eure Münze.« Sie hob ihm die Handfläche entgegen, auf der das kupferne Geldstück lag.

Viktor lächelte. »Die hab ich dir doch aus dem Ohr gezaubert. Sie ist deine.« Er schloss ihre Faust um die Münze. »Jetzt muss ich aber gehen, bezaubernde Marie.« Damit setzte er seinen Weg fort.

An dieser Stelle möchte ich mich bei allen meinen Testlesern und Testleserinnen bedanken. Eure Fragen und Anregungen sind so unglaublich wertvoll für mich. Ihr seid großartig.